Schatten der Vergangenheit

ISBN: 979-8-5627-1035-2

Asin: B08P8T8VCH

Cover-Foto: Susanne Bacon

Autorenfoto: Donald A. Bacon

Susanne Bacon

Schatten der Vergangenheit

Ein Wycliff Roman

Weitere deutschsprachige Bücher von Susanne Bacon:

Träume am Sund. Ein Wycliff Roman (2020)

Schweigen ist Silber. Ein Wycliff Roman (2020)

Wissen und Gewissen. Ein Wycliff Roman (2020)

Wo ein Wille ist. Ein Wycliff Roman (2020)

Inseln im Sturm (2020)

Non-Fiction

In der Fremde daheim. Deutsch-Amerikanische Essays (2019)

Meinen lieben Freundinnen

Lenore Rogers

und Bettina Stapel,

die diesen Roman inspiriert haben.

Und für Donald

in Liebe

Vorbemerkung

Die Stadt Wycliff ist frei erfunden. Das gilt auch für alle Personen in diesem Roman. Jegliche Ähnlichkeiten mit lebenden oder verstorbenen Personen und aktiven oder stillgelegten Unternehmen sind rein zufällig mit Ausnahme der in der Danksagung Erwähnten.

Susanne Bacon

Prolog

Endlich schläft sie. Es war ein langer, anstrengender Tag. So furchtbar heiß. Die Luft im Hause steht, und selbst, wenn man die Fenster öffnet, verhindern die schweren Portieren jeglichen Luftzug. Ich kann nur ahnen, um wieviel schlimmer es in den Mietshäusern sein muss, in denen ich kurz nach meiner Ankunft in dieser riesigen Stadt um ein Haar gelandet wäre. New York – es ist unglaublich verwirrend, und meine kleinen Träume sind verflogen. Ich erwarte ein Kind. Und Miss Elizabeth wird es recht bald herausfinden und mich entlassen. Natürlich ohne Empfehlungsschreiben.

Die Beerdigung heute Morgen war eine bescheidene Angelegenheit. Miss Elizabeths Augen blieben die ganze Zeit über trocken. Sie hat ihren Vater so lange gepflegt, dass es nicht überraschend kam. Sie sah ihn Stück für Stück dahinschwinden. Und was noch schlimmer ist, sie muss sich selbst im Krankenzimmer angesteckt haben. Sie sieht blass und erschöpft aus. In den letzten Monaten hat sie ziemlich stark gehustet. Manchmal kommt ihr mehr als nur Schleim hoch, und ich habe Angst, dass es mich am Ende auch erwischt. Ich versuche, ihr so fern wie möglich zu bleiben. Ihr Bruder, Mr. Jack Steen, der aus Pennsylvania angereist ist, tut das auch. Er war auf dem Friedhof ganz verweint, und ich denke, je weiter man von der Wirklichkeit entfernt ist, desto härter holt sie einen schließlich ein. Er ist seit Jahren nicht von seiner Farm in Mortonville hierhergekommen. Und jetzt, wo ihn sein sterbender Vater herbeigerufen hat, war keine Zeit mehr zum Abschiednehmen. Sein Vater war bei seiner Ankunft schon tot. Mr. Steens Frau ist auf der Farm zurückgeblieben. Miss Elizabeth erzählt mir immer, sie sei böse. Aber ich weiß nicht, ob das stimmt. Manchmal wird ein einziges Wort falsch verstanden, und schon ist ein Ruf oder eine Beziehung hin.

Ob ich mein Zuhause vermisse, hat sie mich gefragt, bevor sie eingeschlafen ist. Ich weiß nicht, ob sie es wirklich wissen wollte. Aber jetzt komme ich ins Grübeln.

Vermisse ich mein Zuhause?

Wir waren acht drüben in Belfast. Und die niedrigen Löhne, die meine Eltern heimbrachten, waren gerade genug, um uns vor dem Verhungern zu bewahren. Bis uns die Pocken heimsuchten. Eines von den Kleinen brachte sie nach Hause vom Spielen auf der Straße. Und bald danach hatten wir sie fast alle. Mutter traf es in der Fabrik. Daraufhin wurde sie gefeuert, und irgendwie schaffte sie es nach Hause, obwohl sie vor Fieber glühte. Vater und ich wechselten uns mit ihrer Pflege und der meiner Geschwister ab. Ich war so erschöpft, dass ich nicht einmal weinen konnte, als eines nach dem anderen weggebracht wurde. Es gab keine Totenwachen, und so fühlte sich alles umso merkwürdiger an. Aber wer würde schon in ein Haus kommen, in dem die Pocken grassieren?! Vater stand mit versteinerter Miene erst am Grab meiner Geschwister, dann an dem meiner Mutter. Nach ihrer Beerdigung verschwand er einfach.

Ich kann mich nicht mehr an die ersten Tage erinnern, nachdem alle weg waren. Ich glaube, ich habe viel geschlafen. Und dann musste ich überlegen, was ich tun sollte. Die Miete war überfällig, und der Vermieter klopfte immer wieder an die Tür, um sie einzufordern. Ich bat ihn, er möge so gnädig sein, Geduld zu haben. Er war ein guter Vermieter, aber er konnte es sich nicht leisten. Er hat es mich mit meiner Jungfräulichkeit bezahlen lassen. Danach habe ich bei Nachbarn gewohnt und ihren Kindern Lesen und Schreiben beigebracht, wenn sie von ihrer Arbeit heimkamen. Und Wäsche gewaschen und Näharbeiten angenommen. Und manchmal ... ich mag nicht mehr daran denken. Eine Frau muss mitunter gewisse Dinge tun, wenn die Zeiten schwer sind.

Eines Tages wickelte dann der Fischhändler meinen Einkauf in eine fast brandneue Zeitung. Darin wurde nach einem Küchenmädchen auf einem der Dampfer nach Amerika gesucht. Offensichtlich bekam ich den Zuschlag, sonst wäre ich jetzt nicht hier. Ich teilte das Quartier mit einer Reihe anderer niedriger Dienstboten an Bord. Einige von ihnen beklagten sich. Ich kann nicht sagen, dass es so schlimm gewesen wäre. Es war anders, und es war auch ruhiger als damals, als ich noch meine Familie hatte. Wir schliefen ein, sobald wir unsere Kojen berührten. Wir *hatten genug Wasser, um uns damit zu waschen, und mehr Essen für alle, als ich je zu Hause gesehen habe.*

Alle jubelten, als wir schließlich den Hafen von New York erreichten. Ich meldete mich ab und ging an Land. Es war eine verrückte Mischung erster Eindrücke. Menschen jeglicher Hautfarbe und Geschäftsrichtungen schienen hier zu sein. Ich sah einen Mann einem Taschendieb hinterherrennen und hielt mein Bündel umso fester. Nicht, dass ich so viel besessen hätte – ein weiteres Kleid und einen Schal, den Lohn vom Schiff und ein paar Münzen, die ich noch daheim hatte ansparen können. Genug, dass mich der Verlust aufgebracht hätte.

Ich kann mich nicht daran erinnern, wohin ich gegangen bin, außer dass es in Richtung Norden war. Und als ich zu den ersten anständig aussehenden Unternehmen kam, ging ich in eines nach dem anderen hinein, um nach Arbeit zu fragen. Unnötig zu sagen: Das macht fast jeder, wenn er hier ankommt. Und die Unternehmen in der Nähe des Hafens werden als erste von den Neuankömmlingen aufgesucht. Mir wurde gesagt, ich solle weitergehen, bis ich das irische Viertel erreiche. Ich war mir nicht sicher, ob ich dorthin wollte. Ich hätte auch in Irland bleiben können, wenn ich die Dinge hätte beim Alten belassen wollen. Aber ich hatte diesen kleinen Traum von einem besseren Leben. Also mietete ich mir ein schmutziges, kleines Zimmer an einer schmutzigen, lauten, kleinen Straße.

Ich habe alle möglichen Arbeiten verrichtet. Einmal habe ich sogar Fisch in einer Konservenfabrik ausgenommen. Ich stank wie ein alter Hering. Es war mir peinlich. Ich gab es auf. Ich wollte mich in der Gesellschaft nach oben bewegen, nicht nach unten. Meine Eltern waren anständige Leute gewesen, auch wenn sie nur Fabrikarbeiter gewesen waren. Sie hatten all ihre Kinder vier Jahre lang die Schule besuchen lassen. Ich hatte drüben in Irland unterrichten können. Es musste hier in New York etwas Besseres für mich geben.

Ich weiß nicht, warum ich nicht früher auf die Idee kam. Schließlich ging ich in eine Kirche und zündete eine Kerze an. Ich muss wohl laut gebetet haben – das passiert, wenn ich tief in Gedanken bin. Eine Nonne hörte mich und winkte mich zur Seite, nachdem ich fertig war. Sie erzählte mir vom Haushalt der Steens, wo der Herr des Hauses an Schwindsucht starb und die Gesellschafterin seiner Tochter aus Furcht geflohen war. Anscheinend wollte niemand diese Stellung übernehmen, obwohl sie vermutlich gut bezahlt war.

Habe ich Heimweh? Ich lebe nun seit einem halben Jahr im Haushalt der Steens. Miss Elizabeth ist ganz nett. Ihr Vater war ... nun, da gibt es nicht viel zu sagen. Er hustete und lag in einem Zimmer im Sterben, das ich fast nie betrat, außer wenn Miss Elizabeth mich hineinrief. Sie wirkte nie wirklich kräftig. Aber neuerdings scheint es ihr richtig schlecht zu gehen, und ich fürchte, dass auch sie am Ende sterben wird. Was soll ich dann tun?

Ich habe mit dem Diener von nebenan gesprochen und ihn um Rat gebeten. Er schien ein ganz netter Kerl zu sein. Also ließ *ich ihn vor einem Monat endlich das haben, worum er mich gebeten hatte. Jetzt habe ich weit mehr auf dem Teller, als ich je erwartet hatte. Und er hat nicht die Position, mich zu einer ehrbaren Frau zu machen. Ich hätte daran denken müssen, was meine Mutter uns Mädchen immer gesagt hat, und mich für „den Einen" aufheben müssen. Ich muss vielleicht unsere Waschfrau fragen, ob sie einen Weg weiß, wie ich eine Schwangerschaft beenden kann. Obwohl ich weiß, dass ich auch diese Sünde bereuen würde.*

Miss Elizabeth ruft mich. Sie hat heute Morgen einen Brief erhalten und mir versprochen, sie werde mir davon später erzählen. Ich frage mich, wer ihr wohl schreibt. Die wenigen Freunde, die sie hat, besuchen sie für gewöhnlich persönlich oder schicken einen Boten mit einer Nachricht. Dies hier war ein Brief mit einem amtlich wirkenden Stempel auf dem Umschlag. Geschäftliches? Was für Geschäftliches hätte sie zu tun, wo sie so ein zurückgezogener Mensch ist? Ich bin wirklich neugierig, was und wieviel sie mir erzählen wird.

1

Izzy Watson starrte ungläubig auf den kleinen Gegenstand auf dem Boden direkt neben ihrer Mülltonne. Er gehörte gewiss weder neben die Tonne noch hinein. Zweifellos musste ihn jemand verloren haben. Aber wer würde schmuckbehängt an eine Mülltonne gehen? Und was machte jemand überhaupt an *ihren* Mülltonnen?

Izzy suchte die Straße nach beiden Seiten mit den Augen ab. Natürlich war niemand zu sehen. Lighthouse Lane war eine der stillsten Straßen der Oberstadt von Wycliff, einer malerischen viktorianischen Kleinstadt am südlichen Puget Sound. Sie mündete in die Jupiter Avenue, die vermutlich wegen des erhabenen Gefühls so hieß, das man genoss, wenn man am Rande des Steilhangs stand, der die geschäftige Unterstadt von der Wohngegend der Oberstadt trennte. Wycliff Lighthouse, der Wycliffer Leuchtturm, strahlte ganz weiß in der Morgensonne. Der stille, kleine Hillside Park am anderen, südlichen Ende – nicht mehr als ein Rosenbeet, ein historischer Gedenkstein und eine Bank mit Blick über die Inseln zum majestätischen Olympic-Gebirge – war ebenfalls leer. Die frühe Junisonne stach schon herab, und die meisten Leute blieben wohl in den Häusern, um der Hitze zu entgehen.

Izzy bückte sich und hob den Anhänger vorsichtig auf. Sie drehte ihn um und sah, dass es eine Kamee mit dem typischen, klassischen Frauenrelief in Weiß auf korallfarbenem Hintergrund war. Das Medaillon sprang gleich auf, als Izzy den fast unsichtbaren Federverschluss an ihm drückte, aber zu ihrer Enttäuschung enthielt das Innere weder ein Foto noch eine Haarsträhne, die ihr einen Hinweis auf den Besitzer des Anhängers gegeben hätten.

„Guten Morgen, Izzy!" rief die alte Mrs. Morgan von der anderen Straßenseite herüber. Izzy erstarrte. Mrs. Morgan war bekannt als Klatschweib, und wenn sie einmal anfing, war es für niemanden einfach, sich ihr wieder zu entziehen. Zumindest nicht für Izzy. „Gibt's was Neues heute Morgen?"

Izzy zwang sich ein Lächeln ab, während ihre Hand sich um den Anhänger schloss. „Dafür ist es noch zu früh", rief sie zurück. „Habe meine Zeitungen noch nicht gelesen."

„Stimmt es, dass die Villa Hammerstein der Museumsgesellschaft überschrieben worden ist?" fuhr Mrs. Morgan fort. „Ich frage mich, ob die Hammerstein-Erben darüber glücklich sind. Vielleicht hatten sie vor, das Haus zu verkaufen."

Izzy runzelte die Stirn, und ihr brauner Pferdeschwanz hüpfte trotzig auf und ab. „Ich kenne keine Einzelheiten, Christie. Aber nicht die gesamte Immobilie ist dem Museum überschrieben worden, nur was wir an der Inneneinrichtung historisch interessant genug finden."

„Ich dachte, Sie wären die Kuratorin und wüssten alles darüber."

„Ich *bin* die Kuratorin", sagte Izzy. „Aber das heißt nicht, dass ich weiß, wer die Erben sind oder was sie denken. Uns ist über einen Anwalt mitgeteilt worden, dass der Erbe nicht in die Museumsarbeit eingebunden werden möchte und es uns überlässt." Sie winkte mit ihrer leeren Hand und drehte sich um, um auf ihr Haus zuzugehen.

„Dann ist es also nur *ein* Erbe?" drängte Mrs. Morgan.

„Möglich. Tschüs dann!" Izzy hatte die Vordertreppe zu ihrem hübschen Cottage erreicht, überschritt rasch die Schwelle und schloss die rote Haustür. Dann holte sie tief Luft. Konnte sie nicht einmal aus dem Haus gehen, ohne von ihrer neugierigen Nachbarin angequatscht zu werden?!

„Was nun?" fragte sie sich selbst und blickte wieder auf die Kamee in ihrer Hand. Sie legte sie sorgsam auf ein antikes Sideboard in ihrer Diele und blickte in den darüber hängenden Spiegel. Sie strich ihr Haar ein wenig zurecht, musterte ihr Gesicht und seufzte. Mit 37 war sie eine alte Jungfer, genau wie sie ihre Großmutter immer gewarnt hatte. Sie erinnerte sich erschauernd an die strenge, hübsche, alte Dame. Sie war nie von ihr für irgendetwas gelobt worden, das sie getan hatte. Weder in der Schule, als sie es mühelos an die Klassenspitze geschafft hatte („Kein Mann möchte eine Frau, die klüger ist als er."), noch als sie an der Universität Geschichte als ihr Hauptfach gewählt hatte („Niemand kann etwas mit diesen verstaubten Dingen anfangen."). Sie hatte nicht zu Kontaktlinsen gewechselt, wie es ihre Großmutter ihr geraten hatte, damit sie zumindest „etwas weniger unattraktiv" wirke, sondern trug zu allen Gelegenheiten ihre Brille. Ihre grauen Augen waren hinsichtlich Form oder

Größe unauffällig, ihre Nase eher schmal und lang und ihre Augenbrauen ungezupft und ungefärbt. Ihr Mund war vielleicht das Beste in ihrem schlichten Gesicht, aber sie konnte sich nicht daran erinnern, wann er das letzte Mal geküsst worden war.

„Vielleicht hattest du recht, Großmutter", sagte Izzy zu sich selbst. „Niemand mag eine Streberleiche zur Frau."

Sie sah noch einmal die Kamee an. Dann griff sie zum Telefon, blätterte durch die Seiten eines zerfledderten Telefonbuchs und wählte die Nummer der Polizeiwache von Wycliff. Nach dreimaligem Klingeln erhielt sie Antwort.

„Hallo, ich wollte eine Fundsache melden", sagte Izzy ruhig.

„Ist es schon wieder Lucy Mariners Mops?" wollte die Polizistin am anderen Ende der Leitung wissen und seufzte. „Das wäre schon das vierte Mal diese Woche."

„Nein", erwiderte Izzy. „Es ist ein Schmuckstück. Eine Kamee."

„Eine Ka-was?"

„Kamee. Sowas wie eine Gemme in einem Anhänger."

„Das klingt nach etwas Sonderbarem."

„Ist es nicht wirklich", sagte Izzy und lächelte vor sich hin ob der Unwissenheit der Frau, die ganz offenbar nicht mit Dingen des 18. Jahrhunderts aufgewachsen war. „So etwas war einmal ein recht verbreitetes Schmuckstück. Jedenfalls ist es alt, und ich habe es bei meinen Mülltonnen gefunden."

„Klingt merkwürdig", sagte die Polizistin.

„M-hm – deswegen will ich es ja auch melden. Jemand muss es vermissen."

„Ein Anhänger, sagen Sie. Dann ist also auch eine Kette dabei?"

„Jetzt, wo Sie's sagen – nein! Das ist noch komischer!"

„Na, Sie könnten ihn vorbeibringen, sobald es Ihnen möglich ist, und wir tun ihn zu unseren anderen Fundgegenständen."

„Werden Sie herumhorchen, wer ihn verloren haben könnte?"

„Normalerweise fragen Leute, die Schmuck verloren haben, selbst herum", sagte die Polizistin.

„Macht Sinn", erwiderte Izzy und sah die Kamee wehmütig an. Es war mit Sicherheit ein ungewöhnliches Stück, und sie liebte alles Alte und Schöne. „Was, wenn niemand es beansprucht?"

„Wir haben immer mal wieder Auktionen, und jeder kann für die Fundstücke bieten."

„Oh!" Izzy wünschte sich nun fast, sie hätte ihren Fund nicht gemeldet.

„Gibt es sonst noch etwas, womit ich Ihnen helfen könnte, Ma'am?"

„Nein, danke. Ich bringe es dann irgendwann später vorbei", sagte Izzy und legte auf.

Beinahe schien es, als zwinkere ihr die Kamee zu, als sie sich entschlossen vom Sideboard entfernte und in die Küche ging, um sich Tee zu bereiten und ihre Morgenzeitung zu lesen.

*

Die Villa Hammerstein war ein prächtiger, alter, zweistöckiger Backsteinbau mit Stuckornamenten und gusseisernen Pfeilern neben seiner schweren, eichenen Haustür. Sie lag genau gegenüber der Treppe, die den Steilhang heraufführte, und überblickte so ziemlich die gesamte Unterstadt Wycliffs. Die verstorbene Eigentümerin, Jane Hammerstein, war eine sehr zurückgezogene, alte Dame gewesen und niemand wusste, wie sie so ganz allein ihr Haus sauber und aufgeräumt gehalten hatte. Aber genau das war es.

Izzy steckte die Schlüssel zur Villa in ihre Tasche und trat in eine große Halle mit einer breiten und steilen Treppe. „Ein bisschen wie Scarlett O'Haras Stadthaus", flüsterte sie bei sich. Ein mächtiger Kristalllüster hing von der Decke der Halle. Zwei strategisch platzierte Riesenspiegel reflektierten einander und ließen die Halle, die weiträumig genug war, einst als Ballsaal gedient zu haben, noch größer wirken. Die Luft war etwas muffig, wie so häufig in alten Villen, aber sie hatte nicht diesen Alte-Leute-Geruch, an den Izzy sich im Zuhause ihrer Großmutter erinnerte, das nun ihr eigenes war. Sie hatte es Ewigkeiten gelüftet, damit es wieder frisch roch.

Ein Gemälde neben einer der Türen, die von der Halle wegführten, zeigte die verstorbene Besitzerin als junge Frau. Wenn das Bild nicht log, war Jane Hammerstein eine echte Schönheit gewesen. Eigentlich war sie sogar noch als Hauch ihres früheren Ichs in ihren letzten Jahren umwerfend gewesen – immer makellos gekleidet und frisiert. Übrigens wusste man in Wycliff nur ziemlich wenig über Jane Hammerstein. Sie war während ihrer Zwanziger und frühen Dreißiger fort gewesen, und Gerüchten zufolge hatte sie sich recht wild und gewagt „ausgelebt". Jemand hatte angedeutet, sie sei die heimliche Geliebte eines australischen Milliardärs gewesen, aber es musste wohl so geheim gewesen sein, dass nicht einmal die Presse davon Wind bekommen hatte. Andere sagten, sie sei ein Fotomodell gewesen, aber auch dafür gab es nirgends fotografische Belege. Als Jane Hammerstein nach Wycliff zurückgekehrt war, hatte sie von den Zinsen ihres Bankkontos gelebt. Und das war alles, was man wirklich von ihr wusste.

Izzy begann ihren Rundgang durchs Haus. Es gab einige wundervolle Ölgemälde, die die Landschaft um Wycliff zeigten, wie sie in Pionierszeiten gewesen war. Woher hatten Leute, die sich gerade erst niederließen, nachdem sie den Kontinent überquert hatten, die Muße gefunden, sich hinzusetzen und zu malen, fragte sich Izzy. Kandelaber, geschliffene Kristallgläser, handbemaltes Porzellan, eine Sammlung alter Musikinstrumente, gusseiserne Öfen … Izzy seufzte – es war ein Jammer, dass das Museum nur so wenig Platz dafür bot, wo das ganze Haus selbst ein Museum hätte sein können. Aber der Erbe (wer auch immer er oder sie sein mochte) hatte natürlich ein Anrecht auf das Anwesen und würde es zweifellos verkaufen. Wer würde in solch einem alten Gebäude wohnen wollen, das vermutlich wartungsintensiv war und über die Jahre hinweg eine Vielzahl von Reparaturen erfordern würde?

Izzy stieg die Treppe hinauf und erreichte eine Galerie, die die Eingangshalle umgab. Dort hingen noch mehr Bilder an den Wänden. Die Schlafzimmer unterschieden sich deutlich im Design, und das Hauptschlafzimmer war offensichtlich noch bis vor kurzem in Gebrauch gewesen, da Jane Hammersteins Kamm und Bürste noch auf dem Ankleidetisch gegenüber einem Himmelbett mit schweren dunkelgrünen Samtvorhängen lagen. Eines der zwei kleinen Zimmer im vorderen Bereich des Hauses war ein Jagdzimmer gewesen und enthielt Waffenschränke mit Musketen und doppelschneidigen Jagdmessern, einige müffelnde Jagdtrophäen an den Wänden und alle möglichen Paraphernalien aus Geweihen und Fischbein. Das andere Zimmer war der Malerei, Stickerei – die Wände waren praktisch mit Gobelins bedeckt – und dem Schreiben gewidmet. Hier befand sich ein wunderschöner, alter Sekretär mit einer Klappe und einer unglaublichen Anzahl großer und kleiner Schublade. Allein den zu inspizieren, würde eine Weile in Anspruch nehmen, grübelte Izzy.

Hätte es nur keine Frist zur Schätzung der Gegenstände gegeben, die das Museum dauerhaft aufnehmen wollte! Izzy sah sich verzweifelt um. Nun, jede Reise begann mit einem ersten Schritt, und wenn sie sich auf jeden Raum einzeln konzentrierte, konnte sie die Aufgabe vielleicht rechtzeitig erledigen, bevor der Erbe seinen neuen Besitz antreten und ihn veräußern würde.

Doch was, wenn die Villa sich nie verkaufen ließe? Wenn niemand das prächtige, alte Gebäude haben wollte? Würde jemand nur den Grundbesitz wollen und das so geschichtsträchtige Wohnhaus abreißen? Izzys Herz schlug heftig bei dem Gedanken. Was, wenn … nein, unmöglich! Doch wenn nie jemand das Unmögliche versuchte, wären einige bemerkenswerte Dinge auf dieser Welt nie geschehen, richtig?

Izzy straffte die Schultern, warf ihren Pferdeschwanz zurück und atmete tief durch. Vielleicht hatte sie endlich die wahre Mission ihres Lebens gefunden.

*

Isobel Watson war in Wycliff geboren und aufgewachsen, und hätte ihr jemand ein Leben und eine Karriere in einer größeren Stadt in einem größeren Zuhause angeboten, wäre sie zurückgezuckt. Sie konnte sich nicht vorstellen, je woanders zu wohnen, obwohl sie ihre College-Jahre einst nach Seattle geführt hatten. Neuerdings hatte sie nicht einmal mehr Lust, auch nur in die Nähe der Metropole zu gehen. Zu viel Verkehr auf dem Weg dorthin, zu wenige und zu teure Parkgelegenheiten, zu viele

Obdachlose, zu viel Schmutz, zu viel Lärm. Bislang war Wycliff sauber und still geblieben, obwohl es eine größere Kleinstadt war.

Izzys Kindheit war eine zweischneidige Sache gewesen, da sie von einer liebenden, alleinerziehenden Mutter aufgezogen und von einer missmutigen, verwitweten Großmutter ermahnt worden war. Ob es an deren Witwentum lag oder daran, dass sie sich daran gewöhnen musste, dass ihre Tochter ein außereheliches Kind geboren hatte, fand Izzy nie heraus. Sie wusste nur, dass sie versucht hatte, ihr so gut wie möglich aus dem Weg zu gehen. Und dass sie die Feindseligkeiten ihrer Großmutter mit feministischem Feuer erwidert hatte. Schließlich war es vielleicht ihre eigene Haltung gewesen, die die Männer von ihr ferngehalten hatten. Naja, außer diesen Geschichtsprofessor, der sie einmal begrapscht und versucht hatte, ihr näherzukommen, weil er ihre Leidenschaft für alles aus dem 18. Jahrhundert mit einer unausgesprochenen Bewunderung für sich selbst verwechselt hatte, der dieses Fach unterrichtete. Und jener linkische, junge Kommilitone, den sie tatsächlich nach dem Studienabschluss geküsst hatte, weil sie so glücklich über ihren Titel war, und der ihr nach Wycliff gefolgt war, wo er ihr unsterbliche Liebe schwor. Nun, sie hatte ihm die kalte Schulter gezeigt, und er hatte innerhalb eines Monats eine von Tiffany Delaneys Nichten umworben. So viel zu unsterblicher Liebe.

Anfangs war es nicht einfach gewesen, Arbeit zu finden. Izzy war keine ausgebildete Lehrerin. Und es gab keine historische Institution, die ihr ein Monatsgehalt für ihre Dienste hätte zahlen können. Also zog Izzy zurück zu ihrer Mutter (worauf ihre Großmutter den Zeigefinger im Stil von „Ich hab's dir gesagt" erhob) und sah sich auf anderen Gebieten um. Schließlich fand sie Arbeit bei „Old & Timeless", Wycliffs Antiquitätengeschäft, und wurde Kuratorin des neugegründeten Historischen Museums von Wycliff. Obwohl ersteres nur Mindestlohn und letzteres nur auf Stundenbasis bezahlte, war Izzy absolut glücklich, dass sie in Wycliff bleiben konnte. Und als ihre Großmutter im gesegneten Alter von 98 Jahren verstorben war, fand Izzy zu ihrer äußersten Überraschung heraus, dass der alte Drachen ihr das Cottage an der Lighthouse Lane vererbt hatte. Was bedeutete, dass sie von da an relativ sorgenfrei leben konnte, wenn auch mit ein paar späten Gewissensbissen hinsichtlich ihrer Gefühle für – oder besser gegen – ihre Wohltäterin.

Also hatte Izzy im Laufe der Jahre die abgenutzten Möbel ihrer Großmutter entsorgt und sie durch einige besonders schöne Stücke aus dem Laden ihres Arbeitgebers ersetzt. Sie hatte dabei geholfen, Ausstellungen in dem winzigen Museum im Keller des Postamts in der Back Row zusammenzustellen. An Sonntagen arbeitete sie ehrenamtlich als Museumsführerin, und manchmal besuchte sie Abschlussklassen der Wycliff High School, um die Grünschnäbel der Gesellschaft daran zu erinnern, dass Geschichte keine Sackgasse im Universum des Wissens ist.

Was ihr Privatleben anging … Ach, Izzy war zuerst zu beschäftigt mit ihrem Studium gewesen, dann hatten ihre Jobs ihre gesamte private Zeit aufgefressen, und nun war sie eine alte

Jungfer. Sie hegte keine Hoffnung, jemanden zu finden, mit dem sie den Rest ihres Lebens verbringen würde. Und in Einsamkeit alt zu werden, schien ihr eine immer größere Wahrscheinlichkeit. Vielleicht, weil sie mit so vielen Dingen aus der Vergangenheit zu tun hatte?

Izzys Mutter bereiste die Welt, seit sie sich ihrer Verantwortung für ihre Tochter hatte entledigen können, und durfte sich endlich selbst ein bisschen verwöhnen. Postkarten aus Hawaii, Neuseeland und Indonesien waren die jüngsten in einer stetig wachsenden Sammlung schriftlicher Belege, dass Izzy überhaupt noch eine Mutter hatte.

Tatsächlich fühlte sich Izzy neuerdings recht nachdenklich. Manchmal blickte sie an Samstagabenden wehmütig in den Sonnenuntergang über dem Olympic-Gebirge oder in ihren triefenden Garten, je nachdem, was für Wetter in Wycliff herrschte. Sie ging schon eine Weile nicht mehr aus – sie wollte nicht einfach von irgendjemandem aufgegabelt werden. Und sie traf ja Leute, oder etwa nicht?! Da waren die anderen Mitglieder der Handelskammer. Da war der Aufsichtsrat des Museums, dem sie regelmäßig Bericht erstattete. Sie hatte nur niemanden in ihrem Privatleben. Andererseits sah sie die Scheidungsrate des Landes und sagte sich, dass ihr offensichtlich zumindest dieses Kapitel im Leben erspart bleiben würde.

*

Der Aufsichtsrat des Wycliffer Museums hatte die beeindruckende Anzahl von sechs Mitgliedern. Nicht mitgezählt den Direktor und die Sekretärin, die auch als Kassenwart fungierte. Sie trafen sich einmal im Monat in einem Konferenzraum des *Ship Hotel*. Für gewöhnlich war das donnerstagabends, so dass die Wochenenden für andere Museumsaktivitäten offenblieben. Zu Izzys Leidwesen waren es deutlich weniger als man hätte organisieren können. Die Einrichtung war einfach viel zu vollgestopft für andere Innenveranstaltungen als Eröffnungsabende für neue Ausstellungen mit einem Tisch voller alkoholfreier Getränke und Salzstangen. Vorträge wurden zweimal im Jahr in der Leihbücherei gehalten. Und während der Bauernmarkt-Saison hatten sie neben dem Bäckerei-Stand auch einen kleinen Infotisch. Das war so ziemlich alles.

Kein Wunder, dass die Mitgliederzahl niedrig war. Izzy seufzte, als sie am Tisch im Sitzungszimmer in die Runde blickte. Die meisten Mitglieder waren weit in den Siebzigern und älter, aber sie arbeiteten doppelt und dreifach als Museumsführer oder daran, einen vierteljährlichen Druck-Newsletter zu erstellen. Tiffany Delaney, eines der drei jüngeren Vorstandsmitglieder, war zudem Präsidentin der Wycliffer Handelskammer und brachte wertvolle Ideen für das Museum ein, die jedoch normalerweise aus Mangel an Freiwilligen abgelehnt wurden.

„Es ist wirklich traurig, dass keine deiner Ideen je umgesetzt wird", hatte Bill „Chirpy" Smith von *Birds & Seeds*, der ebenfalls ein Hans Dampf in allen Gassen war, zu seiner wohlgerundeten Vorstandskollegin während ihrer letzten Sitzung bemerkt. „Unser Museum ist so unauffällig, dass viele Mitglieder nur spenden, aber nie einen Gedanken daran verwenden, wie man es sichtbarer machen könnte. Geld zu geben ist so viel einfacher, als sich aus seiner Bequemlichkeit herauszubegeben und tatsächlich etwas zu *tun*." Das war, nachdem Tiffany vorgeschlagen hatte, Schulexkursionen ins Museum anzubieten.

„Drüben im Steilacoom Historical Museum macht man so vieles", war Tiffany ins Stocken geraten.

„Stimmt", sagte Jackson Cooper, ein pensionierter Colonel in seinen frühen Achtzigern. „Aber hast du auch gesehen, wieviel mehr sie vorzuweisen haben? Die haben nicht nur eine armselige Sammlung von Goldrausch-Gegenständen in der Ecke eines dunklen Kellers, die ausgetauscht wird gegen eine mit alten Fahrzeugteilen oder Küchenutensilien, die keiner mehr kennt, nicht einmal ein Teil der Museumsführer. Wir haben nicht viel, mit dem man Eindruck schinden könnte. Lass es uns also einfach dabei belassen und die anderen ihre Abenteuer genießen."

Izzy hatte es besser gewusst, als zu widersprechen. Wäre ihr Museum interessanter gewesen, wäre vielleicht auch mehr Willen zu Ehrenamtlichkeit vorhanden. Die Mittel deckten die Miete ab, und die Vorträge die wenigen Speisen und Getränke der Eröffnungsabende.

Heute aber hatte Izzy etwas weit Größeres im Kopf. Etwas, das beinahe unmöglich von ihrem Team zu handhaben war. Aber vielleicht brauchte das Museum ja so eine große Herausforderung wie diese. Sie biss sich nervös auf die Lippen, als nach dem Namensaufruf das Protokoll der letzten Sitzung genehmigt, der Kassenbericht (was eben so für ein so kleines Museum vorhanden war) vorgelesen und Altgeschäft diskutiert wurde. Unlängst waren die Toiletten des Museums verstopft gewesen, und im Sommer war das ein großes Problem in einem Keller mit fast keinen Fenstern. Sie diskutierten lebhaft, ob man einfach eine regelmäßige Sanitärwartung vornehmen oder die alten Toiletten herausreißen und durch hochmoderne ersetzen solle. Letzten Endes fand man das Budget für eine Totalüberholung als zu niedrig, und die Kassenwartin wurde gebeten, Angebote von Klempnern einzuholen.

Izzy seufzte. Sie steckten alle fest, dachte sie. Wenn sie nicht ein Erdbeben erschüttern und sie mit neuen Geschäften konfrontieren würde. Schließlich kam ihre Redezeit für den Kuratoriumsbericht.

Izzy lächelte nervös. „Letzten Montag habe ich die Schlüssel zur alten Villa Hammerstein von Jane Hammersteins Anwalt erhalten, um entsprechend dem Wunsch von Jane Hammerstein Gegenstände im Gebäude zu begutachten und für das Museum zu beanspruchen."

„Warst du schon drin?" fragte Bill.

„In der Tat, ja", nickte Izzy. „Und ich war mehr als erstaunt über den Zustand dieses alten Herrenhauses. Das Interieur ist atemberaubend schön und zeigt, wie das Leben Ende des 19. Jahrhunderts für die Wohlhabenden gewesen sein muss. Das Mobiliar ist in fantastischem Zustand. Es gibt Gemälde, die die Gegend zeigen, bevor alles so besiedelt war wie heute. Es gibt andere Kunstwerke, die einer Ausstellung wert sind. Nur Küche und Badezimmer sind auf modernen Stand gebracht. Aber es gibt ein großes Speisezimmer, und die Eingangshalle muss einmal sogar als angrenzender Ballsaal gedient haben. Der Salon verfügt über Musikinstrumente, die vermutlich richtig wertvoll sind. Kurz, es wird schwierig für mich werden, das alles in den kommenden zwei Monaten durchzugehen und zu überlegen, was wir nehmen sollten und – vor allem – wohin damit."

„Es klingt ganz danach, als hättest du dich in das gesamte Interieur der Villa verliebt", sagte Tiffany und beugte sich vor, um sich einen Keks von einem Teller in der Mitte des Tisches zu nehmen.

Izzy lächelte. „Das stimmt."

„Wir haben nicht genug Platz", sagte Colonel Cooper. „Wo wollte man auch ein gesamtes Esszimmer aufbauen?"

„Wir könnten alles nehmen und an ein Antiquitätengeschäft verkaufen", sagte Nancy Rosen, eine zerbrechliche, alte Dame mit der Energie eines Bullterriers. „Vielleicht nicht hier in der Stadt, sondern irgendwo in Seattle, wo die affektierten Hollywood-Stars im Sommer Urlaub machen."

„An *Old & Timeless* ist nichts verkehrt", sagte Bill mit ironischem Grinsen. „Du kannst nur nicht etwas fürs Museum

28

schätzen und es dann an deinen eigenen Laden verkaufen, Izzy." Bill sah mit seinem langen Bart und ordentlichen Haarschnitt aus wie ein Hipster. Aber Izzy war sich nicht sicher, ob er nicht ein ironisches Statement zum Individualismus zur Schau stellte, denn ein 40-jähriger Hipster war einfach … naja, nicht wirklich hip. Nur sicher auf gewisse Weise individuell. Er wirkte dabei tatsächlich recht glaubwürdig, da er immer noch sehr schlank und muskulös war.

„Es gibt im Testament eine Einschränkung", sagte Izzy und zog eine Kopie der Papiere aus ihrem Ordner. „Sie besagt, dass keines der für das Museum ausgewählten Stücke verkauft werden darf. Alles, was das Museum nicht beanspruchen möchte, muss bei der Immobilie bleiben und fällt damit dem neuen Eigentümer zu."

„Sehr interessant", betonte Mildred Packman, eine pensionierte Geschichtslehrerin der Wycliff High School. „Ich frage mich, ob sich Jane Hammerstein unseres engen Budgets und beschränkten Raums bewusst war. Wir können weder mehr Lagerraum mieten noch im Museum, wie es jetzt ist, alles ausstellen, das es wert wäre, ausgestellt zu werden. Wir sind in einer Zwickmühle."

„Aber das hieße, all diese wundervollen Stücke gingen Wycliff für immer verloren!" Nancy Rosen war entsetzt. „Sie werden von dem Erben verkauft werden, und dann verschwinden sie einfach in alle vier Windrichtungen."

„Absolut tragisch", sagte Eliot Ames, der grauhaarige Museumspräsident. Der ehemalige Bankdirektor der Wycliff Bank hatte bislang der Diskussion nur gelauscht, doch jetzt trug er sein Scherflein bei. „Wir können vielleicht einen Zuschuss beantragen, aber bis der Vorgang abgeschlossen ist, ist die Schätz-Frist abgelaufen. Vielleicht hast du recht, Mildred, und Jane Hammerstein wollte uns nicht einmal ihre Sammlung zur Auswahl überlassen."

„Aber das ergibt keinen Sinn", sagte Tiffany. „Warum das Museum ins Testament aufnehmen, wenn das nur bedeutet, dass sie dafür einen Anwalt bezahlt, dann aber das Museum leer ausgehen lässt?"

Izzy war bis jetzt ziemlich unruhig auf ihrem Stuhl hin und her gerutscht. „Aber es *macht* Sinn!" rief sie aus. „Total sogar!" Alle wandten sich nun ihr zu, Neugier in den Augen. „Denn sie möchte, dass wir das Anwesen so belassen wie es ist. Als neues Historisches Museum von Wycliff."

Alle waren verblüfft und saßen da mit offenem Mund.

„Könntest du das bitte etwas näher erklären?" bat Nancy Rosen.

„Sicher", lächelte Izzy. „Es ist für jeden offensichtlich, dass unser Museum winzig ist. Das richtet sich nicht gegen diejenigen von euch, die es gegründet haben. Es ist hübsch, es ist liebevoll und kenntnisreich aufgebaut worden. Aber es ist viel zu klein für das, was es sein könnte und sollte." Sie holte tief Luft. „Jane Hammerstein wusste, dass wir kein Budget haben. Alle wissen das. Sie wollte, dass wir erkennen, dass, wenn wir die Inneneinrichtung haben wollen, wir auch das Anwesen behalten müssen. Sonst müssen wir so winzig bleiben, wie wir sind. Es ist eine riesige Gelegenheit."

„Du meinst, es ist eine riesige Herausforderung", korrigierte sie Eliot.

„Beides, und wir sollten es wirklich in Betracht ziehen. Das Gebäude ist in einem wunderbaren Zustand, glaube ich. Immerhin war es bis vor kurzem bewohnt, und Jane Hammerstein hat es gut unterhalten."

„Aber der Erbe wird Haus und Grundstück verkaufen wollen", unterbrach Bill, strich sich durch den dicken, dunklen Bart und starrte sie mit babyblauen, lang bewimperten Augen an.

„Richtig", antwortete Izzy. „Das war auch mein Gedanke. Aber was würde derjenige tun, der es von dem Erben kauft? Vermutlich das Haus abreißen, weil sein Grundriss altmodisch ist, und eines von diesen hässlichen Mehrfamilienhäusern direkt am Steilhang bauen." Ein allgemeines Stöhnen erklang. „Das heißt auch, dass diese schönen, gusseisernen Säulen mit ihren Löwenköpfen, die Stuckornamente, unbezahlbare Seidentapeten und ein überaus raffiniertes Tiffany-Fenster über dem Treppenaufgang unwiederbringlich verlorengingen. Sie würden herausgerissen und entweder einzeln verkauft oder mit dem Rest des Schutts vernichtet."

„Was wäre das für eine Schande?" murmelte Mildred Packman.

„Wenn wir uns nun an den Anwalt wenden könnten, um Jane Hammersteins Erben ein Kaufangebot für das ganze Anwesen zu machen, würde es das Haus retten und unserem Museum unzählige Möglichkeiten eröffnen."

„Sicher", sagte Colonel Cooper und zog ein Gesicht. „Man braucht ja nur anzuschauen, wieviel neuerdings nur eine Wohnung kostet dank der großen Firmen in Seattle und ihrer Expansion. Ich will mir lieber nicht vorstellen, was dieses erstklassige Grundstück und das Gebäude kosten würden."

„Aber wenn wir dem Erben sagen können, dass wir es in erstklassigem Zustand erhalten werden? Und dass es auch eine Gedenkstätte für ihn oder sie wäre und wir eine Plakette anbringen würden?"

„Ich glaube nicht, dass wir an einen Punkt gelangt sind, an dem wir das weiterdiskutieren sollten", sagte Eliot Ames und schloss das Thema mit Nachdruck ab. „Überschlafen wir das, und diskutieren wir es nächstes Mal weiter."

„Aber mir läuft die Zeit davon mit …" Izzy war Tränen der Enttäuschung nahe.

„Nun, wie ich bereits erwähnte", sagte Eliot, „würde es das uns allen ohnehin. Die Frist für Anträge auf Zuschüsse ist in diesem Jahr abgelaufen. Und wir haben kein Budget, dass es uns erlaubt, uns weiter als rund um den Keller zu bewegen. Wenn jemand eine weitere Idee dazu hat, gebe ich ihm gern bei der nächsten Sitzung mehr Zeit zur Diskussion." Dann kündigte Eliot das nächste Thema an, eines über die Arbeitszeiten der

Museumsführer und Öffnungszeiten und wie beides besser koordiniert werden könnte.

Bill lehnte sich zu Izzy hinüber. „Guter Versuch", flüsterte er und zwinkerte.

„Wirklich?" fragte sie in der Hoffnung, einen Verbündeten gefunden zu haben.

„Es hat diese Sitzung auf jeden Fall interessanter gemacht", lachte er leise.

„Na, danke", sagte Izzy und zog ein Gesicht. „Das war ja auch der ganze Sinn der Übung."

*

1. Juli 1881
Pittsburgh, PA

Es ist so viel in so kurzer Zeit passiert. Wir packen schon wieder. Miss Elizabeth hat vorige Woche nach einem großen Streit mit ihrem Bruder und ihrer Schwägerin darauf bestanden, seine Farm in Mortonville sobald wie möglich zu verlassen. Es hatte alles mit dem Brief zu tun, den sie vor einem Monat erhalten hatte, am Tag der Beerdigung ihres Vaters. Und zunächst hatte auch ich geglaubt, es handle sich um einen Scherz. Aber sie muss bedürftig genug gewesen sein, um alles zu veranlassen und die Zeichen dafür zu verbergen, bis dieser Brief kam.

Miss Elizabeth zieht nach Westen, um zu heiraten. Das an sich ist schon außergewöhnlich, denn mit 30 ist sie eigentlich schon eine ziemlich alte Dame, und niemand hat mehr erwartet, dass sie ihren Familienstand je noch einmal ändern würde. Aber was ihren Bruder Jack noch zorniger machte, ist, dass sie jemanden heiraten wird, den sie so gut wie gar nicht kennt. Er hat sie Furchtbares geheißen, das ich nicht einmal in meinem Tagebuch wiederholen kann. Und er fragte mich, ob ich wirklich mit einer gefallenen Frau mitgehen oder lieber ein Leben auf ihrer Farm als Stallmagd vorziehen wolle. Was für eine Perspektive für mich. Er muss verrückt sein! Ich bin die Gesellschafterin einer gut ausgebildeten Dame der Mittelschicht, und er und seine Frau wollen mich zu den Kühen stecken!

Jedenfalls hatte Miss Elizabeth anscheinend vor ein paar Jahren eine Anzeige in einer New Yorker Zeitung gelesen. Ihrem Vater ging es bereits immer schlechter, und sie wusste, dass es nur eine Frage der Zeit sein würde, bis sie sich selbst überlassen wäre. Ihr Bruder hätte darauf bestanden, dass sie zu ihm zöge, da es sich einfach nicht schickt, als unverheiratete Dame einen eigenen Haushalt zu haben. Da war also diese Anzeige eines unverheirateten Herrn in Washington Territory, der eine Frau suchte. Er sagte, er habe eine Gemischtwarenhandlung in einer aufstrebenden kleinen Stadt am südlichen Puget Sound, ein hübsches Zuhause in einer stillen Wohngegend, einen Garten und Obstgarten und genug Geld, um für das Wohlergehen einer Frau und einer künftigen Familie zu sorgen.

Miss Elizabeth hätte diese Anzeige vermutlich überhaupt nicht gesehen, wäre die Pflege ihres Vaters nicht mit langen, einsamen Stunden verbunden gewesen, die sie sich am besten dadurch verkürzte, indem sie die Tageszeitungen von vorne bis hinten durchlas. Ihr Bruder sagt jetzt, deshalb sollte Frauen erst überhaupt nicht das Lesen beigebracht werden. Diese Aussage hat mich wirklich aufgebracht – wie kann ein gebildeter Mensch mit so einem Misogynen leben wollen?! (Das ist übrigens ein neuer Begriff, den ich aus Miss Elizabeths Suffragetten-Schriften habe.) Naja, sie antwortete auf die Anzeige, und bald entstand ein Austausch freundlicher Briefe, die hin und her gingen. Schließlich war sie einverstanden, den Mann zu heiraten, und erklärte, es sei nur eine Frage der Zeit, da sie bei ihrem Vater bleiben wolle, bis der seinen letzten Atemzug getan habe.

Am Tag nach der Beerdigung bot sie das Haus zum Verkauf an, und wir begannen zu packen. Neuerdings habe ich meinen eigenen Koffer und reichlich hübsche, wenn auch unauffällige, zumeist dunkle Kleider und weiche, mit Spitze verzierte Wäsche. Nicht mehr ein Bündel wie das, mit dem ich hierherkam. Innerhalb einer Woche hatten wir die Stadt verlassen und reisten nach Pennsylvania, um noch einmal Abschied von ihrem Bruder zu nehmen. Sie sagt, sie erwarte nicht, dass er je den weiten Weg nach Washington Territory machen werde, da er in seinem ganzen Erwachsenendasein nicht einmal öfter als fünfmal die Entfernung nach New York City zurückgelegt habe.

Mortonville ist ein süßer, kleiner Ort. In Irland würden wir es einen Weiler nennen. Es liegt an einem Bach, der von einer schönen, alten Brücke überspannt wird. Es ist recht malerisch, *aber wirklich kein Ort, an dem ein Stadtmensch wie ich leben wollte. Außerdem würde ich mit dem Kind in meinem Leib bald von Miss Elizabeths schrecklichem Bruder auf die Straße gesetzt werden. Er würde keinen Bastard unter seinem Dach dulden. Um wieviel weniger eine unverheiratete Mutter.*

Nun, nach dem Streit machten wir uns auf den Weg, und jetzt wohnen wir in einem Hotel in Pittsburgh. Miss Elizabeth sieht mich manchmal an, als sei ich ihr ein Rätsel, und ich frage mich, ob sie über meinen Zustand rätselt und wieviel sie bereits weiß. Wenn zwei Frauen miteinander reisen, lernen sie einander viel näher kennen. Umso mehr, da wir uns ein Zimmer teilen, was ich hasse. Miss Elizabeth hat in den letzten Tagen Blut gehustet, und ich versuche so gut wie möglich, nicht um sie zu sein.

2. Juli 1881, in den frühen Morgenstunden

Ich bin so entsetzt. Ich zittere. Miss Elizabeth ist tot!

Gestern Nachmittag ging ich dorthin spazieren, wo die Flüsse ineinander münden, da ich nicht mehr in der Nähe dieses ständigen Reizhustens sein wollte. Alles schien gut zu sein während unseres Abendessens auf dem Zimmer, obwohl Miss Elizabeth kaum etwas zu sich nahm. Ich hatte es mir für die Nacht schon in einem Sessel bequem gemacht – auf keinen Fall wollte ich ein Bett mit ihr teilen –, als ich plötzlich ein merkwürdig gurgelndes Geräusch hörte. Ich stand rasch auf und drehte den Docht der Öllampe höher. Und da lag sie, bleich wie ein Gespenst mit einer roten Decke, die sie vom Kinn bis zur Taille bedeckte.

Nur war es keine Decke. Es war ihr eigenes Blut. Sie blieb danach nicht lange am Leben. Ihr Bruder hatte ihr gesagt, das sei die Strafe dafür, dass sie das unnatürliche Leben einer alten Jungfer lebe und dann als Hure, die einen Fremden heirate. Und er hatte mich richtig bösartig angesehen. Als hätte ich sie zu ihren wilden Heiratsplänen angestiftet. Und jetzt wird sie am Ende doch niemals heiraten.

Das hat mich unglaublich erschüttert. Ich habe Miss Elizabeth gewaschen und ihr eines meiner eigenen Kleider angezogen. Das arme Ding war weit ausgezehrter, als ich aufgrund all der Wäschelagen gedacht hätte, die sie immer schon trug, bevor ich hereinkam, um sie in ihr Korsett zu schnüren. Sie war fast so leicht wie ein Kind. Nun, jetzt hat sie ihren Frieden. Obwohl ich denke, dass sie, wäre sie gesunder gewesen, ihr Abenteuer überaus genossen hätte. Nun nicht mehr.

Da ich jetzt auf mich selbst angewiesen bin, ohne die Absicht, auf die Gnade von Mr. Steen und seiner Frau angewiesen zu sein, werde ich diesen Ort so schnell und leise wie möglich verlassen. Und zu meinen eigenen Bedingungen. Ich habe beschlossen, dass ich Miss Elizabeths Abenteuer selbst erleben werde. Ab heute reise ich als Miss Elizabeth Steen, und niemand wird es je erfahren. Da wir in diesem Hotel nur eine Nacht gewohnt haben und uns kaum jemand gesehen hat, werden alle denken, dass ihr Leichnam meiner sei. Die neue Miss Steen wird wie geplant nach Westen reisen und diesen Charles Horace Smith heiraten. Ich habe eine Postkarte von ihm in Miss Elizabeths

Pompadour-Tasche gefunden, und das wird ein zusätzlicher Beweis für meine neue Identität sein. Während ich reise, werde ich üben, wie sie sich bewegte, und ihre Schrift nachzuahmen versuchen, so dass ich keinen Verdacht wecke. Da Mr. Smith sie nie gesehen hat, wird er auf keinen Fall wissen, dass wir so unterschiedlich aussehen, ich mit meinen dunklen gälischen Haaren und Gesichtszügen und sie mit ihrem dünnen rostroten Haar und blassem Teint. Warum sollte ich solch eine gute Gelegenheit vergeuden? Am Ende will der Mann eine Ehefrau, und genau das werde ich ihm sein. Da ist nichts Schlimmes dran.

2

Als Izzy in dem Blumentopf auf der Stufe vor ihrer Haustür eine Jet-Perlenkette fand, wusste sie, dass dies kein Zufall war. Sie wusste auch, dass sie die Straße nicht hinsichtlich der Anwesenheit einer Person mit den Augen absuchen musste. Die Kette war ihr wie der Anhänger absichtlich vor die Tür gelegt worden.

Sie hob das Stück vorsichtig auf und entfernte einen Schmutzkrümel, der an der Schließe hing. Ein Schauer lief ihr den Rücken hinunter. Die Perlen waren in wunderschöne Rosenblüten geformt, und die ganze Kette war offensichtlich alt. Aber wem hatte sie gehört? Und warum war sie bei ihr daheim abgelegt worden, als bringe jemand ihr Opfer dar?

Izzy hob zügig ihre plastikumhüllte Morgenzeitung auf, die der Zeitungsbote auf ihren Gartenweg geworfen hatte. Dann kehrte sie rasch nach drinnen zurück, weil sie das Gefühl hatte, dass sich im nächsten Moment Mrs. Morgans Haustür öffnen würde. Das tat sie auch tatsächlich, aber Izzys Nachbarin wurde enttäuscht und erblickte jetzt nur eine geschlossene Tür auf der anderen Straßenseite. Izzy lachte in sich hinein. Sie hatte es erfolgreich vermieden, erklären zu müssen, warum eine ausgefallene Halskette von ihrer Hand baumelte, als sie ihren Anteil täglicher Nachrichten aufhob.

Sorgsam legte sie die Kette neben die Kamee, die sie noch nicht auf der Polizeiwache abgegeben hatte. Vielleicht sollte sie der Polizistin, mit der sie darüber gesprochen hatte, sagen, dass alles nur ein Irrtum gewesen sei. Dass jemand sie offenbar überraschen wollte. Andererseits sollte sie schlafende Hunde vielleicht besser nicht wecken und nur eingehender prüfen, wer etwas über den Vorbesitzer des Schmucks wusste.

Vielleicht konnte ihre Freundin Margaret Oswald das eine oder das andere Stück identifizieren. Sie war immerhin die Inhaberin von *La Boutique* und verkaufte ausgefallene Kleidung und modische Accessoires, moderne wie antike. Sie konnte beide Stücke geradeso gut in Papier wickeln und den herrlichen Morgen für einen Spaziergang in die Unterstadt nutzen. Nach dem Kaffee. Und nach ihrer Zeitung. Sie würde Margaret besuchen, und dann ging sie vielleicht auf einen Sprung ins *Le Quartier*, um dort eine ihrer Quiches oder diese köstliche, kalte, bulgarische Gurkensuppe zu essen, die sie neulich auf die Karte gesetzt hatten. Wie hieß sie doch gleich? Izzy lief das Wasser im Mund zusammen.

Der Kaffee schmeckte heute Morgen bitter, und die Nachrichten waren, verglichen mit den gestrigen, langweilig und wiederholten sich. Kurz, Izzys Gedanken waren woanders, und sie hatte keine Freude an ihrer morgendlichen Lieblingsbeschäftigung. Sie seufzte und sah aus dem Fenster. Eine Fähre verließ wieder einmal den Hafen da unten, und eine Reihe Fahrzeuge fuhr schon wieder in die Wartespuren für die nächste ein. Der Sommer war die geschäftigste Jahreszeit für den Hafen von Wycliff mit der doppelten Anzahl Fähren nach Vashon Island,

Anderson Island und Bremerton. Izzy mochte die stille Winterzeit lieber, wenn wochentags fast nur Pendler über den Sund reisten. Manchmal verliehen Nebelhörner dem winterlichen Hafenareal noch Extraflair. Während des Sommers herrschte dort nur Trubel, und sie versuchte, das Fährhafen-Areal so gut wie möglich zu vermeiden.

Doch Izzy sah sich furchtbar gern den daneben liegenden Jachthafen an. Bootsfahrer machten sich gerade bereit hinauszufahren. Ein Zweimaster hatte gestern Abend am Gästedock festgemacht, und die Crew bereitete ihr Deck für einen neuerlichen Törn an diesem sonnigen Morgen vor. Eine Motorjacht legte neben ihnen ab und versetzte das Dock durch seine Bugwelle in ganz sachtes Schwanken. Jenseits der Mole waren die glitzernden Wasser des Sundes schon mit bunten Kajaks und Spinnakern übersät, die wohin auch immer kreuzten.

Sommer am südlichen Puget Sound. Izzy fühlte sich plötzlich sehr glücklich. Sie lebte, wo andere Leute Urlaub machten. Sie konnte hier arbeiten und zu jeder Jahreszeit zu Fuß nach Hause gehen. Sie besaß daher nicht einmal ein Auto. Wycliff bot alles, was sie brauchte. Wenn sie mehr benötigte, bestellte sie den entsprechenden Gegenstand einfach online. Ihr Leben war friedlich und enthielt keine großen Überraschungen. Bis sie letzte Woche die Kamee gefunden hatte. Bis zu den Jet-Perlen von heute Morgen – wenn es denn welche waren.

Izzy stand auf. Es war nutzlos zu versuchen, sich zu beruhigen, wenn ihr Gehirn raste und für nichts sonst

Aufmerksamkeit aufbrachte. Sie nahm ein paar Papierhandtücher aus ihrer Küche und wickelte die Schmuckstücke hinein. Dann verstaute sie die Päckchen in ihrer Handtasche und öffnete die Haustür. Mrs. Morgan war zum Glück nirgends zu sehen, denn sie würde gefragt haben, warum Izzy schon so früh spazieren ging, wenn sie doch sonst an Samstagen erst gegen Mittag losging.

*

Margaret faltete einige Hemden weg, die eine ihrer Touristinnen, wie sie Kundinnen von außerhalb nannte, ihr in einem Haufen zurückgereicht hatte, nachdem sie alle anprobiert hatte; aber sie waren alle entweder zu groß oder zu klein gewesen oder hatten sich mit ihrer Haarfarbe gebissen oder sie alt aussehen lassen oder sonst etwas. Margaret kannte diese Sorte von Leuten. Oft genug suchten sie nur das Abenteuer, Kleider anzuprobieren, ohne sie zu kaufen. Nun, wenn sie sie nett behandelte, kamen sie ja vielleicht eines Tages zurück und kauften tatsächlich etwas. Jetzt gerade musste Margaret einfach einen Haufen Kleidung wieder attraktiv zur Schau stellen und konnte dann darauf hoffen, dass die nächste Kundin kaufen würde. Eine ihrer schweren, dunklen Strähnen hatte sich aus ihrer Frisur im Empirestil gelöst, und sie warf sie alle paar Minuten zurück, nur damit sie ihr wieder ins Gesicht fiel.

Nun, Margaret sollte Pech haben, denn als Nächste betrat Izzy ihr Geschäft. Und Izzy bestellte ihre Kleidung meistens online – weil sie sich von ihrem kleinen Gehalt die höheren Preise für die prächtigen Garderoben von *La Boutique* nicht leisten konnte. Margaret lächelte ihre Freundin an. Sie würde ihr zu ihrem nächsten Geburtstag im Oktober etwas schenken, das sie überraschen würde. Sie hatte es sogar schon auf Lager, denn die Sommerauslage würde schon sehr bald durch Herbst- und Wintermode ersetzt werden müssen.

„Guten Morgen, Izzy", rief Margaret und gab ihrer Freundin ein paar Luftküsse zu beiden Seiten des Gesichts. „Du bist heute Morgen schon früh unterwegs." Sie faltete weiter Hemden.

Izzy nickte. „Und dafür gibt es einen guten Grund."

„Na, wenn du mich fragst, gibt es mehr als nur einen Grund, heute früh durch die Unterstadt zu laufen", sagte Margaret. „Das schöne Wetter ist nur einer davon. Und dann der Bauernmarkt natürlich. Und Freunde treffen … Du bist schon eine Weile nicht mehr hier gewesen. Wie gefällt dir diese Farbe?" Margaret hielt Izzy ein dunkelblaues Spitzentop hin.

Izzy sah es an und errötete. „Es ist wunderschön, aber weit jenseits meiner Preisklasse."

„Ich sag dir was – wenn es sich bis nächsten Donnerstag nicht verkauft, wenn ich die Fenster umdekoriere, kannst du es zu einem ganz besonderen Preisnachlass haben."

„Ich weiß nicht so recht", wich Izzy vorsichtig aus.

Zu ihrer Erleichterung ließ Margaret sie vom Haken und hängte das Top zurück an einen Kleiderständer.

„Du bist also aus einem bestimmten Grund gekommen, hast du gesagt", wiederholte Margaret und legte einen Arm um ihre Freundin. Es war etwas ungelenk, da Margaret einen Meter neunzig groß und Izzy zwar mittelgroß war, aber doch eben mindestens einen Kopf kleiner. „Trinkst du eine Tasse Kaffee mit mir?" Margaret wartete die Antwort gar nicht erst ab, sondern verschwand hinter einer Tür im hinteren Teil ihres Ladens und kehrte kurz darauf mit zwei dampfenden Bechern wieder zurück. „Handgefiltert", verkündete sie und drückte einen der Becher Izzy in die Hand. Dann schnüffelte sie mit einem seligen Ausdruck in ihrem braunen Gesicht am Dampf. Ihre grünen Katzenaugen schlossen sich genießerisch. „Ich habe ein bisschen Zimt zum Kaffeemehl gegeben. Du wirst es mögen."

Izzy schnüffelte ebenfalls an ihrem Becher. „Es duftet auf jeden Fall schon mal lecker", bestätigte sie. Sie nahm einen Schluck und nickte. „Ja, das schmeckt wirklich gut." Dann räusperte sie sich. „Ich muss dir eine ganz verrückte Geschichte erzählen. Du wirst sie nicht glauben, weil sie so merkwürdig ist." Und dann erzählte sie die Geschichte von den zwei Schmuckstücken, während sie sie aus ihrer Tasche packte. Als sie geendet hatte, blickte sie ihre Freundin an. „Nun, ist das nicht die verrückteste Geschichte, die du je gehört hast?"

Margaret runzelte die Stirn. „Das ist allerdings höchst ungewöhnlich! Hast du schon herumgehorcht, wer die beiden Stücke vermisst?"

„Naja, nur wegen des Anhängers. Ich habe die Kette ja eben erst gefunden und noch keine Zeit gehabt, deshalb etwas zu unternehmen", sagte Izzy. „Ich frage mich fast, ob diese Stücke überhaupt echt sind? Wer würde denn echten Schmuck auf so eine Weise weggeben?"

„Ich dachte, du bist Historikerin und arbeitest in einem Antiquitätengeschäft. Macht dich das nicht zu einer Fachfrau auf diesem Gebiet?"

Izzy verdrehte die Augen. „Nur, weil ich alte Möbel verkaufen und zwischen Barock, Empire und Art Deco unterscheiden kann, heißt das nicht, dass ich Schmuckexpertin bin. Aber ich dachte, du wärest eine."

Margaret griff nach der Kamee. „Darf ich?"

„Sicher."

Margaret hob den Anhänger hoch und öffnete ihn; dann hielt sie ihn gegen das Licht. Sie untersuchte die Fassung auf der Rückseite, hielt die Kamee in einem Winkel und starrte noch etwas länger darauf. „Die ist echt", sagte sie. „Da ist ein 925er-Stempel in der Fassung; das heißt, du hast Sterlingsilber. Sie ist durchscheinend, das heißt, du kannst die Schnitzspuren sehen, aber auch Risse. Und deshalb ist dies eine Muschelkamee, die vermutlich aus einer Konche von den Bahamas gefertigt wurde. Das war übrigens eine Modeerscheinung des viktorianischen Zeitalters. Na, und das Gesicht der Frau hat eine gerade Nase, was bedeutet, dass sie aus der zweiten Hälfte des 19. Jahrhunderts stammt. Wenn sie aus der ersten Hälfte stammte, hättest du da eine römische Nase." Margaret sah ihre Freundin an. „Wahnsinn, Izzy, dieses Stück ist ziemlich wertvoll!"

Izzy stockte der Atem. „Und die Kette?" fragte sie mit dünner Stimme.

Margaret nahm die Kette und betrachtete sie. Dann rubbelte sie sie über ihre Seidenbluse und hielt sie an Izzys Baumwollpullover. Wo sie ihn berührte, blieben Fusseln an den Perlen hängen. „Echter Jet", stellte Margaret fest. „Das war der elektrostatische Test. Du könntest sie auch über die Unterseite deines Kaffeebechers reiben; auf Keramik hinterlässt das einen schwarzen oder braunen Strich, weil es sich um ein bestimmtes Kohlestadium handelt. Du könntest sie auch in einen Eimer mit Wasser werfen und beobachten, dass sie nur langsam sinkt." Sie sah die Perlen noch genauer an. „Natürlich handgeschnitzt – keine sieht genau wie die andere aus, und nicht nur, weil sie unterschiedlich groß sind."

„Ich weiß, dass Jet ziemlich gängig für Trauerschmuck in Großbritannien war", sagte Izzy. „Königin Victoria verbot ihrem ganzen Hofstaat während des ersten Trauerjahrs um Prinzgemahl Albert, Schmuck zu tragen, es sei denn, er wäre aus Jet. Ich weiß, dass er hier während des Bürgerkriegs ebenfalls ziemlich üblich wurde. Und natürlich trugen die Flapper lange Halsketten aus Jet."

„Ja, aber ihre waren viel länger als die, die du hier hast", sagte Margaret. „Und sie waren auf schweren Baumwollfaden gereiht, mit Knoten zwischen den Perlen, um regelmäßige Abstände zu gewährleisten. Das ist hier definitiv nicht der Fall, und die Schnitzerei spricht für eine frühere Periode. Ich würde auf spätviktorianisch bis Jugendstil tippen – wegen des Naturthemas. Und auch die Schließe sieht ziemlich nach Jugendstil aus. Also noch ein echter Schatz." Margaret blickte Izzy mit funkelnden Augen an. „Du weißt, dass alles Gute im Dreierpack kommt."

„Ich weiß allerdings nicht, ob das hier gut ist", protestierte Izzy. „Ich weiß nicht, was ich damit tun soll. Und ich weiß nicht, ob es nicht mit Kriminalität zu tun hat."

„Und dann lässt man es vor der Tür ein und derselben Person? Was bedeutet, dass derjenige, der es abgibt, wieder zurückkehrt?" Margaret schüttelte den Kopf. „Wohl kaum! Ein Krimineller würde das nicht tun. Außerdem sind die auf Gold und Silber aus, um es sofort einzuschmelzen. Ich habe noch nie von einem Einbrecher gehört, der auf Jet aus gewesen wäre. Das würde ihn unter seinesgleichen zum Idioten abstempeln."

Izzy gab ihre gerade Haltung auf. „Es ist also Schmuck aus dem späten 19. Jahrhundert, und ich habe keine Ahnung, wie ich herausfinden soll, wem er gehört."

„Bist du nicht mit der Kuratorin des Museums in Steilacoom befreundet?"

„Joan Curtis? Ja, warum?"

„Was du mir von dieser erstaunlichen Dame erzählt hast, ist, dass sie ein Quell der Informationen und Ideen ist. Du kannst vielleicht ihr die Geschichte erzählen und sie fragen, was sie in deinem Fall tun würde. Wie wär's damit?"

Izzys Gesicht verzog sich zu einem entzückten Lächeln. „Ich wusste, ich müsste nur hierherkommen. Deine Expertise ist wundervoll, aber die Idee, Joan zu fragen … Warum bin ich nicht selbst darauf gekommen?"

„Weil man manchmal den Wald vor Bäumen nicht sieht. Besonders, wenn man vor einem Rätsel steht. Und dafür sind dann Freunde da."

Izzy lachte und stellte ihren leeren Becher auf die Ladentheke. „Tja, blind wie ein Maulwurf." Sie deutete auf ihre Brille und zwinkerte. „Danke, dass du Zeit für mich hattest, und für den wundervollen Kaffee. Zimt, hm?" Sie umarmte Margaret kurz.

„Ja." Margaret schnappte sich die Becher, um alles zu entfernen, das nicht zu ihrer sorgsam zusammengestellten Thekenauslage gehörte.

Izzy öffnete die Tür und winkte, ohne sich umzudrehen.

„Halte mich auf dem Laufenden!" rief Margaret ihr nach.

„Mach ich", erwiderte Izzy, und die Tür klappte zu.

„Ich frage mich, wer Izzy den Hof macht", sagte Margaret zu sich selbst. Ein sanftes, aber sehr forderndes Miauen zu ihren Füßen ließ sie nach unten blicken. „O hallo, Cesar!" sagte sie und beugte sich zu einem wunderschönen, tieforangefarbenen Kater hinab. „Wie oft habe ich dir gesagt, du sollst nicht hereinkommen, sondern draußen warten?" Sie hob den Kater auf und trug ihn zur Tür, um ihn nach draußen zu setzen. „Du bringst Leute zum Niesen und Schlimmerem, weißt du?" Cesar schleckte seine rechte Vorderpfote und sah sie erwartungsvoll an. „In Ordnung! Heute gibt's Thunfisch, okay? Gib mir einen Moment Zeit!"

Wieder drinnen trat Margaret in ihren Bürobereich und füllte einen Fressnapf mit einer dickflüssigen Mischung aus einer Dose. Cesar peitschte seinen Schwanz spielerisch herum, während sie ihm den Napf gleich neben der Tür vorsetzte. Dann stürzte er sich auf sein Futter, leckte schließlich den Napf aus, strich mit seinem Körper einige Male um ihre Beine, miaute, und machte sich wieder davon.

Margaret lächelte nachdenklich und schüttelte den Kopf. „Ich frage mich nur, warum er zu mir kommt, um gefüttert zu werden, und wohin er nachts geht. Er sieht jedenfalls gepflegt aus."

*

Er war sich nicht sicher, ob er die Botschaft an sich richtig verstanden hatte. Schließlich war er schrecklich schüchtern und sehr schlecht darin, sich einer Frau zu nähern. Besonders jetzt und bei Izzy. Er fragte sich, ob es daran lag, dass er erst unlängst ein Geheimnis seiner Familie herausgefunden hatte.

Er wusste, dass der Schmuck, den er Izzy praktisch zu Füßen gelegt hatte, wertvoll war. Aber das verdiente sie auch. Außerdem würde niemand den Schmuck zu ihm zurückverfolgen können. Er war schon so lange nicht mehr getragen worden, dass vermutlich niemand herausfinden würde, dass er der Frau gehört hatte, die seine Vorfahrin gewesen war. Weshalb er sich schämte, wer er war. Der Teil eines Betrugs.

Er wollte diese kostbaren Stücke, die einst jemandem in gutem Glauben geschenkt worden waren, jemandem geben, der sie entweder mögen und für sich selbst behalten oder für das Museum verwenden würde. Er wollte nichts mit diesen unrecht erlangten Gegenständen zu tun haben.

Es war Abend, und es wurde dunkel. Er musste nachsehen, ob es in der Villa irgendwelche Spuren gab, die auf ihn hinwiesen. Er drehte den Schlüssel um und trat ein. Es war das erste Mal seit langem, dass er wieder in diesem Gebäude stand. Aber nichts schien sich verändert zu haben, und so kannte er sich aus. Vielleicht würde er die Taschenlampe nur für eine eingehendere Suche benötigen.

*

Als Dottie McMahon aus dem benachbarten deutschen Feinkostgeschäft am nächsten Samstag *La Boutique* kurz vor Ladenschluss betrat, fand sie Margaret vor, wie sie Pakete leerte, die Pappe faltete und beiseitelegte.

„Schon Sachen für die nächste Saison?" fragte sie munter. Dottie war so ziemlich das sonnigste Wesen, das Margaret je gekannt hatte. Die zierliche, energiegeladene Dame mit einer Vorliebe für alles mit Pünktchen und jeden, der Vertraulichkeit brauchte, schob Margaret eine Ziploc-Dose über die Theke zu.

„Ich habe dir etwas fürs Frühstück morgen mit ..." Dottie errötete. „Tut mir leid, ich habe seinen Namen vergessen."

„Nicht nötig, sich daran zu erinnern", sagte Margaret nonchalant. „Er gehört schon der Vergangenheit an."

„Der Vergang..." Dottie schluckte. „Ich hatte keine Ahnung. Ich meine ..."

Margaret schüttelte den Kopf und lächelte sie grimmig an, bevor sie ihre Aufmerksamkeit wieder den Schachteln zuwandte. „Tja, ich weiß, was du jetzt denken wirst. Da kennst du mich nun schon seit fast vier Jahren, und ich habe genauso viele männliche Partner gehabt." Sie lachte über sich selbst. „Viereinhalb. Denn die letzte Beziehung habe ich beendet, bevor sie auch nur halbwegs zustande gekommen ist."

Dottie glaubte, ein trockenes Schluchzen zu hören. „Geht es dir gut, Liebes?" fragte Dottie und legte sanft eine Hand auf Margarets geschäftigen rechten Arm.

Margaret nickte heftig und sah Dottie mit glitzernden Augen an. „Ich bin nur sauer auf mich selbst. Ich hatte mir geschworen, es würde nicht wieder passieren. Ich würde mich nicht wieder auf eine Beziehung einlassen und ihn dann fallen lassen wie eine heiße Kartoffel. Ich spiele nicht absichtlich mit ihren Gefühlen. Und bevor ich es merke, stecke ich tiefer drin als geplant, und bekomme kalte Füße." Sie packte weiter Kleidungsstück um Kleidungsstück aus und sortierte sie nach Größe und Farbe. „Wenn du das also für *ihn* gedacht hattest, dann nimm es bitte wieder mit, denn *ich* verdiene solche Leckereien nicht." Sie wischte sich rasch mit dem Unterarm über die Augen und lächelte Dottie flehend an. „Ich bin keine gute Frau."

„Doch, bist du!" rief Dottie. „Ich kenne dich nur als freundlich und warmherzig, hilfsbereit und lustig und charmant. Und hinreißend siehst du auch aus."

„Naja." Margaret lachte beinahe. „Aber wir wissen doch alle, dass Schönheit nur oberflächlich ist."

„Ja, aber du hast alles. Vielleicht magst du ja mal darüber reden, warum du jedes Mal ausreißt, wenn du tiefer in eine Beziehung gerätst?"

„Ich weiß nicht recht." Aber Margaret klang nicht allzu überzeugend.

„Wie wär's, wenn wir uns nach Ladenschluss träfen?" beharrte Dottie sanft. „Es geht auf mich. Wir könnten im *Le Quartier* zu Abend essen."

„Hast du an einem Samstagabend nichts Besseres zu tun, als einer heiratsuntauglichen Frau in ihren Dreißigern zuzuhören?"

„Ich wüsste nicht, was. Jedenfalls nichts, was mich mehr kümmerte, besonders wenn die sogenannte heiratsuntaugliche Frau eine meiner liebsten Freundinnen ist." Dottie stupste Margaret. „Bitte?"

Margaret lachte. „Du klingst beinahe, als täte ich dir einen Gefallen, wenn in Wirklichkeit du *mir* einen tust."

„Aber es *ist* ein Gefallen! Luke hat beschlossen, mit einigen Freunden übers Wochenende von Carbon River zum

Sunrise Ridge zu wandern. Ich bin allein zu Hause und bereit zu allem. Lass uns etwas richtig Gutes im Bistro essen. Und dann lass uns noch ein bisschen mehr Spaß bei mir zu Hause haben. Du kannst auch in unserem Gästezimmer übernachten, wenn du willst."

Margaret seufzte in komischer Verzweiflung. „In Ordnung. Lass mich dir dann den Gefallen tun. Aber in dem Moment, in dem du zu gähnen anfängst, bin ich weg, hörst du?"

Dotties Lächeln ließ ihr ganzes Gesicht erstrahlen. „Meine Aufmerksamkeit gehört ganz dir." Dann drehte sie sich wie eine Ballerina auf den Zehen um und ging zur Tür. „Stell die Ziploc-Box in deinen Kühlschrank. Du kannst die leckeren Sachen darin immer noch am Montag zu Mittag essen."

*

„Mirena, wach auf!" Ihre Freundin Ileana rüttelte sie bei den Schultern. „Da sind ein paar Leute, die gerade mit Schwester Maria gesprochen haben und adoptieren wollen!" Ihre dunklen Augen glitzerten aufgeregt.

Mirena gähnte. Ihre grünen Katzenaugen wurden zu winzigen Schlitzen in ihrem braunen Gesicht. Ihr Gesicht sah immer braun aus, selbst im Winter, wenn sich die Kälte durch die Ritzen zwischen Fensterrahmen und Wänden fraß. Und die Wolldecke, die sie sich mit Ileana teilte, war zu klein, um sie im

Bett warmzuhalten. Aber sie beschwerte sich nie. Sie wusste, sie gehörte zu den Glücklichen.

Sie konnte sich an nichts erinnern, bevor sie ins Waisenheim gekommen war. Sie musste zu klein gewesen sein. Zumindest hatte ihr das Schwester Maria gesagt. Ein in ein Handtuch gewickeltes Bündel, das dünne miauende Laute von sich gab. Sie war bei diesem katholischen Waisenhaus in einem winzigen Dorf in der Nähe der rumänischen Stadt Bukarest abgelegt worden. Das taten Menschen manchmal, wenn sie ihr Kind nicht ernähren konnten. Oder wenn es schlicht unerwünscht war. Schwester Maria hatte ihr gesagt, dass, obwohl ihre Mutter sie weggegeben hätte, das nicht hieße, dass Gott sie nicht wolle. Aber warum hatte er ihr dann die Hautfarbe einer ethnischen Minderheit gegeben? Er beliebte wohl, mit ihr zu scherzen.

„Sie sind aus Amerika", flüsterte Ileana.

„Die wollen keine Menschen wie mich", schnaubte Mirena. „Die denken, in meinem Volk wären alle geborene Diebe und Lügner."

„Dummerchen!" sagte Ileana. „Niemand wird so geboren. Und du hast wunderschöne Augen."

„Ja, klar", sagte Mirena. „Und schau, wie groß ich schon bin. Die wollen doch Goldlöckchen in hübschen Kleidchen, nicht Mädchen wie mich." Mit sechs Jahren hatte Mirena die Hoffnung aufgegeben, das Waisenhaus je auf dem Wege der Adoption zu verlassen. Sie wusste, sie war nicht so niedlich wie die Kleinkinder oder selbst die fünfjährige Ileana.

Und doch war es sie, die von Irene und Adam Oswald ausgewählt wurde, einem amerikanischen Ehepaar, das Dokumentarfilme über die traurige Lage von Waisenhäusern in Rumänien gesehen hatte und helfen wollte. Wenigstens ein Kind retten, das ohne Hoffnung und woanders chancenlos war. Und was auch immer sie an Mirena berührt haben mochte, sie hatten das schlaksige Mädchen mit dem unordentlichen dunklen Haar, den grünen Katzenaugen und einem Gesicht voller Misstrauen und Feindseligkeit all den anderen lachenden und bettelnden Kindern vorgezogen, die so viel vielversprechender waren.

Sie hatten sie in den pazifischen Nordwesten gebracht. Sie hatten sie Margaret genannt und ihr Englisch beigebracht. Sie hatte ihre Erinnerungen ganz in ihren Hinterkopf verdrängt.

Sie hatte intensiv gelernt. Sie war sich der immensen Gelegenheit bewusst, die ihr geboten worden war, und sie wollte das Beste daraus machen. Sie liebte Irene und Adam innig. Sie waren ein Geschenk des Himmels, und endlich glaubte sie, was ihr Schwester Maria gesagt hatte. Dass sie auserwählt war. Aber sie wusste auch, dass das mit einer Verantwortung für all ihr Handeln verbunden war. Und letzten Endes vergaß sie nie, dass sie einen Hintergrund hatte, von dem niemand wusste.

Bei all den verschiedenen Ethnien an der Westküste kümmerte es niemanden wirklich, ob sie Sinti, Roma, Inderin oder Latina war … Sie sah auf geheimnisvolle Weise exotisch aus, aber sie trug einen englischen Namen und sprach die Sprache fließend und ohne Akzent. Während ihrer Kindheit nahe Seattle wussten alle, dass sie adoptiert worden war. Das wurde ihr eher unter die Nase gerieben als ihr exotisches Aussehen. Wenn sie sich in der Schule nicht gut benommen hatte, erinnerten sie ihre Lehrer daran, dass sie ihren Eltern Besseres schuldete. Wenn ihre Freunde daheim Schwierigkeiten hatten, sagten sie ihr, sie wünschten, sie könnten davonlaufen und sich adoptieren lassen. Als ihre Adoptiveltern während ihrer Teenage-Jahre eine Liste von Regeln erstellt hatten, hatte sie gewusst, dass sie sich besser daran hielte, aber innerlich hatte sie rebelliert. Sie hatte immer gespürt, dass sie nicht ganz sie selbst war. Etwas ging ihr immer gegen den Strich. Etwas ließ sie immer hinterfragen, sich beurteilen, der Haltung anderer gegen sie misstrauen. Und je älter und nachdenklicher sie hinsichtlich ihrer Situation wurde, desto schlimmer wurde es.

Als sie die Schule abgeschlossen hatte, war sie an ein nahes Community College gegangen. Sie hatte nicht gewollt, dass ihre Adoptiveltern (sie fügte immer den Begriff „adoptiv" hinzu, wenn sie an sie dachte) eine der prestigeträchtigeren Institutionen für sie bezahlten oder ihr beim Bezahlen halfen. Sie hatte ein Stipendium erhalten, das ihr etwas half. Sie hatte auch in einer Bekleidungskette in einer nahegelegenen Mall gejobbt. Damals hatte sie gemerkt, dass sie eine Leidenschaft für exquisite und ungewöhnliche Bekleidung hegte, die durch nichts, womit sie fast täglich in dem Laden hantierte, gestillt wurde. Die Musik war laut und zumeist nur Rhythmus gewesen, die Materialien dürftig, der Stil äußerst knapp geschnittener Mainstream. Margaret war bei dem Job geblieben, weil sie das Geld gebraucht hatte, aber sie hatte nach dem College-Abschluss etwas anderes machen wollen.

Als sie ihren Abschluss in Betriebswirtschaft errungen hatte, waren Irene und Adam stolz wie Oskar ob der Tatsache gewesen, aber etwas enttäuscht, dass sie in den Einzelhandel gehen wollte und nicht „etwas mehr" erstrebte. Margaret war verletzt. Aber dieses eine Mal gab sie dem Vorschlag ihrer Adoptiveltern nicht nach. Stattdessen schrieb sie ein Geschäftskonzept, trat an einen der Verbände im Südsundgebiet heran, der junge, von Frauen gegründete Unternehmen unterstützte, und los ging's.

Wycliff erwies sich als ausgezeichneter Standort für ihr Unternehmen. Die viktorianische Stadt hatte eine Reihe Geschäfte mit interessanten und ungewöhnlichen Themen, und *La Boutique* mit ihrer exquisiten Designermode passte einfach perfekt ins Bild.

Während sie ihr Darlehen für den Laden und die Mode, die sie damit bestückte, refinanzierte, lebte Margaret in einer winzigen Wohnung nahe dem Fährhafen. Nichts Schickes, aber sauber und in fußläufiger Nähe zu ihrem Geschäft. Sie genoss das Leben in einer Kleinstadt zutiefst und den großartigen Blick über den Sund mit seinen Inseln und den schneebedeckten Bergen auf der anderen Seite. Sie liebte das Flair der über die ganze Unterstadt verstreuten Tante-Emma-Läden, und als Dottie Dolan, nunmehr McMahon, in das leere Ladenlokal nebenan eingezogen war und ihr deutsches Feinkostgeschäft eröffnet hatte, wusste sie, dass ihre kleine Welt abgerundet war. Sie gewann eine Freundin in Dottie, obwohl die Deutsch-Amerikanerin gut zehn Jahre älter war als sie. Sie half Dottie, wenn es ums Dekorieren ihrer Schaufenster ging, und Dottie gab ihr zuverlässig jeden Samstagabend, was sie als „Reste" bezeichnete.

Nur im Bereich der Romantik fühlte Margaret diese tiefe, hässliche Leere. Nicht, dass es ihr an Gelegenheit mangelte. Selbst bei ihrer Größe, die inzwischen nicht mehr als so groß galt wie damals in ihrer Kindheit, gab es genügend Verehrer. Zumindest am Anfang. Doch immer, wenn sich Margaret auf eine Beziehung einließ, erreichte sie einen Punkt, an dem sie an ihrer Begehrtheit zu zweifeln begann. Wenn sie sich fragte, ob ihre Ethnie, wenn sie einmal bekannt wurde, einen Unterschied machen würde, so wie damals in Rumänien. Ob sie von ihren leiblichen Eltern genetische Mängel ererbt hatte, die auf unschöne Weise auftauchen könnten, falls sie sich auf eine Partnerschaft einließ, so wie Krankheiten oder Merkmale, die Geburtsfehler verursachen konnten. Sie machte sich mit dem Gedanken verrückt, dass sie nichts darüber wusste, woher sie kam außer aus einem schmutzigen Handtuch auf der Schwelle eines Waisenhauses.

Beziehung um Beziehung hoffte Margaret, ihre Furcht zu überwinden. Sie versuchte, darüber zu lachen. Sie sagte ihrem Spiegelbild, sie solle realistisch sein und einfach *leben*. Am Ende gab sie erneut einem potenziellen Liebhaber aus einem neuerlichen lächerlichen Grund einen Korb. Und sie sah neidisch zu, wie befreundete Pärchen heirateten, gab ihnen aber großzügige Geschenke.

Die Einsamkeit hatte sich wie eine Katze in ihr Leben geschlichen, dachte sie. Heimlich, still und leise. Manchmal fühlte sie sich gut an, sogar gemütlich. Aber manchmal fuhr sie ihr mit ihren Krallen übers Herz und brachte sie nachts zum Weinen, wenn sie an ihrem Fenster stand und in die gedämpften Lichter des verlassenen Fährhafens starrte.

*

„Hallo, Joan?" Izzy fingerte nervös an dem Kamee-Anhänger, während sie in den Garten blickte. Es goss in Strömen nach zwei Wochen Trockenheit, und sie war sich sicher, dass die Leute sich innerhalb eines Tages über das schlechte Washingtoner Wetter beschweren würden und dabei vergaßen, dass es bisher richtig sonnig und manchmal sogar stickig heiß gewesen war.

„Hallo, Izzy." Joan Curtis' Stimme klang wie immer warm und ruhig. Sie war die Kuratorin des Steilacoom Historical Museum, solange Izzy denken konnte, und hatte mit ihr Freundschaft geschlossen, als die jüngere Frau als Kuratorin des Historischen Museums von Wycliff angefangen hatte. „Schon länger nichts voneinander gehört. Wie geht es dir?"

„Viel zu tun!" rief Izzy. „Bestimmt hast du schon von der Villa Hammerstein gehört? Die Schätze darin gehören alle unserem Museum, wenn wir sie wollen."

„Ich habe davon gehört, und ist das nicht wundervoll?"
Joan schien, ihr Zögern zu spüren. „Du hast doch etwas gefunden,
das es wert ist, aufgehoben zu werden, oder?"

Izzy schluckte. „Es ist zu viel. Wir werden es nicht
behalten können."

„O nein!" lachte Joan. „Es gibt immer einen Weg,
Geschichte zu bewahren. Wenn er nicht offensichtlich ist, musst
du um die Ecke denken. Ich bin mir sicher, dir fällt etwas ein!"

Izzy nickte und legte die Kamee beiseite, um stattdessen
mit der Jet-Perlenkette zu spielen. „Ich hatte gehofft, ich könnte
zum Museum rüberkommen und ein paar Dinge mit dir
diskutieren."

„Ich denke, das könnten wir tun", stimmte Joan zu. „Aber
ich kann dir nichts versprechen. Auch unser Museumslager platzt
aus allen Nähten. Und es war schwierig genug, eine Lösung für
unser Problem zu finden."

„Oh", sagte Izzy. „Ich hatte nicht darum bitten wollen,
dass ihr unsere Sachen einlagert." Sie lachte nervös. „Ehrlich
gesagt, ist das nur der offizielle Teil meines Anrufs. Und ich bin
mir fast sicher, dass ich bereits die Antwort auf unser Problem
gefunden habe. Zumindest den Teil, der reine Logik verlangt.
Nicht den Teil, der das Geld dafür bringt."

„Du machst mich wirklich neugierig", lachte Joan leise.

„Nun, was mich mindestens genauso beschäftigt, ist
etwas, für das ich die alleinige Verantwortung trage." Izzy holte
tief Luft. „Ich habe in meinem Vorgarten Schmuck gefunden."

„Du hast was gefunden?"

„Du hast richtig gehört, Joan. Schmuck! Und er scheint echt zu sein, denn ich habe ihn Margaret Oswald gezeigt, und sie kennt sich recht gut mit alten Accessoires aus."

„Liebe Güte! Was hast du denn gefunden? Sag schon!"

„Ein Kamee-Medaillon, das einmal ein Kettenanhänger gewesen sein muss. Und eine aufwändig geschnitzte Jet-Perlenkette. Beide etwa aus der Zeit, als Wycliff boomte, so um 1880 oder 1890."

„Wie faszinierend. Aber wie sind sie in deinen Vorgarten geraten?"

„Eben!" jammerte Izzy. „Ich weiß es wirklich nicht, und ich weiß nicht, was ich mit ihnen tun soll. Ich habe herumgefragt, aber niemand beansprucht sie. Die Polizei würde sie nur versteigern. Und das wäre so ein Verlust!"

„Nun, dann behalte sie", sagte Joan. „Nicht für dich, sondern als Ausstellungsstücke für euer Museum. Solange sie niemand beansprucht, sind sie Teil einer geschichtlichen Periode und können als anonyme Leihgabe gezeigt werden."

„Wirklich?" sagte Izzy erleichtert.

„Es macht doch Sinn, oder nicht? Außerdem bewahrt es etwas auf sehr wertschätzende Weise auf. – Hast du die beiden Stücke am selben Ort gefunden?"

„Nein. An unterschiedlichen Tagen an unterschiedlichen Stellen."

„Na, dann ist das kein Zufall, sondern du solltest sie finden und behalten, ganz sicher. Ich würde sie trotzdem gern sehen. Könntest du sie fotografieren? Oder zu unserem Treffen mitbringen?"

„Mach ich."

„Warum kommst du dann nicht nächsten Dienstag in die *Topside Coffee Cabin*? Ich werde einer Besuchergruppe aus Seattle das Wandbild innen erklären. Wenn ich damit fertig bin, könnten wir uns mit John O'Reilly, dem Besitzer, zusammensetzen. Ich bin mir ziemlich sicher, er hat ein paar faszinierende Ideen, die du umsetzen könntest. Das hat er nämlich immer."

„Aber würde er mir das erlauben, auch wenn es für das Museum in Wycliff und nicht das in Steilacoom ist?"

Joan lachte. „Frag ihn, nicht mich. Aber vermutlich musst du sowieso einfach nur fragen."

*

??. Juli 1881

In der Eisenbahn

Ich sollte mich freuen, dass man heutzutage nach Westen durchweg per Zug reisen kann. Vor nur etwas mehr als zehn Jahren hätte ich mit Pferd und Wagen reisen müssen oder – Gott bewahre – den ganzen Weg um Kap Horn per Schiff! Es gibt Gerüchte, dass die Franzosen einen riesigen Kanal durch

Panama bauen. Wer hat je von solch einer bodenlosen Kostenfalle gehört?! Letzten Endes denke ich also, dass alles schlimmer sein könnte, obwohl mein Rücken vom langen Sitzen auf Holzbänken schmerzt und durch die Fenster ständig Schmutz hereinkommt.

Ich habe aufgehört, die Reisetage seit meiner Abreise aus Pittsburgh zu zählen. Ich weiß nicht einmal, welcher Wochentag ist. Es ist heiß, und ab und zu sehen wir Gewitterwolken am Horizont. Aber bisher sind alle weggeweht worden, und die Luft im Waggon fühlt sich trocken und staubig an. Wenn wir an der einen oder anderen Bahnstation anhalten, winke ich für gewöhnlich jemanden her, mir etwas Essen und Wasser zu bringen. Miss Elizabeth hätte das sicher genauso gemacht, wäre sie allein gereist. Da sie es nicht war, schickte sie gewöhnlich mich, um Besorgungen zu erledigen. Ich weiß immer noch nicht, wieviel Trinkgeld ich den Leuten geben soll, die mir einen Krug kaltes Wasser und ein Sandwich bringen; denn darum bitte ich meistens. Ich bezahle ihnen vermutlich viel zu viel, und sie halten mich vielleicht für eine idiotische Frau der Oberschicht, obwohl ich nur eine von ihnen bin und unbedingt lernen will, wie man mehr zu sein scheint. Ist das Leben nicht voller Ironie?!

Es gibt tatsächlich einige Frauen, die entweder allein oder mit einer Begleiterin reisen. Einige von ihnen sehen aus, als seien sie verheiratet und gingen nach Westen, um wieder mit ihren Ehemännern vereint zu sein. Eine Reihe anderer ... Nun, ich weiß nur, dass sie eigenständig sind. Und ich kann mir gut vorstellen, was für ein Unternehmen sie aufmachen wollen. Man muss erst

Geld verdienen, bevor man daran denken kann, anständig zu werden, glaube ich. Mutter würde sich im Grabe herumdrehen, wüsste sie, dass ich inzwischen so denke. Aber was hat Anständigkeit ihr denn eingebracht? Eine Menge Kinder und endlose, harte Fabrikarbeit. Am Ende war sie zu erschöpft, um selbst das schwächste ihrer Kinder zu überleben.

Ich habe angefangen, Miss Elizabeths Handschrift zu studieren, und ich übe all ihre kleinen Punkte und Striche, die Schnörkel ihrer Großbuchstaben und den seltsam abrupten Aufwärtskick, mit dem all ihre Wörter zu enden scheinen. Ich frage mich, ob es stimmt, dass man den Charakter einer Person aus dem Aussehen ihrer Handschrift erschließen kann. Diese Aufwärtsstriche sehen mir gewiss ein wenig aggressiv aus, wie die Suffragetten, über die sie so gern las. Vielleicht hatte ihr Wesen mehr Feuer als das, was die Krankheit von ihr übrigzulassen schien.

Ab und zu frage ich an größeren Bahnstationen nach einer Zeitung aus dem Osten. Aber die meisten sind so alt, dass ich nicht einmal wüsste, ob man meine Täuschung herausgefunden hat. Natürlich darf ich nicht zu auffällig sein, und wenn ich erst in Wycliff bin, muss ich die Sache ganz auf sich beruhen lassen. Wenn ich zu eifrig recherchiere, könnte ich jemanden misstrauisch machen und auf eine Spur bringen, die mir mehr schaden als nutzen würde.

Übrigens sind auch ein paar Männer im Zug. Abgesehen von den Schaffnern natürlich. Einige von ihnen sehen aus, als *hofften sie im Westen auf ihr Glück. Andere sehen so aus, als hätten sie ihres bereits gemacht und als kehrten sie nach Hause im Westen zurück oder gründeten dort Unternehmen. Mehr als einer von ihnen hat mich schon angestarrt, und einer ging sogar so weit, sich mir vorzustellen und eine Unterhaltung mit mir beginnen zu wollen. So einsam ich mich manchmal fühle und so sehr ich das als mein einstiges Ich genossen hätte, Miss Elizabeth blickte ihn nur sehr kühl an, und der Geselle stammelte eine Entschuldigung und zog sich zu seinem Platz weiter hinten im Waggon zurück.*

Ich bin gespannt, wie ich den Rest meiner Reise finden werde. Ich werde in Sacramento umsteigen und nach Norden fahren müssen. Ich habe gehört, dass man neuerdings in Kalifornien Orangen anbaut. Dank der Hitze, die wir seit zwei Tagen ertragen müssen, glaube ich das gern. Aber ich frage mich, wie es wohl weiter im Norden sein wird. Wird es dort Gebirge geben? Ich weiß, dass Wycliff an den Ufern des Puget Sound liegt. Also ist dort Salzwasser. Aber wie groß ist die Stadt? Werde ich gern dort leben, oder werde ich mich danach sehnen, zurück nach Osten zu gehen, vielleicht sogar wieder nach New York City?

Ich wage nicht einmal, daran zu denken, was mich als Ehefrau erwartet. Ich meine, wie kann man nur freiwillig eine Katalogbraut werden?! Und trotzdem bin ich bereit, mir Miss Elizabeths Schuhe anzuziehen, und willens, das Eheversprechen zu geben und den Plan umzusetzen. Ich glaube, für Leute wie mich gibt es nur diesen einen Weg nach oben. Gut heiraten und versuchen, es würdevoll durchzustehen. – Meine Eltern liebten einander sehr. Ganz offensichtlich brachten sie es nirgendwohin. Ich muss es anders anpacken. Und wenn es eine Vernunftehe ist, so sei's drum.

3

„... Und haben Sie schon gehört, dass in der Villa Hammerstein ein Geist umgeht?" Mrs. Morgan sagte es an der Ladenkasse laut genug zu Dottie, dass sich die Kunden an der Aufschnitt-Theke umdrehten.

„Ein Geist", stellte Dottie ruhig fest und scannte die Lebensmittel weiter, die Mrs. Morgan auf den Ladentisch gelegt hatte. Sie hatte nicht wirklich etwas gegen diese Stadttratsch-Tante, aber heute Morgen übertrieb Mrs. Morgan schon ein wenig.

„Wirklich, ein Geist." Mrs. Morgans Stimme wurde lauter. „Manche Leute haben gesehen, wie sich nachts im ersten Stockwerk des Gebäudes ein Licht bewegt." Sie blickte sich um, um die Wirkung zu sehen, die ihre Rede auf die anderen Kunden hatte. Jemand grinste ironisch. Einige wandten sich wieder ihrem Einkauf zu.

„Aber ich dachte, Geister brauchen kein Licht, um sich zurechtzufinden", sagte Dottie und strahlte. Sie wusste nicht, ob sie laut herauslachen oder ihren Mann, den Polizeichef von Wycliff, anrufen sollte. Vielleicht fußte das Gerücht ja doch auf der Beobachtung eines Einbruchs.

„Nun, dieser hier braucht offenbar welches", beharrte Mrs. Morgan und hob ihr Kinn, um sich mehr Autorität zu verleihen

„Ist es diesen Zeugen je eingefallen, deshalb die Polizei anzurufen?" fragte Dottie.

„Nein – wieso? Haben Sie je davon gehört, dass die Polizei Geister verhaftet?"

„Ich gebe zu, das wäre das erste Mal", lächelte Dottie. „Aber ich denke, es sind einfach Eindringlinge, möglicherweise so etwas wie Einbrecher. Was wirklich die Polizei benötigen würde."

„Einbrecher? Hier in Wycliff?" Mrs. Morgan war entsetzt und beeilte sich, für ihre Einkäufe zu bezahlen. „Ich muss schnell nach Hause und nachsehen, ob ich den Alarm für mein Haus eingeschaltet habe."

„Ich wette, es sind Obdachlose, die aus Seattle hergekommen sind", murmelte ein anderer Kunde. „Wer sonst betritt ein unbewohntes Haus?"

„Tja", sagte Dottie' „solange wir nicht mit Sicherheit wissen, was in der Villa Hammerstein vor sich geht, werden wir dem Museumsteam einfach sagen müssen, dass es besonders vorsichtig sein soll, wenn es das Haus betritt. Nur für den Fall, dass jemand – oder ein Geist – darin ist."

„Pf", schnaubte Mrs. Morgan. „Sie brauchen sich nicht darüber zu belustigen, dass ich einen Geist erwähnt habe. Ich habe nur wiederholt, was ich gehört habe. Guten Morgen." Sie schnappte ihre Taschen und verließ *Dottie's Deli*.

„Nun, vielleicht könnte etwas mehr Urteilsvermögen dabei helfen, ernster genommen zu werden, bevor man Gerüchte verbreitet", murmelte Dottie.

„Aber stellen Sie sich das mal vor!" sagte eine ältere Dame von außerhalb fröhlich. „Ein Geist als Touristenattraktion!"

Dottie lächelte sie an. „Sicher. Das ist genau das, was dem langweiligen Wycliff noch gefehlt hat."

*

Izzy trat beinahe auf die Brosche, als sie über die Schwelle ihrer Haustür schritt, um zur Bushaltestelle zu gehen. Sie schnappte nach Luft. Sie funkelte in weichen Farben – alles Strass in der äußeren Fassung, alles pastellfarbene Achate in der Mitte. Es schien Jugendstil zu sein, aber sie war sich nicht sicher. Allerdings wusste sie, dass dies ein weiteres antikes Schmuckstück war, das man ihr vor die Tür gelegt hatte. Das war kein Zufall mehr. Die Schmuckstücke waren für sie gedacht.

Sie hob die Brosche vorsichtig auf und steckte sie in ihre Handtasche, wohin sie schon die anderen beiden Stücke gestopft hatte. Sie war heute Mittag auf dem Weg nach Steilacoom, um Joan und John vom Museum dieses Orts zu treffen und vielleicht Inspiration zu finden, wie man die Villa Hammerstein für das historische Museum von Wycliff erwerben könne, ohne dies zu einer zu großen Belastung für die Museumsgesellschaft zu machen.

In dem Moment sah sie Mrs. Morgan mit ihren Einkäufen nach Hause zurückkehren. „Guten Morgen, Mrs. Morgan", rief sie. Die alte Dame nickte nur grimmig. „Ist alles mit Ihnen in

Ordnung?" Izzy war ziemlich überrascht von der bissigen Haltung, die ihre Nachbarin gerade zeigte. Etwas musste passiert sein, denn normalerweise war Mrs. Morgan ein fröhlicher Mensch. So fröhlich, wie eine Klatschtante eben nur sein konnte.

„In bester Ordnung", sagte Mrs. Morgan grimmig und musterte Izzy von Kopf bis Fuß. „Auch wenn jeder unter Ordnung etwas anderes zu verstehen scheint."

„Tja, es kommt immer auf die Situation an", sagte Izzy mit noch breiterem Lächeln.

„Sicher", sagte Mrs. Morgan und drehte sich zu ihrem Gartentor um. Bevor sie hindurchging, wandte sie den Kopf und sagte über die Schulter: „Vielleicht geht ihr Museumsleute lieber sicher, dass ihr nicht auf etwas stoßt, was nicht in die Villa Hammerstein gehört."

Izzy hob überrascht die Augenbrauen. „Wie meinen Sie das?"

„Oh, nichts Spezielles", spie Mrs. Morgan. „Fragen Sie dazu besser ein paar andere Leute außer mir. Ich will nicht in das Geistergerücht verwickelt werden, dass neuerdings in der Stadt die Runde macht."

„Geister…" Izzy sah, wie ihre Nachbarin zu ihrer Haustür stelzte, mit den Schlüsseln fummelte und nach drinnen verschwand. „Klar. – Geister." Izzy kicherte plötzlich. Ihre Nachbarin musste heute Morgen wirklich Probleme haben. Hoffentlich hatte sie nicht ernst gemeint, was sie gesagt hatte.

Izzy schüttelte den Kopf und ging weiter. Gegenüber der Oberlin-Kirche lag eine Bushaltestelle, und sie musste nicht lange warten. Die Fahrt nach Steilacoom war allerdings lang und zudem langweilig. Die Fahrgäste konzentrierten sich zumeist auf ihre Smartphones und achteten nicht auf die Landschaft. Naja, es war ohnehin nicht allzu bemerkenswert da draußen, abgesehen vom einen oder anderen kurzen Ausblick auf den atemberaubenden Mt. Rainier oder einen Streifen Sund durch die Fenster auf der anderen Seite des Ganges. Der Verkehr war nicht allzu dicht, und der Bus erreichte die Haltestelle Wilkes Street in Steilacoom so früh, dass Izzy gemütlich bergauf zur *Topside Coffee Cabin* laufen konnte.

Izzy erinnerte sich an drei Vorbesitzer des Cafés. Das war, als sie noch mehr Kaffee getrunken hatte. Sie konnte sich nicht mehr daran erinnern, was vorher darin gewesen war. Ihr stockte der Atem, als sie das Gebäude betrat. Der Coffee-Shop hatte seine Größe gut und gerne verdoppelt und wirkte modern, aber gemütlich mit reichlich Sitzgelegenheiten für Gäste. Eine Wand wurde vollständig von einer detaillierten Vergrößerung einer Lithographie von Steilacoom eingenommen. Sie warf einen Blick auf die Gruppe, die sich bereits ringsum zu versammeln begann. Joan war noch nicht da; vermutlich war sie drüben im sogenannten Quarterdeck, dem Bankettraum, der zu John und Niki O'Reillys Unternehmen gehörte. Izzy drehte sich zur Theke um und blickte auf das Tagesangebot.

71

„Hallo", sprach sie eine freundliche, junge Dame von der anderen Seite der Glasvitrine an. „Was kann ich heute für Sie tun?"

„Die sehen unglaublich gut aus." Izzy deutete auf einige Scones. „Und haben Sie auch Tee?" Sie trank nie mehr als einen Becher Kaffee am Morgen, in den sie einen Schuss Karamellsirup gab.

„Klar haben wir das", lächelte die junge Dame.

„Welchen würden Sie empfehlen?"

Ein leises Lachen. „Sie sind eigentlich alle lecker. Aber mein Lieblingstee ist der mit Honig und Lavendel."

„Verkauft", lächelte Izzy.

„Dann nehmen Sie doch schon mal Platz, und ich bringe Ihnen dann alles. – Allerdings findet bald ein Vortrag zu unserem Wandbild statt. Ich hoffe, das stört Sie nicht?"

„Genau deshalb bin ich hier", sagte Izzy. „Oder noch genauer, um danach John und Joan zu treffen."

„Oh, Sie sind Izzy Watson?" strahlte die junge Frau. „Wir haben schon einen Tisch reserviert." Und sie deutete darauf. Gerade als Izzy sich umdrehte, betraten Joan und John die *Coffee Cabin* und winkten ihr zu.

Während Joan damit beschäftigt war, die Reisegruppe zu begrüßen und mit ihrer Präsentation zu beginnen, kam John auf Izzy zu und schüttelte ihr die Hand.

„Hallo, Izzy!" sagte er, und seine braunen Augen funkelten fröhlich. „Klingt so, als hätten Sie in Ihrer Stadt sozusagen einen Teller voller Köstlichkeiten vor sich und keine Gabel, um sie zu essen. Sprechen wir darüber, wenn Joan damit fertig ist, die Leute in ihren Bann zu ziehen. Ich bin mir sicher, uns werden ein paar wirkungsvolle, tolle Dinge für Sie einfallen."

Izzy schluckte nur. Endlich schien jemand, ihr Problem zu verstehen, und hatte mehr Gedanken darauf verwendet als nur ein einfaches „Nein". Sie ließ sich auf den Stuhl fallen, den John für sie zurechtgerückt hatte, und während sie ihr Zitronenmohn-Scone muffelte und ihren Tee genoss, der ihr kurze Zeit später hingestellt wurde, hörte sie Joans Erläuterungen zu der einst geschäftigsten und wichtigsten Hafenstadt am Sund nur halb zu. Wie schafften sie es, dass sie eine Busladung Touristen für ihr Museum interessierten? Wie hatten sie es aus ihrem Rathauskeller zu einem modernen Gebäude an einer großen Kreuzung geschafft, an dem im Prinzip jeder vorbeifuhr, der durch Steilacoom kam? Wie hatten sie es sich leisten können, ihr Pionierhaus wiederzuerrichten, das eines Nachts während einer Renovierungsphase seitlich zusammengebrochen war, und dessen Restauration volle zwei Millionen Dollar oder mehr gekostet hatte? Wie unterhielten sie ein weiteres Gebäude, das sie an einen Gastronomen vermieteten? Und hörten sie je damit auf, neue Projekte anzugehen? Allein beim Gedanken an all die Veranstaltungen der Steilacoom Historical Museum Association wurde es Izzy schwindelig.

„Haben Sie irgendwelche Fragen?' fragte Joan ihre Zuhörer, und Izzy war es, als habe sie jemand aus ihren Tagträumen herausgeholt.

„Der Motor des explodierten Schleppers liegt also immer noch auf dem Meeresboden unterhalb der Balch Street?"

„Haben Sie irgendwelche Pläne für das Eisenbahndepot unten am Fährhafen? Ich meine, es ist historisch, aber es sieht auch immer schlimmer aus."

„Wo befanden sich die Werften in Steilacoom? Und gab es auch Walfänger?"

„Was hat es mit den Pfählen am Sunnyside Beach auf sich? Gehörten sie zu Wohnhäusern der Indianer oder waren sie Teil von Docks?"

Joan beantwortete jede Frage freundlich und kenntnisreich. Izzy staunte, wie sie all diese Fakten und Einzelheiten angesammelt hatte. Kannte sie Mildred Packman, die pensionierte Geschichtslehrerin der Wycliff High School? Die beiden würden ein ideales Erzählduo abgeben.

Nach einer Weile verschwand die Reisegruppe durch die Tür, um das Museum einen Block weiter nördlich zu besuchen. Joan sammelte ihr Präsentationsmaterial ein und kam endlich an ihren Tisch.

„Du warst klasse. Wie immer. Danke!" sagte John. Izzy sah, dass es kein leeres Kompliment war. Sie hatte schon einmal gehört, dass sich John sehr ernsthaft für Lokalgeschichte interessierte, und aus seinem aufmerksamen Gesichtsausdruck während Joans Vortrag hatte sie gelesen, dass es stimmte.

Die junge Bedienung eilte mit einer Tasse Kaffee und einigen Keksen mit Zuckerguss für Joan herbei. Dann wurden die drei sich selbst überlassen.

„Also", sagte Joan. „Sag uns noch einmal, wie du denkst, dass wir dir helfen können."

Izzy holte tief Luft und holte dann die Papierpäckchen aus ihrer Handtasche. „Beginnen wir mit dem Thema, das wir schneller besprechen können." Sie faltete das Papier auf und legte die drei Schmuckstücke auf den Tisch. „Das ist mir in den Vorgarten gelegt worden."

John pfiff. Seine Blicke wanderten zwischen den Artefakten und Izzy hin und her. „Irgendeine Idee, wer das gewesen sein könnte?"

„Wenn ich es wüsste, hätte ich sie sofort zurückgegeben."

„Vielleicht will derjenige, dass du sie behältst", vermutete John.

„Das glaube ich auch", sagte Joan. „Aber wir müssen vorsichtig sein. Es gibt keinen Übereignungsbrief an Izzy."

„Was soll ich also tun?" fragte Izzy zaghaft.

Joan nahm jedes Schmuckstück auf und bewunderte es. „Das sind echt antike Stücke, kein Zweifel. Wenn ich du wäre, würde ich Fotos davon machen und sie der Polizei übergeben, zusammen mit einem Bericht, wie, wann und wo du sie gefunden hast. Und lass sie wissen, dass du sie behalten und als vorübergehende anonyme Leihgaben ausstellen wirst, bis sie vom rechtmäßigen Besitzer eingefordert werden. Auf diese Weise werden diese Stücke sorgfältig aufbewahrt, viel besser als in einer Fundsachen-Schachtel auf der Polizeiwache. Nichts für ungut. Dein Museum hat vorläufig eine zusätzliche hübsche Ausstellung, und du hast keine private Verantwortung für ihre Aufbewahrung. Du bist doch über euer Museum versichert, oder?"

Izzy nickte. „Ich frage mich trotzdem, warum ich …"

Joan lachte leise. „Ich habe so eine Ahnung, dass du es irgendwann vielleicht herausfinden wirst. Inzwischen … Darf ich…?" Sie hob die geschnitzten Jet-Perlen wieder hoch und betrachtete sie eingehender, dann die Brosche. „Ich glaube, ich habe die schon einmal gesehen. In ein paar sehr alten Fotos, die Lenore Rogers mir unlängst gezeigt hat. Es zeigte ein paar Freunde der hiesigen Familie Orr, und Lenore wohnt direkt neben dem Orr-Grundstück. Ich kann mich an die Namen nicht mehr erinnern, weil wir dabei ein völlig anderes Thema besprachen. Aber ich werde sie fragen und es dich wissen lassen. Vielleicht haben wir da einen Hinweis auf deinen heimlichen Verehrer …" Sie zwinkerte.

Izzy errötete. „Danke." Sie packte den Schmuck wieder sorgfältig ein. „Ich werde tun, was du mir empfohlen hast. Es scheint der richtige und beste Weg zu sein."

John nickte und verschränkte die Arme auf dem Tisch. Er wirkte sehr entspannt und behaglich, aber er hatte der gesamten Unterhaltung seine volle Aufmerksamkeit geschenkt. „Man muss nur immer die Rechtmäßigkeit im Kopf behalten. Wenn die Polizei dir sagt, das geht nicht, dann tu, was sie dir stattdessen sagt. – Reden wir jetzt über das andere Thema."

„Die Villa Hammerstein", seufzte Izzy. „Oder eher, was darin ist und wie man alles zusammenhalten kann, wenn in unserem kleinen Museum kein Platz mehr im Lager ist."

„Du hast natürlich schon eine Idee, richtig?" fragte Joan. „Ich kenne dich gut, Mädel. Aber ich vermute, die Leute in eurem Aufsichtsrat sind etwas … skeptisch, stimmt's?"

Izzy nickte. „Weil es eine richtig große Sache ist. Ich habe vorgeschlagen – die Villa zu kaufen und alles darin zu belassen."

John stand auf und war sichtlich bewegt. „Nun, das *ist* eine große Sache, und mir gefällt die Idee ausgesprochen gut!"

„Ich wünschte, ihr wäret auch in unserem Aufsichtsrat", lächelte Izzy wehmütig. „Ich weiß, dass eure Museumsgesellschaft das Orr-Haus gerettet hat, als es danach aussah, als könne es nicht gerettet werden. Ich hatte gehofft, ihr könntet mir mit ein paar Ideen helfen, wie man den Kauf der Villa Hammerstein finanzieren könnte. Denn ich brauche diese Ideen ziemlich bald. Die Zeit wird knapp für die Entscheidung, welche Inneneinrichtungsstücke wir behalten sollten; und ich muss dem Aufsichtsrat eine mögliche Lösung präsentieren, bevor jemand den Erben der verstorbenen Besitzerin kontaktiert."

„Im Grunde sprechen wir doch über Spendenaktionen", stellte John fest und setzte sich wieder. Dann winkte er die Bedienung von der Theke an ihren Tisch. „Kannst du bitte Niki anrufen, damit sie oben für mich einspringt? Das hier wird etwas länger dauern." Izzy blickte ihn dankbar an. „Nun, sprechen wir über das Vermögen eures Museums, eure Mitgliedschaften und – vor allem – über potenzielle Sponsoren."

„Tja", begann Izzy. „Das historische Museum von Wycliff ist ziemlich jung. Das heißt, wir haben noch nicht so viele Mitglieder. Und …"

„Das ist der perfekte Aufhänger für Mitgliederwerbung", unterbrach Joan und legte ihre Hand auf Izzys. „Lass uns dir erzählen, wie wir es in Steilacoom machen, und vielleicht kannst du die Methoden für Wycliff übernehmen, ohne eure Ehrenamtlichen auszupumpen."

Izzy nahm einen Notizblock und einen Kugelschreiber aus ihrer Handtasche. „Entschuldigung", sagte sie und errötete wieder. „Ich bin ein bisschen altmodisch. Aber ich denke, wenn ich etwas von Hand aufschreibe, statt es in mein Smartphone zu tippen, bekomme ich es schneller in mein Gehirn."

„Wie viele Mitglieder hat das Historische Museum von Wycliff inzwischen?" wollte John wissen.

„Knapp 100", seufzte Izzy. „Und die Hälfte davon sind Ehrenmitglieder auf Lebenszeit …"

„… was heißt, dass ihr zusätzlich Spenden zu dem erhaltet, was sie in der Vergangenheit geleistet haben, oder auch nicht", endete Joan. „Ich denke, das ist ein Problem aller kleinen neugegründeten Organisationen."

„Umso mehr ein Grund dafür zu überlegen, wie ihr mehr Mitglieder kriegen könnt. Und da müsst ihr ein paar Vorteile für sie schaffen. Sowas wie ein exklusives Irgendwas für Neumitglieder", überlegte John. „Ich könnte mir einen abendlichen Neumitgliedertreff vorstellen. Oder einen Bonus für Neumitglieder."

„Wir geben neuen Mitgliedern 50 Prozent Nachlass im ersten Jahr", sagte Izzy vorsichtig.

„50 Prozent auf die Mitgliedsgebühren?" wollte Joan sicherstellen.

„Nein, auch auf Sachen aus dem Laden", sagte Izzy.

„Das wird sich schwer ändern lassen", sagte John. „Wenn mal jeder davon gehört hat."

Izzy lachte und schüttelte den Kopf. „In diesem Fall wird das ganz einfach sein. Wir hatten in den vergangenen paar Jahren nicht viel zu verkaufen. Und was wir noch auf Lager haben, scheint so unattraktiv zu sein, dass wir es genauso gut verschenken können, und dann ist gut."

„Liegt das an eurem Einkäufer?" fragte Joan vorsichtig. „Vielleicht möchte der- oder diejenige einmal mit Marianne Bull reden. Unter den vielen Aufgaben, die sie in all ihren ehrenamtlichen Jahren wahrgenommen hat, leistet sie auch Großartiges mit dem Steilacoom Museum Store. Ich bin mir sicher, sie könnte einige ziemlich gute Tipps geben."

„Wir haben keinen Einkäufer mehr", sagte Izzy. „Der letzte ist vor drei Jahren gestorben."

„Oje, das erklärt dann alles", sagte John, grinste aber erleichtert. „Irgendwelche Aussichten auf einen neuen Einkäufer?"

„Im Moment nicht – wegen mangelnder ehrenamtlicher Helfer", sagte Izzy. „Und wir haben sowieso zu wenig Platz. Wenn wir nicht …"

„… die Villa Hammerstein kaufen können", schloss Joan.

„Eine echte Zwickmühle, nicht?"

„Nicht, wenn uns ein paar richtig gute Ideen kommen, um die Zahl bezahlter Mitgliedschaften zu erhöhen, wenn wir einiges hinsichtlich Preisnachlass überdenken und ein paar einzigartige Spendenaktionen kreieren, um eine Grundlage aufzubauen. Normalerweise kommt der Rest dann von allein, denn wenn die Räder erst einmal geölt sind … nun, ihr wisst, was ich meine." John lehnte sich in seinem Stuhl zurück und verschränkte die Arme über der Brust.

„Wie gewinnt *ihr* in Steilacoom höhere Mitgliedzahlen? Ich meine, ihr habt weniger als halb so viele Einwohner wie Wycliff und mindestens das Dreifache an zahlenden Mitgliedern. Was für einen Zauberstab benutzt ihr? Und dürfte ich ihn mir ausleihen?"

„Nun", sagte Joan, „John und seine Frau Niki sind in der Tat große Sponsoren für eine spezielle Mitgliederwerbung, die wir vor einer Weile implementiert haben. Falls es jemand ähnlich Großzügigen in Wycliff gibt, könnte das einen Anfang für euch bedeuten."

„Was tust du, John?" fragte Izzy und hielt ihren Stift noch fester.

„Nichts, das so immens wäre, wie Joan es klingen lässt."

Joan lachte in sich hinein. „John, du redest immer kleiner, was du in dieser Gemeinde tust."

Izzy blickte von einem zum anderen. „So viel, was?!"

Joan nickte und strahlte. „Jede Gemeinde könnte mindestens ein solches Paar wie sie vertragen."

John wand sich. Er fühlte sich sichtlich unbehaglich ob jeglichen Lobs. „Könnten wir bitte einfach besprechen, wie wir Izzys Plan helfen können?" Dann mit einem Lächeln zu Joan: „Übrigens tust auch du so einiges für das Museum."

*

Als Margaret an jenem Abend die rückwärtige Tür ihrer Boutique in der Hintergasse abschloss, hörte sie ein leises Wimmern von hinter den Mülltonnen. Sie runzelte die Stirn. Sie konnte niemanden sehen. Vielleicht hatte sie sich das Geräusch ja nur eingebildet. Dennoch suchte sie die Gasse mit den Augen ab. Es war kein unheimlicher Ort. Die Unterstadt war eine anständige Gegend mit anständigen Leuten. Verbrechen passierten kaum einmal. Dotties Schaufenster waren einmal während einer Halloween-Nacht mit Kürbissen eingeworfen worden. Tja, das waren Teenager von außerhalb gewesen, und abgesehen vom Schock hatten Dottie und ihr Team sich dank der Unterstützung durch ihre Kunden und Freunde rasch wieder erholt. Und natürlich war da der fehlgeschlagene Banküberfall im vergangenen Sommer gewesen. Der war von einem Sohn der Stadt verübt worden, wie sich herausstellte. Und er hatte Dotties und ihren gemeinsamen Freund, Chef Paul, eine Querschnittlähmung eingetragen. Er hatte aufhören müssen, im Bistro *Le Quartier* zu kochen, aber er hatte einen Catering-Service und eine Kochschule für Kinder gegründet. Jetzt fragten auch Erwachsene, ob es Kurse für sie gebe. Und er hatte sein brandneues Kochbuch seiner Verlobten, der hübschen Véronique Andersson, gewidmet. Ende gut, alles gut, dachte Margaret und steckte ihre Schlüssel ein. Dann hörte sie erneut dieses Wimmern.

Margaret trat auf eine der Tonnen zu. Das Geräusch kam aus einem Winkel dahinter. Sie schob die Tonne aus dem Weg, um besser sehen zu können. Dann wurde sie blass.

„Cesar?" Ein bestätigendes Miauen. „Cesar! Was ist denn mit dir passiert?!"

Der Kater humpelte aus der Ecke auf sie zu. Sein Fell war zerzaust und glänzte von Blut, das teilweise getrocknet war, teilweise noch aus einer Kopfwunde quoll. Er hielt vorsichtig eine Pfote hoch, während er auf seine menschliche Freundin zuging. Er versuchte, an ihrer Hand zu riechen, dann brach er einfach vor ihren Füßen zusammen. Margaret schluchzte.

Sie zog sich rasch die Seidenbluse aus, die sie über ihr Spitzentop geknotet hatte und legte sie auf den Boden. Dann hob sie den bewusstlosen Kater vorsichtig auf das Gewebe und hob ihn in diesem taschenähnlichen Provisorium auf. Sie hastete um die Ecke Richtung Main Street.

Wohin gehen? Wo gab es einen Tierarzt? Dieses Kätzchen brauchte Hilfe. Deshalb also war Cesar den ganzen Tag nicht zu seinem üblichen Mittagessen erschienen. Gestern übrigens auch nicht. Nur, dass sie zu beschäftigt gewesen war, um zu bemerken, dass er nicht aufgetaucht war. Soviel zu ihrer Zuverlässigkeit hinsichtlich eines Haustiers. Nun, es war ja nicht eigentlich ihr Haustier. Aber wohl das von jemand anders. Wen sollte sie anrufen?!

Ihr war nicht aufgefallen, dass sie zu Bill "Chirpy" Smiths Laden geeilt war. Sein Geschäft kam einem Tiergeschäft am nächsten, während das einzige echte Tiergeschäft der Stadt drüben in der Harbor Mall war, praktisch außerhalb der Stadt und gewiss nicht am Hafen. Vielleicht konnte er ja helfen.

Sie riss die Tür zu *Birds and Seeds* auf und rief nach Bill. Er kam viel zu langsam aus seinem Büro hinter einem Bambusvorhang, wie sie fand. Er lächelte; aber als er bemerkte, wie durcheinander sie wirkte, und dazu die die blutige Bluse in einer Hand, blickte er alarmiert.

„Bist du in Ordnung?" fragte er.

„Ich schon", antwortete Margaret. „Aber dieser kleine Kater hier nicht. Er muss einen schlimmen Unfall oder einen richtig heftigen Kampf unter Katzen gehabt haben. Ich weiß nicht, was von beidem. Aber er braucht definitiv Hilfe."

„Falsche Adresse, fürchte ich", sagte Bill. Aber er holte schon sein Telefonbuch heraus. „Es gibt eine Tierklinik in der Harbor Mall."

„Gibt es nichts Näheres?" jammerte Margaret. „Ich habe kein Auto, und der nächste Bus kommt erst in einer halben Stunde."

Bill sah auf seine Uhr. „Weißt du was", sagte er. „Ich mache für heute zu. Es sind ohnehin nur noch 15 Minuten. Und ich fahre dich hin."

‚Das würdest du wirklich tun?"

„Sicher. Vorausgesetzt, du sorgst dafür, dass dein Kater nicht meinen Wagen verwüstet." Er zwinkerte.

„Ich wünschte, er täte es", sagte Margaret leise.

„Was?" Bill starrte sie entsetzt an.

Margaret lachte verzweifelt. „Ich habe es nicht so gemeint", sagte sie und sah ihm dabei zu, wie er die Ladentür schloss und abschloss. „Nur dass das bedeuten würde, dass es ihm gut geht."

Bills Miene entspannte sich, und plötzlich mussten sie lachen. Trotz Cesars schlimmer Situation.

*

Mrs. Morgan kehrte von einer Kirchengemeinderatssitzung in der Oberlin-Kirche zurück. Es war etwas später als sonst geworden. Sie hatten die Finanzierung für eine neue Polsterung für mindestens die Hälfte der Kirchenbänke diskutiert. Aber jemand hatte darauf hingewiesen, dass die Investition in neue Musikinstrumente wichtiger wäre als in Sitzgelegenheiten, die es immer noch bestens täten und nur leicht unästhetisch aussahen. Dies hatte zu einer Diskussion geführt, ob neue Verstärker und Lautsprecher nicht völlig für die alten Instrumente ausreichten, die noch bestens funktionierten. Mrs. Morgan hatte sich verärgert aus der Diskussion zurückgezogen und nur noch zugehört. Sie hatte die Polster zur Sprache gebracht, und jemand hatte ihr Argument hinsichtlich ordentlichen Aussehens mit „oberflächlicher Schönheit" gekontert.

Am Ende hatte es keine Lösung gegeben, und sie hatten die Diskussion auf die nächste Sitzung vertagt. Nachdem alle den Gemeindesaal verlassen hatten, war sie auf einen sehr müde wirkenden Pastor Wayland zugegangen.

„Könnte ich mit Ihnen bitte einen Moment privat reden?" fragte sie.

Clement Wayland nahm seine Brille ab, putzte sie und setzte sie wieder auf seine Nase. „Es könnte nicht privater als dies sein", scherzte er und breitete seine Arme aus. „Niemand da außer uns." Mrs. Morgan runzelte die Stirn. „Entschuldigung", fuhr er fort. „Ich wollte nicht respektlos sein." Er wusste offenbar, aus welchem Holz sie geschnitzt war.

Mrs. Morgan blickte selbstgefällig drein. Dann beugte sie verschwörerisch den Kopf vor. „Glauben Sie an Erscheinungen, Pastor Clement?"

Pastor Wayland war verblüfft. „Erscheinungen?!" fragte er. „Meinen Sie Geister oder Gespenster?"

„Gefangene Seelen", sagte Mrs. Morgan selbstbewusst. „So dass sie zu Gespenstern geworden sind."

„Nein", sagte Pastor Clement. „Sollte ich?"

„Besser ist das!" Mrs. Morgan flüsterte plötzlich.

„Und warum?"

„Wegen der alten Villa Hammerstein", zischte Mrs. Morgan.

„Was ist mit der?"

„Da geht ein Gespenst drin um."

„Sie wollen nicht etwa andeuten, dass Jane Hammerstein, Gott hab sie selig, geistlich gefangen sitzt und nun ihr eigenes Heim heimsucht?"

„Genau das", beharrte Mrs. Morgan.

„Aber das macht keinen Sinn", sagte Pastor Clement und amüsierte sich irgendwie köstlich, was er sorgfältig zu verbergen suchte. „Ein Gespenst will Menschen heimsuchen. Aber die Villa steht leer. Wer also sollte erschreckt werden?"

„Jeder, der an der Villa vorbeikommt", sagte Mrs. Morgan.

Pastor Wayland nahm seine Brille ab und rieb sich den Nasenrücken. „Entschuldigung, aber das wäre das erste Haus, in dem es spukt, damit es eine Wirkung nach außen hat. Ich glaube nicht, dass ich je von so etwas gehört hätte."

„Es gibt immer ein erstes Mal, Pastor!"

„Sicher. Aber Jane Hammerstein und Passanten heimsuchen? Und wie?"

„Ich wollte Ihnen nur Bescheid geben. Nachts wandern da Lichter im oberen Stockwerk herum."

„Irrlichter? Kerzen? Haben Sie es selbst schon gesehen?"

„Nein", sagte Mrs. Morgan. „Aber ich habe gehört, dass ein paar Leute es gesehen haben."

„Oh!" sagte Pastor Clement und lachte leise. „Scherzkekse, die vermutlich unsere Stadt interessanter für den Tourismus machen wollen."

Mrs. Morgan war verärgert. „Ich dachte, Sie würden das etwas ernster nehmen, Pastor! Immerhin betrifft es Ihr geistliches Interessengebiet."

„Das tut es ganz gewiss nicht!" Pastor Wayland war schockiert. „Aberglaube an Gespenster ist eine völlig andere Angelegenheit als der Glaube an den Heiligen Geist. Ich hoffe, das ist Ihnen bewusst."

„Das ist es absolut", sagte Mrs. Morgan mit geschürzten Lippen. „Immerhin bin ich Kirchengemeinderätin. Aber die Bibel ist voller Verse, die vor bösen Geistern warnen."

„Mrs. Morgan, warum legen Sie es nicht einfach ad acta und stellen sich vor, dass es für das, was Sie gehört haben, eine völlig natürliche Erklärung gibt, hm? Es könnte dort Museumspersonal bei der Arbeit sein."

„Nach Einbruch der Dunkelheit?"

„Und warum nicht?"

„Ich habe neulich meine Nachbarin Izzy Watson, die Museumskuratorin, gefragt. Sie weiß von niemand außer sich, der da drin arbeitet. Und ich sehe sie jeden Abend heimkommen."

„Nun, ich denke, ich muss jetzt das Gebäude abschließen, Mrs. Morgan", bat Pastor Wayland, der sich plötzlich noch müder als zuvor fühlte. Wieder eine vergebliche Diskussion. Er geleitete sie zur Tür hinaus und schloss den Gemeindesaal ab. „Überschlafen Sie's, Mrs. Morgan. Die Dinge sehen am nächsten Morgen meist anders aus. Besonders Gespenster."

Sie machte ein kleines, verächtliches Geräusch und ignorierte seine ausgestreckte Hand. „Ganz wie Sie denken, Pastor Clement. Ganz wie Sie denken." Und sie rauschte hinaus in die Nacht.

Pastor Wayland schloss das Gebäude ab und ging hinüber zu seinem Zuhause. Er schüttelte den Kopf. „Gespenster, in der Tat!" murmelte er.

Er wusste nicht, dass Mrs. Morgan nur wenige Minuten später an der Villa Hammerstein vorbeikommen und von einem unheimlichen blauen Licht ergötzt würde, das im ersten Stock der Villa von einem Fenster zum anderen wanderte.

„Ich wusste, dass es wahr ist", sagte Mrs. Morgan zu sich selbst. „Ein blaues Licht in der verlassenen Villa. Es gibt definitiv ein Gespenst da drin." Und erschauernd aus einer Mischung von Entzücken und Furcht setzte Mrs. Morgan ihren Weg nach Hause fort.

*

Zur gleichen Zeit an diesem Abend erwachte ein sehr benommener Cesar in einem Korb, der im Gebrauchtwarenladen neben der Tierklinik gekauft worden war. Er war sichtlich verwirrt von dem Gaskamin, an den er dicht herangeschoben worden war. Er versuchte, sich zu bewegen, war aber noch ziemlich wackelig.

Margaret, die in einem bequemen Sessel saß, hob ihn behutsam aus seinem Bett in ihren Schoss. „Hm, mein Kleiner. Du bist also vermutlich angefahren worden. Du musst vorsichtiger sein, wenn du eine Straße überquerst, weißt du?" Cesar schnurrte, als ihre Finger sanft seinen Rücken streichelten. „Und es sieht so aus, als hättest du es besser wissen müssen. Ich frage mich, woher du kommst – keine Tätowierung, kein Chip ..." Cesar sah sie durch zu Schlitzen geschlossene Augen an. „Du bist ein Streuner, mein Lieber. Und doch weiß ich es besser. Du kommst jeden Tag zu mir, so gepflegt, so gut gefüttert. Es muss jemanden geben."

Cesar hatte jetzt genug von ihrem Streicheln und erhob sich langsam in ihrem Schoß. Seine Krallen kratzen sie durch das Gewebe ihres Rocks. Dann sprang er mit einem Miau von ihrem Schoß, landete sichtlich unsicher auf dem Boden, die verletzte

Pfote angehoben, und begann, die Wohnung zu erkunden. Margaret erhob sich mit amüsiertem Lächeln.

„Suchst nach Futter, was?"

Cesar miaute.

Margaret lachte. „Na, dann komm her. Ich habe was richtig Leckeres für dich. Wie wäre es mit einem Lachsgericht mit Kräutern?" Cesar kam begierig an und fiel über das Futter her, sobald es in seinen Napf auf dem Küchenboden landete. „Du hast seit dem Unfall nichts gefressen, richtig?" Sie sah ihn die saftigen Bissen verschlingen und dann den Napf ausschlecken. Sie seufzte. Es war ihr nicht erlaubt, eine Katze in der Wohnung zu halten. Aber was hätte sie sonst tun sollen? Das Kätzchen sich selbst überlassen? Vielleicht konnte sie es noch etwas länger behalten, ohne dass ihr Vermieter davon erfuhr. Aber wenn es herauskam, würde es schwierig für sie sein, schnell ein neues Zuhause zu finden, das so bequem und preisgünstig war wie dieses.

*

1. August 1881
Wycliff, Washington Territory

 So vieles ist geschehen. Und mir ist fast schwindelig, weil alles so schnell ging.

 Erst vor einer Woche bin ich an der Endstation in Tacoma angekommen. Die Reise hierher durch die Prärielandschaft und Kleinstädte war sehr schön. Auch gibt es hier so eine unglaubliche

Menge Seen und kleine Flüsse. Nicht zu vergessen die herrliche Aussicht auf einen majestätischen Berg. Der Schaffner und mehrere Passagiere konnten sich über seinen Namen nicht einigen, aber sie wissen, dass er den Indianern, die immer noch in dieser Gegend leben, etwas Besonderes bedeutet. Ich wäre gern im friedlichen Tenino ausgestiegen und geblieben. Aber ach, ich musste weiterreisen, und Tacoma war bei weitem nicht so hübsch. Ein Gebäude steht neben dem anderen. Schmutz und Lärm waren überwältigend. Außerdem – alles ist so anders als in den Städten im Osten. Es ist, als sei ich in der Zeit um mindestens ein Jahrhundert zurückgereist. Ich hätte es natürlich wissen müssen. Diese Seite unserer Nation beginnt gerade erst, sich zu entwickeln.

An der Endstation herrschte ziemlicher Trubel, da sie auch neben den Docks liegt, an denen die Schaufelraddampfer landen. Ich war sehr nervös. Und einen Moment lang dachte ich, ich sollte wieder in den Zug steigen und vor meinen Zukunftsplänen flüchten. Aber er kam schon auf mich zu, und ich kann gar nicht sagen, wie erleichtert ich war! Ich meine, er hätte schließlich ein grimmiger Oger sein können. Man weiß ja nie, wo er doch zwanzig Jahre älter ist als ich ... Aber Charles ist wirklich sehr, sehr gutaussehend. Groß und breitschultrig, voll Freundlichkeit in seinen grauen Augen. Er trägt eine Brille mit Stahlrahmen, und sein Bart ist weich und gepflegt. Ich mochte sein Aussehen auf Anhieb sehr, und er schien von meiner Erscheinung auch nicht gerade entsetzt, wenn ich das so sagen darf.

Er war anfangs genauso schüchtern wie ich und fragte mich nur, ob ich Bessie sei. Ich wusste, dass er Miss Elizabeth in dem Brief, den sie zuletzt erhalten hatte, so genannt hatte. Also nickte ich und nahm den Arm, den er mir bot. Er führte mich zu einem offenen Zweisitzer, den er in einer ruhigeren Gegend festgemacht hatte. Er hob mich auf den Sitz, und dann wir fuhren los. Er sagte, er habe einen Rotschopf erwartet, da ich mich in einem meiner Briefe so beschrieben hätte. Ich belachte es nur, während mein Herz einen Schlag lang aussetzte und dann wie verrückt schlug. Ich erklärte, ich hätte eher meinen Charakter beschrieben als meine Haarfarbe, da ich gedacht hätte, das sei wichtiger, wenn man eine Heirat in Erwägung ziehe. Er sah mich nur etwas merkwürdig an und wechselte dann das Thema. Puh!

Die Fahrt nach Wycliff war eine Tortur. Die Straßen hier sind weit von dem entfernt, was ich aus dem Osten gewohnt bin, nur Unebenheiten und matschige Spurrillen, und ich war ziemlich durchgeschüttelt, als wir am Rande von Wycliff ankamen. Ich hatte mir aus irgendeinem Grund weiße Kreidefelsen vorgestellt, und Charles gab zu, er wisse nicht, warum die Stadt so heiße. Er sagt, es sei entweder der Steilhang, der wie eine kleine Klippe ausgesehen habe, als die ersten Siedler hier ankamen. Oder vielleicht sei es eine Verballhornung von „White Cliff". Oder vielleicht sei es von einem Samuel Wycliff gegründet worden. Mir gefällt die erste Version am besten.

Aber ich muss zugeben, dass ich ein bisschen schockiert von Wycliff war. Denn es ist eine einzige große Baustelle.

Zumindest ist es das unterhalb des Steilhangs in dem Teil, den sie Unterstadt nennen. Sie bauen da unten mit Ziegelsteinen, und einige Gießereien lieferten riesige Eisensäulen an, während wir langsam hindurchfuhren. Charles wies auf seine Gemischtwarenhandlung, ein großes Gebäude mit Schaufenstern im Erdgeschoss und sogar im ersten Stockwerk. Ziemlich eindrucksvoll. Zumindest gibt es da keine Baustelle. Aber Charles sagt, er sei schon 1853 hierhergekommen, als Dreizehnjähriger. Und nachdem sie ihre ersten Jahre im Fort Steilacoom verbracht hätten, weil der Indianerkrieg wütete und es für Siedler zu gefährlich gewesen wäre, allein auf dem Land zu leben, seien sie in diese Gegend am südlichen Puget Sound gezogen. Charles hatte mitgeholfen, ihre Heimstatt zu errichten, und später bauten sie ein wunderschönes Haus, das es mit jeder Villa in jeder Stadt im Osten hätte aufnehmen können. Wir haben sogar Wasserleitungen, was ziemlich modern ist. Leider haben einige unserer Nachbarn immer noch Plumpsklos im Garten. Neulich wurde eines versetzt und das alte mit allem möglichen Müll aufgefüllt. Ich war im Garten, um Rosen zu schneiden, aber es stank so furchtbar, dass ich mir die Nase zuhielt und ins Haus rannte.

Charles und ich hatten zwei Tage nach meiner Ankunft eine private Hochzeitszeremonie im Zuhause des örtlichen protestantischen Pastors. Sein Trauzeuge war ein Freund von ihm, ein irischer Polizist namens Jeremy McMahon. Warum bekommen immer Iren solche Jobs? Und warum muss ich Iren begegnen, die auch mir gefährlich werden könnten, wenn sie meinen Akzent erkennen und vielleicht noch mehr? Er sah mich auf jeden Fall komisch an, sobald ich den Mund öffnete. Ich habe total Angst, dass er die Irin in mir spürt, auch wenn ich mich so bemühe, Miss Elizabeths New Yorker Akzent nachzuahmen. Meine Trauzeugin war die Frau des Pastors, die versuchte, ein weinendes Baby auf dem Arm zu beruhigen, während zwei Kleinkinder ebenfalls um ihre Aufmerksamkeit heischten. Sie sah mich kaum an und schien froh, verschwinden zu können, sobald die kurze Zeremonie vorüber war und sie das Zertifikat unterschrieben hatte. Hätte sie mich genauer angeschaut, hätte sie vielleicht meinen Zustand erspäht. Ich bin froh, dass Männer nicht so gut über den Körper einer Frau Bescheid wissen, wenn sie in diesem Zustand ist; sie hätten vielleicht vermutet, dass ich nicht bin, wer ich vorgebe zu sein. Nun, meine Unterschrift sah der Miss Elizabeths ziemlich ähnlich, und das war's dann. Ich bin jetzt Mrs. Charles H. Smith.

Mein Hochzeitsgeschenk war eine wunderschöne handgefertigte Kommode mit Schubladen, hergestellt von Nathaniel Orr aus Steilacoom, mit ausgefallenen Schnitzereien und fantasievoll gedrechselten Griffen. Wirklich sehr geschmackvoll, obwohl man erkennen kann, dass sie nicht die Qualität der importierten Möbel hat, die wir in New York City gewohnt waren. Aber ich darf mich's nicht verdrießen lassen. Dieser Teil des Landes bemüht sich sehr, dahin zu gelangen, wo die Ostküste bereits ist. Und Charles bietet mir alles, wovon er glaubt, ich könne es vermissen. Er ist wirklich liebenswert, und ich hätte jemanden heiraten können, der weit weniger rücksichtsvoll und besonnen ist.

4

Margaret strich eine lose Haarsträhne aus ihrem erhitzten Gesicht. Sie hatte schon eine Stunde lang daran gearbeitet, Flugblätter mit Cesars Foto auf zahllosen Laternenpfählen, öffentlichen Schwarzen Brettern und in Schaufenstern anzubringen. Cesar sah darauf durch seine Verletzung nicht gerade gut aus, eine Pfote dick verbunden, der Kopf in einer Manschette, so dass er sich nicht lecken, die Salbe an seinen Ohren abwischen oder die Naht öffnen konnte, die der Tierarzt der tiefsten Wunde verpasst hatte. Trotzdem sah er noch wie Cesar aus, dachte Margaret, und falls er jemandem gehörte, auch wenn er nicht gechipt oder tätowiert war, würde ihn derjenige erkennen. Sie war schließlich mit ihrer Aufgabe in der Unterstadt fertig und ging auf einen Laternenpfahl am Fuß der Treppen am Steilhang zu.

„Ich war zuerst hier", sagte eine tiefe Männerstimme.

Margaret sah auf. Sie war fast mit einem großen Mann mit dichtem blondem Haar, amüsierten grauen Augen und einem Grübchen im Kinn kollidiert. Er war, man sollte es nicht glauben, sogar noch größer als Margaret, und sie musste den Kopf zurücklegen. Ein leises Luftschnappen von ihr. Sah er nicht toll aus?!

„Ich verstehe, dass Sie das aufregt", sagte der Mann, der ihr Luftschnappen als Geräusch des Protests interpretierte. „Aber ich brauche wirklich einen auffallenden Standort für mein Poster.

Es ist sehr wichtig, dass ich es hier aufhänge, wo jeder, der den Steilhang hinauf- oder hinuntergeht, es sehen kann." Er blickte fast flehend an.

„Meines ist auch sehr, sehr wichtig", beharrte Margaret, spürte aber, dass sie diesem äußerst gutaussehenden großen Mann wohl nachgeben würde. Er musste in seinen späten Dreißigern sein und schien recht freundlich. Sicher würde er doch ihre Notlage verstehen… „Ich suche nach dem Besitzer eines Katers, den ich verletzt gefunden habe."

„Ich suche nach meinem Kätzchen", sagte er gleichzeitig.

Sie starrten einander mit offenem Mund an. Margaret erholte sich als erste. Sie hielt ihm ihr Poster hin.

„Das ist Shiva!" sagte der Mann.

„Das ist Cesar", korrigierte ihn Margaret. Dann lachte sie verlegen. „Natürlich kennen Sie seinen Namen besser. Schließlich gehört er Ihnen. Ich habe ihn immer Cesar genannt, und er schien nichts dagegen zu haben."

„Eigentlich habe ich keine Ahnung, wie er heißt", sagte der Mann. „Er hörte darauf, wenn ich ihn Shiva nannte. Aber das ist er definitiv. – Harlan Hopkins übrigens." Er hielt ihr seine Hand hin. „Von der *Main Gallery*…", fügte er hinzu, falls sie ihn nicht verorten konnte.

Margaret schüttelte seine Hand. „Margaret Oswald. Von *La Boutique*", sagte sie mit leichtem Zittern in der Stimme. „Nett, Sie kennenzulernen."

„Gleichfalls", sagte Harlan und grinste. „Hätte nicht gedacht, dass meine Suche vorüber sein würde, nachdem ich gerade die ganze Oberstadt mit diesen Plakaten zugeklebt habe." Er hielt ihr eines von seinen hin, und sie sah Cesar-Shiva majestätisch auf einem Katzenbett ausgestreckt.

„Ich habe die ganze Unterstadt mit meinen zugepflastert", sagte Margaret. Sie fühlten sich beinahe ob ihrer vergeblichen Bemühungen betrogen. Dann fingen sie an zu lachen.

„Also gehört Catman anscheinend keinem von uns beiden", stellte Harlan fest.

„Sieht ganz so aus", sagte Margaret. „Aber er schien mich die ganze Zeit aufzusuchen."

„Lassen Sie mich raten: Er hat immer bei Ihnen zu Mittag gegessen?"

„Jeden Tag außer gestern und vorgestern."

„Ich habe ihm immer einen Snack gegeben, wenn er von seinen nächtlichen Streifzügen heimkam, und einen, bevor er sich wieder auf seine nächtlichen Spaziergänge aufmachte."

„Ich bin mir sicher, er vermisst Sie."

„Wo ist er jetzt überhaupt?"

Margaret sah sich nervös um. „Verraten Sie mich nicht", sagte sie rau. „Ich sollte ihn gar nicht haben. Unser Vermieter erlaubt nur Haustiere wie Goldfische oder Hamster. Er, ich meine, Cesar ist derzeit in meiner Wohnung, und ich hoffe, er verwüstet sie nicht."

„Shiva?" Harlans Augen funkelten vor Vergnügen. „Nun, würde das seinem Namen nicht alle Ehre machen?!"

„Wie meinen Sie das?" Margaret war ahnungslos.

„Der Hindu-Gott der Zerstörung", sagte Harlan und sein Mund zuckte vor unterdrücktem Lachen.

„Oh, meine Großmutter!" rief Margaret aus. „Sie meinen das ernst, oder nicht?"

„Leider ja", bestätigte Harlan. „Bei mir daheim hat er das Polster eines alten Sessels und die Beine eines Couchtisches auf dem Gewissen." Margaret sah jetzt wirklich entsetzt aus. „Na, zumindest ist mein Zuhause nicht zur Miete, und das Zeug wäre in ein paar Tagen ohnehin auf der Müllkippe gelandet." Margaret blickte jetzt wirklich verzweifelt. „Warum holen wir Catman jetzt nicht einfach, und er kann bei mir daheim ausheilen. Dann brauchen Sie ihn nicht mehr vor Ihrem Vermieter zu verstecken."

„Es macht Ihnen nichts aus?" fragte Margaret kleinlaut.

„Überhaupt nicht", lächelte Harlan. „Außerdem nehmen wir besser Ihre Plakate ab. Sonst ahnt Ihr Vermieter doch noch, dass Sie eine Katze gehalten haben, wenn auch nur eine Nacht lang."

Margaret seufzte. „Danke fürs Erinnern." Sie fürchtete, überall wieder hineinzugehen, wo sie soeben erst die Erlaubnis erhalten hatte, ihre Poster aufzuhängen, nur um sie wieder abzunehmen. Wie peinlich!

„Was sagten Sie?" Sie bemerkte, dass sie nicht mitbekommen hatte, was Harlan sie gefragt hatte.

„Wie hat Shiva sich verletzt? Und wie schlimm ist es?"

„Der Tierarzt vermutet, dass er in ein Auto hineingelaufen ist."

„Und das Auto war stärker." Harlan schüttelte den Kopf. „Katzen scheinen wirklich neun Leben zu haben."

„Wenn er den Namen eines Hindugottes und eines römischen gottgleichen Kaisers trägt, sollte er das besser", sagte Margaret leise.

Harlan blickte auf die leicht exotische Schönheit, die da an seiner Seite ging, und staunte. Vielleicht war der Kater ja das Mittel eines Plans von oben.

*

Izzy hatte endlich eine lange Liste von Gegenständen fertiggestellt, von denen sie wusste, dass sie fantastische Ausstellungsstücke für jedes historische Museum im pazifischen Nordwesten wären – Stühle, Porzellan, Besteck, Spiegel, Gemälde, ein alter Flügel. Unbezahlbare Dinge, die die Lebensweise in einer Vergangenheit reflektierten, die von der letzten Besitzerin der Villa Hammerstein sorgsam bewahrt worden war. Sie hatte nicht unter jeden Gegenstand auf ihrer Liste Details schreiben können. Ihre Schätzung hinsichtlich des Werts war oberflächlich. Sie musste schnell handeln, wenn sie dem Aufsichtsrat zeigen wollte, welch unglaubliches Schatzkästchen die Villa war und wie dringlich es war, das gesamte Anwesen für die Nachwelt zu erwerben.

Heute Abend war sie endlich im Schreibzimmer des Gebäudes. Es war etwas stickig darin. Die Hitze schien von den Wänden abzustrahlen, und der Raum roch staubig. Aber in seiner ungestörten Ruhe war er beinahe gemütlich.

Izzys Hauptinteresse galt dem alten Sekretär mit seiner Vielzahl an Schubladen. Sie wusste, dass Sekretäre in ihren Schubladen für gewöhnlich eine Geschichte enthielten. Sie hatte bereits ein paar davon geöffnet, und da waren Büroutensilien, aber auch ein altes Haushaltsbuch von Jane Hammersteins Einkommen und Ausgaben – vielleicht ein Hinweis auf ihren wirklichen Lebensstil. Da waren ein paar Geschäftsbriefe an zwei Banken, eine Versicherungspolice, die Quittung für eine größere Spende an eine philanthropische Wohltätigkeitsorganisation, eine unbeschriebene Postkarte an sie. Warum unbeschrieben? Izzy beachtete es nicht weiter. Es gab Seltsameres auf der Welt. Wonach sie wirklich suchte, waren Geheimfächer jeglicher Art. Sie enthielten normalerweise Geschichten, die Menschen, ein Zuhause oder ein Gebäude in einem völlig anderen Licht zeigten.

Bisher hatte Izzy kein Glück gehabt. Sie hatte sich beinahe einen Holzsplitter in ihren rechten Zeigefinger gerammt, als sie mit ihm unter die letzte Schublade auf der rechten Seite des Schreibtisches gefahren war. Weder geheime Zugmechanismen noch Strippen oder Federn unter auch nur einer der Schubladen. Alles war so, wie es aussah – schlichte Holzschubladen mit einem einfachen Boden, die angefüllt waren mit mehr oder weniger langweiligem Papierkram und Erinnerungsstücken, von denen keines historisch war. Izzy konnte nur hoffen, dass sie auf der linken Seite des Schreibbereichs mehr Erfolg haben würde.

Sie begann oben. Ein Stapel Scheckbücher und alte Visitenkarten. Die nächste Schublade enthielt nichts. Keine der oberen enthielt irgendetwas Wichtiges. Aber dann erreichte sie die letzte kleine Schublade. Und die enthielt definitiv ältere Gegenstände, darunter das Foto einer Dame in einem Gewand des späten 19. Jahrhunderts. Izzy starrte darauf. Die Dame blickte ernst. Nichts Ungewöhnliches daran. Das war auf all diesen uralten Fotos so. Hätten sie gelächelt, hätten sie gewackelt. Und das hätte sie auf dem Foto nur teilweise sichtbar gemacht – wenn überhaupt. Also hätte der Fotograf eine weitere Aufnahme machen müssen, und das wäre teuer gewesen. Diese junge Dame sah in ihrem strengen dunklen Kleid nicht wie eine Dienstbotin aus, aber irgendwie wirkte sie auch nicht wie eine reiche Dame. Doch hatte irgendjemand sie fotografieren lassen. Also musste sie in einem Haushalt eine gewisse Stellung gehabt haben. Vielleicht eine Gesellschafterin? Vielleicht die von Janes Mutter?

Izzy drehte das sepiafarbene Foto um. „Jennifer" stand auf der Rückseite. Also hatte die Dame einen Namen, aber keinen Nachnamen. Hatte es im 19. Jahrhundert im Hammerstein-Haushalt eine Jennifer gegeben? Izzy machte im Geiste eine Notiz und legte das Foto beiseite. Sie musste einen Blick in die Geschichte der Hammersteins werfen.

Ein weiterer interessanter Gegenstand war eine Postkarte an eine „Bessie Steen" in Pennsylvania. Izzy runzelte die Stirn. Der handschriftliche Text auf der Karte war kurz und sachlich. Es war nur die Bestätigung, dass ihre Ankunft in Tacoma erwartet werde und dass sie abgeholt würde, wann auch immer sie sagen würde, dass sie ankomme. Der Name klang in Izzy nach. Sie wusste, dass sie in einem Geschichtsbuch über Wycliff erwähnt wurde. Aber in welchem Zusammenhang? Sie musste es nachsehen. Außerdem musste sie herausfinden, wie eine Postkarte an sie in der Villa Hammerstein gelandet war. Soweit sich Izzy erinnerte, waren die Namen Hammerstein und Bessie Steen nie im selben Atemzug genannt worden.

Nachdem Izzy den Sekretär durchsucht hatte, fühlte sie sich doch ein wenig enttäuscht. Die Schlafzimmer hatten kein einziges Tagebuch enthalten. Dieses Büromöbel ebenso wenig. Sie spürte, dass sie etwas übersehen hatte. Sie musste die Räume noch einmal absuchen. Für gewöhnlich enthielt jedes alte Haus Fotoalben oder Tagebücher oder beides. Sie hatte ein paar der ersteren gefunden, aber keines der letzteren. Und sie ahnte, dass sie einen Ort übersehen hatte. Zumindest wollte sie das glauben.

*

Margaret hatte Cesar Harlan übergeben, wo er wieder zu Shiva wurde. Er war immer noch von seiner beunruhigenden Begegnung mit motorisierter Technologie verstört, und er schien sehr zufrieden damit, am Tag nach seinem Wohnsitzwechsel zumeist in seinem Katzenbett auf dem Küchenfußboden zu verbringen. Doch als Margaret zu Besuch kam, schien er, alle Lethargie abzuschütteln, und humpelte auf sie zu, um sie zu begrüßen, wobei er um ihre Beine strich und schnurrte.

Margaret beugte sich hinab. „Cesar, guter Junge", gurrte sie. „Heilst du auch gut?"

„Sie scheinen die beste Medizin für ihn", bemerkte Harlan. „Er ist in den letzten 24 Stunden nicht so agil gewesen." Er lächelte sie an.

„Ich bin froh, dass er wieder auf dem Weg der Besserung ist", sagte Margaret. Dann wurde sie rot wie ein Teenager. Harlan war einfach zu viel, als dass sie ihren Gleichmut hätte bewahren können. „Hier hat er also während all der Monate gelebt, die er mich zu Mittag besucht hat?"

„Er ist mir eines Tages nach Hause gefolgt. Und er bestand darauf, auf der Stufe vor meiner Haustür zu sitzen, obwohl es zu schütten anfing. Ich konnte ihn nicht draußen sitzen und bis auf die Haut nass werden lassen, oder?" Harlan faltete sich beinahe in zwei Hälften, als er sich hinabbeugte, um das Kätzchen hinter der Manschette zu kraulen.

„Ich hätte es müssen …"

„Tja, deshalb kam er tagsüber zu Ihnen, wenn es einem Vermieter egal sein konnte, dass Sie sich um Catmans Bedürfnisse kümmerten."

„Ich frage mich bloß – wie sah er aus, als er zum ersten Mal zu Ihnen kam? War er erschöpft? Schmutzig? Verletzt?"

„Shiva?" Harlan entfaltete sich wieder zu seiner vollen Größe. „Er war ein bisschen schmutzig und zerzaust. Und es schien, als habe er sich erst kurz zuvor ein Halsband abgestreift. Aber ich habe damals Plakate aufgehängt, und ich habe sein Foto auf Facebook gepostet, aber niemand hat je Besitzansprüche auf ihn erhoben."

„Wie merkwürdig", sagte Margaret.

„Darf ich Ihnen eine Tasse Kaffee anbieten?" fragte Harlan. „Ich mache einen recht anständigen. Mit einer Geheimzutat … Zimt."

Margaret sah ihn überrascht an. „Ich dachte, das sei *mein* besonderer Kaffeetrick!"

„Was?! Sie machen das auch?" Harlan hob die Brauen. „Und ich dachte schon, ich hätte etwas absolut Einzigartiges kreiert."

„Ich werde Sie nicht verraten", sagte Margaret und zwinkerte. Sie folgte ihm zur Kücheninsel mit integriertem Herd. „Sie haben eine richtig schicke Küche", stellte sie fest und ließ ihre Hand über die glänzende Granitarbeitsplatte gleiten.

„Ich mag es, wenn meine Küche gut aussieht, aber auch ergonomisch ist."

„Dann haben Sie sie also nicht nur wegen des schönen Scheins?"

„Gute Güte, wäre das nicht Platzverschwendung?!" scherzte er. „Nein, ich schätze, dass das Künstlerische sich tatsächlich nicht nur auf mein Geschäft erstreckt, sondern auch auf das Kochen. Das heißt …", er lachte verlegen. „Ich koche furchtbar gern, und ich bin nicht ganz schlecht darin, aber ich kann es sicher nicht mit Chef Paul und seinem Team aufnehmen." Er hielt seine großen Hände hoch. „Die da sind einfach im Weg, wenn es um elegantes Anrichten und die feineren Details in der Dekoration geht."

Margaret lachte. „Ich habe ähnliche Schwierigkeiten." Sie hob ihre Hände, die nur wenig kleiner als Harlans waren.

Es folgte ein Moment verblüffter Stille, der durch das Spucken der Kaffeemaschine unterbrochen wurde, das signalisierte, dass das Gebräu in die Kanne durchgelaufen war.

„Was machen wir dann also mit Cesar?" fragte Margaret sanft.

Harlan strich sich übers Kinn. „Wir belassen es, wie es war?" schlug er vor.

„Ich zum Mittagessen und Sie den Rest der Zeit?"

„Macht doch Sinn, oder? Wir können Shivas kleine Gewohnheiten nicht einfach ändern."

„Aber was, wenn er einen Besitzer hat, der verzweifelt nach ihm sucht?"

„Das muss dann in einer anderen Stadt sein", stellte Harlan fest. „Niemand in Wycliff schien eine Katze zu vermissen, als ich es damals veröffentlicht habe."

„Ich habe Ihre Plakate nicht gesehen", sagte Margaret nachdenklich. „Und ich bin mit Ihnen nicht über Facebook verbunden."

„Stimmt", seufzte er. „Was schlagen Sie also vor?"

„Versuchen wir's noch einmal? Vielleicht mit Hilfe von Julie Dolan und dem *Sound Messenger*?"

„Sie meinen, das könnte andere Städte außer Wycliff erreichen?"

„Das denke ich nicht nur – ich weiß es."

„Sie wissen aber schon, dass wir dadurch Catman verlieren könnten?"

„Vielleicht hat er ein rechtmäßiges Zuhause und möchte dorthin zurück, weiß aber nicht, wie er dorthin kommen soll?"

Harlan seufzte und füllte ihren Kaffeebecher. „Sie sind ziemlich unerbittlich, und ich weiß, Sie haben recht. Obgleich ich mich ziemlich daran gewöhnt habe, ihn um mich zu haben. Und mir scheint, dass er sich deshalb nicht schlechter oder gar verzweifelt fühlt." Er reichte Margaret den Becher. „Aber wie Sie meinen. Fragen wir Julie, ob sie einen Artikel in ihre Zeitung setzen würde."

„Wenn ihn keiner haben will, können wir ihn mit besserem Gewissen behalten", versicherte ihm Margaret. Dann nippte sie an ihrem Kaffee. „Mmmm", sagte sie. „Da ist noch eine Geheimzutat drin außer dem Zimt. Verraten Sie's mir?"

„Es ist ein Geheimnis", erwiderte Harlan und grinste.

*

„Sei nicht enttäuscht, Kindchen", sagte Lenore Rogers am Telefon. „Ich bin zurück, bevor du es merkst, und dann gehen wir das Album durch. Ich habe eine ziemliche gute Ahnung, welches Foto Joan gemeint hat."

„Nun, ich schätze, ich muss mich in Geduld üben", lachte Izzy. „Irgendwie will ich einfach nur dieses blöde Schmuckrätsel so schnell wie möglich lösen. Es fühlt sich so schräg an."

„Kann ich verstehen", sagte Lenore und lachte leise. „Das würde mir genauso gehen."

„Na, ich hoffe, du genießt deinen Urlaub. Und danke, dass du mich so schnell zurückgerufen hast. Das war echt lieb."

„Wir werden dann in einer Weile Spaß mit den Fotos haben. Tschüs dann."

„Tschüs. – Oh, Lenore?"

„Ja?"

„Habt ihr je einen Geist im Museum gehabt? Ich meine, außer den bekannten Erscheinungen im Bair Drug and Hardware Store?"

„Oh, sicher!" sagte Lenore. „Und es war wirklich eine bizarre Angelegenheit. Kennst du die Fernsehserie mit den Geisterjägern?"

„Ähm, ich habe vor einer Weile ein, zwei Teile gesehen", sagte Izzy, die nicht an paranormale Phänomene glaubte.

108

„Nun, einmal haben sie uns kontaktiert und gefragt, ob sie das Orr-Haus auf Geister überprüfen dürften. Wir sagten ja, und sie kamen. Sie bauten ihre Instrumente auf und testeten sie. Eines der Museumsmitglieder war dabei, sah, dass alle Gerätschaften funktionierten und blieb freiwillig bei ihnen. Wir lassen ja nie jemanden allein im Orr-Haus."

„Natürlich nicht", sagte Izzy und nickte, obwohl Lenore sie nicht sehen konnte. „Was geschah dann?"

„Nun, es war ganz seltsam. Es wurde Nacht, und alles war still. Als sie ihre Instrumente anschalten und mit ihnen arbeiten wollten, funktionierte nichts. Obwohl sie eine Menge Zeit mit gründlichen Tests ihrer Ausrüstung verbracht hatten. Sie mussten schließlich einfach aufgeben und ohne Ergebnisse gehen."

„Wahnsinn", sagte Izzy.

„Ich habe eine Theorie", lachte Lenore in sich hinein. „Glenn Orr, Nathaniels Sohn, lebte sehr zurückgezogen. Vielleicht war das ein Zeichen, dass er niemanden auf diese Weise in sein Heim eindringen lassen wollte." Izzy war sich nicht sicher, ob Lenore sie auf den Arm nahm. „Natürlich hätte es alles sein können. Vielleicht ein Kurzschluss – wer weiß? Aber es war merkwürdig. Warum fragst du?"

Izzy zögerte. Dann beschloss sie, es Lenore zu sagen. „In Wycliff macht ein Gerücht die Runde", sagte sie. „Ein paar Leute sagen, es gebe einen Geist in der Villa Hammerstein. Das Gebäude, das unser Museum hinsichtlich historischer Gegenstände ausschlachten darf, weißt du?"

Lenore lachte. „Wer hat sich denn das Gerücht einfallen lassen?"

„Eine Nachbarin von mir war die erste", antwortete Izzy. „Sie ist eine von diesen ganz Klatschsüchtigen, und ich habe sie deshalb gar nicht ernstgenommen. Aber ich habe es auch von anderen Leuten gehört."

„Von was für einer Erscheinung reden sie denn?"

„Nun, sie sagen, ein bläuliches Licht bewege sich in der Villa von Fenster zu Fenster."

„Klingt mir eher nach einem Einbrecher", sagte Lenore. „Pass auf dich auf. Vielleicht überprüfst mal, ob das Alarmsystem des Gebäudes funktioniert. Es gibt doch eines, oder?"

„Ja." Izzy schluckte. „Aber das ist so seltsam. Ich meine, ich schalte den Alarm ein, und schließe die Eingangstür ab. Aber wenn ich weg bin, kommt der sogenannte Geist."

„Hast du mit eurem Aufsichtsrat gesprochen?"

„Die haben auch davon gehört, aber sie winken bloß ab. Natürlich."

„Natürlich", sagte Lenore. „Nun, pass auf dich auf, und sprich vielleicht mit eurem Polizeichef darüber. Vielleicht kann er dir helfen. Ich muss jetzt Schluss machen."

„Danke", sagte Izzy. „Tschüs dann und bis bald."

„Tschüs!"

Izzy legte auf und ließ die Schultern hängen. Sie wollte an keine Erscheinung glauben, und sie glaubte auch nicht, dass sie es mit einem Einbrecher zu tun hatte. Wer würde denn regelmäßig an denselben Ort zurückkehren, wenn er dort stahl? Das Risiko, erwischt zu werden, war zu groß. Nein, es musste eine andere Erklärung geben. Und wenn der Aufsichtsrat nichts davon hören wollte, musste Izzy eben selbst herausfinden, was hinter dem blauen Licht in der Villa Hammerstein steckte. Langsam entwickelte sich in ihrem Kopf ein Plan.

*

Julie Dolan probierte einen neuen Rock mit einem unkonventionellen Volant in *La Boutique* an. Sie drehte sich vor einem Spiegel nach links und nach rechts und ließ den Stoff des weiten Rocks hin und her schwingen. Eine lange Holzperlenkette, die zweimal um ihren Hals geschlungen war, klickerte, während sie mit ihren Bewegungen von einer Seite auf die andere flog.

„Wie sehe ich aus?" fragte sie.

Margaret, die nach einem anderen Design in ähnlichem Stil gesucht hatte, sah von dem Kleiderständer auf, an dem sie Bügel verschob. „Prima", lobte sie. „Ein bisschen Hippie-mäßig, falls es das ist, was du willst."

„Genau das", rief Julie Dolan mit glänzenden Augen. Die junge Wycliffer Redakteurin des *Sound Messenger* wirkte überschäumend und wunderschön. „Ich bin in ein paar Wochen zu einer Strandhochzeit in Ocean Shores eingeladen. Eine Freundin aus Seattle wollte etwas Ungewöhnliches tun und hat sich das Thema 60er-Jahre einfallen lassen."

„Nun, du siehst ganz danach aus", sagte Margaret.

„Ich nehme ihn und die Perlenkette", sagte Julie und wirbelte noch einmal vor dem Spiegel herum. Dann verschwand sie in die Ankleidekabine.

Margaret ging an ihr Schmuck-Display und prüfte seine Stücke. Dann nahm sie ein paar Lüster-Ohrringe davon ab. Kurz darauf erschien Julie wieder in Jeans und T-Shirt, Rock und Kette über dem linken Arm.

„Ich wusste, ich würde in deinem Laden etwas Wundervolles finden", lächelte sie Margaret an. „Seit ich hierhergekommen bin, schaue ich mir immer deine fantastischen Schaufenster an und muss mir auf die Finger schlagen, dass ich daheim meinen Kleiderschrank nicht mit weiteren Stücken überfülle, die ich hier kaufe."

Margaret lachte. „Hier", sagte sie und hielt ihr die Ohrringe hin. „Die gebe ich dir heute zusätzlich zu deinem Einkauf."

„Wirklich?" Julie schnappte nach Luft und nahm die Schmuckstücke. „Toll! Danke! – Kann ich vielleicht auch etwas für *dich* tun?"

Margaret errötete leicht. „Kannst du tatsächlich. Aber bitte halte die Ohrringe nicht für einen Bestechungsversuch! Ich hätte dich ohnehin gebeten."

„Worum geht es?" fragte Julie nun neugierig.

„Seit inzwischen drei Monaten kommt dieses große, orangefarbene Kätzchen täglich an meine Ladentür. Es kommt zum Mittagessen und verschwindet dann wieder."

„Ein Streuner?" fragte Julie.

„Ja und nein. Denn er hat ein weiteres Zuhause – zumindest sowas Ähnliches – bei Harlan Hopkins, dem Galeristen." Sie errötete erneut. Julie schien es nicht zu bemerken. „Nur gehört das Kätzchen auch ihm nicht. Eines Tages folgte ihm plötzlich dieser Kater, und er fand sich … ihm emotional verpflichtet."

Julie lachte. „Das klingt, als seiet ihr beide von einem Kater adoptiert worden!"

„Stimmt. Aber natürlich fragen wir uns, wem das Kätzchen wirklich gehört. Ich meine, wir kümmern uns gerne darum, aber vielleicht sorgt sich jemand ganz schrecklich und sucht nach ihm. Nur, dass wir nicht wissen, wer dieser Jemand sein könnte."

„Niemand hier in Wycliff", entschied Julie.

„Genau. Da waren Plakate in der ganzen Stadt, und ich bin mir sicher, wir hätten Leute darüber reden hören."

„Richtig", sagte Julie. „Lass mich also raten. Du möchtest, dass ich einen Artikel über den Kater schreibe, der nie verlorengegangen ist, aber hier in Wycliff zwei Adoptiveltern gefunden hat. Und du hoffst, dass jemand in einer anderen Stadt es vielleicht liest, den Kater erkennt und zurückhaben will."

„Ja", sagte Margaret erleichtert. „Das wäre toll. Denn wir beide denken, dass wir weder dem Kater noch seinem Besitzer recht tun."

„Wie heißt er denn überhaupt?"

„Wir haben keine Ahnung", gluckste Margaret. „Ich nenne ihn Cesar, Harlan nennt ihn Shiva. Er hört auf beides."

„Nicht sehr wählerisch, oder?"

„Es sei denn, sein richtiger Name klingt ähnlich …"

„Wie wahr. Hast du vielleicht ein Foto von ihm?"

Margaret holte eines unter ihrem Ladentisch hervor. „Das ist er."

„Ist das nicht ein Prachtkerl?!" schnurrte Julie. „Wird er euch nicht fehlen, wenn ihr ihn dem Besitzer zurückgegeben habt?"

„Furchtbar", sagte Margaret, und ihre Augen wurden feucht. Dann erholte sie sich rasch wieder. „Aber es ist nur richtig so."

„Tja, und er hat immerhin dich mit Harlan Hopkins zusammengebracht", sagte Julie listig. Sie hatte also doch vorhin Margarets Erröten bemerkt …

„Wir kümmern uns nur um Catman", verteidigte sich Margaret schnell. Zu schnell.

„Sicher", lächelte Julie. Dann holte sie ihren Geldbeutel heraus. „Was bin ich dir also schuldig?"

*

Izzy hatte noch detaillierte Beschreibungen zu ihrer Liste historischer Gegenstände in der Villa Hammerstein hinzugefügt, die bewahrenswert waren. Ihr Kopf schmerzte, wenn sie sich fragte, wie sie all diese Dinge behalten sollten. Würden sie aus dem Gebäude entfernen, dann würden sie leichterdings zwei riesige Umzugsfahrzeuge benötigen. Aber wohin sollten sie das ganze Inventar stecken? Oder sie müssten den Erben überreden, ihnen die Villa zu einem Preis zu verkaufen, der die Museumsgesellschaft nicht ruinieren würde. Immerhin mussten auch Betrieb und Wartung berücksichtigt werden.

Izzy überflog erneut ihre Liste. Ja, sie hatte alle Gegenstände gefunden, die sie in der Villa erwartet hatte. Außer Tagebücher. Sie seufzte. Vielleicht erwartete sie ja zu viel. Oder vielleicht sollte sie noch einmal zurückkehren und die Möbel auf doppelte Fronten, Rückseiten oder Schubladenböden untersuchen.

Sie erhob sich von dem kleinen Schreibtisch in ihrem Cottage und streckte sich. Die Dämmerung setzte ein, und sie war nicht wirklich davon begeistert, heute Abend durch den beständigen Nieselregen zur Villa Hammerstein hinüberzugehen. Aber würde sie es sich verzeihen, wenn sie irgendwelche Dokumente außer Dankesbescheinigungen einiger Wohltätigkeitsorganisationen, einer Universität und der Stadt Wycliff sowie dem mysteriösen Foto und der Postkarte aus der Schublade des Sekretärs übersehen hätte?

Izzy seufzte. Sie wusste, sie würde kein Auge zu tun, wenn sie es bei ihrer Schätzung beließ. Also zog sie sich feste

Schuhe an. Lighthouse Lane verwandelte sich manchmal in ein Durcheinander von Pfützen, besonders da die Schlaglöcher vom letzten Winter noch nicht ausgebessert worden waren. Dann schlüpfte sie in eine warme, weiche Strickjacke und verließ das Haus. Mrs. Morgans Zuhause auf der anderen Straßenseite wirkte gemütlich mit den angeschalteten antiken Lampen in den Fenstern des Erdgeschosses. Ihr eigenes Cottage sah auch nicht hässlich aus mit den Sprossenfenstern und einem Blick in ihr erleuchtetes Lesezimmer. Naja, sie würde wieder Zeit genug haben, Bücher zu lesen, wenn sie ihre Museumsaufgabe heute Abend beendet hatte.

Als sie die Villa Hammerstein erreichte, war alles ruhig. Die Straßenlaternen waren automatisch angesprungen. Sie hörte die Geräusche der Unterstadt – Restaurantgäste strömten aus einigen Lokalen, eine Gruppe Jugendlicher fuhr auf ihren Mofas Richtung Jachthafen, ein großer Lkw dröhnte in Richtung Fährhafen. In der Oberstadt zog man sich bereits von den Esstischen in die Wohnzimmer zurück. Die Villa Hammerstein lag dunkel und still da. Nicht *ein* Zeichen eines bläulichen Lichts in einem der Fenster. Trotzdem merkte Izzy, dass sie angespannt war.

Ihre Hände zitterten tatsächlich ganz leicht, als sie die Haustür aufschloss und hinter sich schloss, um das Alarmsystem auszuschalten. Dann schaltete sie es wieder ein, da sie nicht von irgendwelchen Einbrechern überrascht werden wollte – wenn denn mit Einbrechern zu rechnen war.

Izzy ging nach oben und trat in das Zimmer, das den Sekretär enthielt. Sie ging darauf zu und blickte ihn zweifelnd an. Sie wusste, dass sie ihn vollständig untersucht hatte. Er hatte nicht einmal eine falsche Rückseite. Die Handarbeitskörbe enthielten nur Handarbeitsmaterial. Es gab keine losen Steine am Kaminsims mit einem geheimen Versteck dahinter, noch gab es Verstecke hinter den Bildern an der Wand. Im Zimmer wurde es von Minute zu Minute dunkler.

Plötzlich hielt Izzy in ihrer Suche inne. Wenn jemand ein Tagebuch an einem sicheren Ort verstecken wollte … würde er es nicht da tun, wo keiner es vermuten würde? Falls Jane Hammerstein also ein Tagebuch geführt hatte und es nicht an einem der üblichen Orte zu finden war, unter der Matratze, in ihrem Nachttisch oder in ihrem Sekretär – war es vielleicht an einem Ort, an dem man täglich vorbeikam, ohne zu bemerken, dass es vorhanden war. Offen zutage. An einem Ort, der nicht benutzt wurde.

Izzy kehrte um und hastete nach unten. Sie öffnete eine der Flügeltüren zu dem bereits dunklen Salon und Musikzimmer auf der rechten Seite der Eingangshalle. Sie war zu eifrig auf der Suche, um Licht anzumachen, und ging geradewegs auf den Flügel zu. Sein Deckel war geschlossen und mit einem bestickten Tuch bedeckt. Sie entfernte es und hob langsam den Deckel. Sie schloss die Augen und atmete tief ein; dann beugte sie sich über die Öffnung und ließ ihre rechte Hand darin herumgleiten.

117

Ein winziger Laut des Triumpfes stieg aus Izzys Kehle, als sie ein paar dicke Bücher fand und aus der Öffnung des prächtigen, alten Flügels herausholte. Sie konnte erkennen, dass etwas Schnörkeliges auf die weißen Etiketten der Titelseite geschrieben war. Es war zu dunkel, um lesen zu können, was darauf stand.

Izzy hatte die Bücher gerade eingepackt, als sie das deutliche Geräusch des Türschlosses in der Haustür hörte, was sie furchtbar erschreckte. Ihr Herz schlug in der Kehle, ihre Hände zitterten heftig, und sie ließ beinahe die Bücher fallen. Ihr Mund wurde trocken, und sie hatte das Gefühl, sich verstecken zu müssen. Aber es gab keinen Ort dazu, außer sie hätte sich hinter den Flügel gekauert. Und selbst das ließe sie eher mitleiderregend wirken, als dass es ihr Schutz geboten hätte.

Sie hörte das Piepsen, als jemand die Alarmtastatur betätigte, und das Geräusch, das signalisierte, dass die Villa entsichert war. Dann hallten Schritte über den Fußboden der Eingangshalle. Das war ganz sicher kein Geräusch, das ein Geist verursachte. Izzy drückte sich in eine Ecke und starrte auf die Tür.

Einen Moment später glitt der bläuliche Strahl einer Taschenlampe über die Wand gegenüber der Salontür, und hinter der Lampe selbst konnte Izzy eine männliche Gestalt ausmachen. Ein kleiner Laut der Furcht entfuhr ihren Lippen.

„Izzy, bist du das?" sagte eine Männerstimme überrascht.

„Was machst *du* denn hier?" erwiderte Izzy, und plötzlich überkam sie eine Woge der Erleichterung. „Ich dachte, ich sei die Einzige vom Museum, die den Alarmcode der Villa kennt."

Du und der Erbe", antwortete die Stimme.

*

10. Februar 1882
Wycliff, Washington Territory

Vor einer Woche wurde mein kleiner Bub geboren. Er kam ganz rot im Gesicht zur Welt, mit dem Wimmern eines kleinen Kätzchens und ganz viel schwarzem Haar. Der Doktor und die Hebamme machten es mir schwer. Offenbar glaubten sie nicht an „eine frühe Geburt". Der Doktor sah mir verächtlich ins Gesicht; nun, er ist durch seinen Eid gebunden, mein Geheimnis zu bewahren. Die Hebamme war voller Groll und hatte während meiner Strapazen nicht ein Wort oder eine Geste des Trostes für mich. Aber ich weiß, dass auch sie den Mund halten wird.

Charles war entzückt, als sie ihn schließlich hereinließen, um ihm das Kind zu zeigen. Er schien den Kleinen sofort liebzugewinnen, und er bestand darauf, ihn Charles nach seinem Vater und William nach meinem, das heißt Bessies Vater zu nennen. Irgendwie ist es unheimlich – meine Lüge wird noch lange, nachdem ich diese Erde verlassen habe, in den Namen meiner Kinder und Kindeskindern weiterleben. Aber solange

Charles diesen Jungen als den seinen annimmt, will ich es ertragen.

Winter hier am Puget Sound ist eine seltsame Sache, und er macht mich etwas depressiv. Während wir in New York Tage voller Schneesturm und dann welche mit hellstem Sonnenschein und eisiger Kälte hatten, ist es hier nur grau und dunkel mit einem endlosen Nieselregen, der alles durchdringt. Es ist nicht wirklich kalt, aber weil alles so nass ist, fühle ich mich unbehaglich. Jeder sonnige Tag wird hier von den Leuten mit Jubel begrüßt. Aber ich gehe nicht gern hinaus, denn die Straßen sind matschig, und das eine Mal, das ich doch ging, verlor ich beinahe meine Stiefel im saugenden Schlamm.

Ich habe hier nur wenige Bekanntschaften geschlossen. Ich fühlte, dass es sich nicht schicke, Besuche abzustatten, während ich unpässlich war. Und Charles bringt seine Freunde, die McMahons, nur ab und zu hierher. Ich weiß, sie vermuten, dass Charles Jr. nicht Charles' Kind ist. Aber sie sagen nichts, da sie sehen, dass Charles und ich gut miteinander auskommen. Unlängst hörte ich Jeremy tatsächlich Charles gegenüber bemerken, er sehe neuerdings beinahe glücklich aus. Und Charles sagte die nettesten Dinge darüber, dass ich Dinge hier verändert und sein Haus in ein Heim verwandelt hätte. Ich zog mich rasch von der Tür zurück, als ich hörte, dass sie den Raum verlassen würden, und beschäftigte mich mit dem Arrangement von Blumen in der Diele.

Im Dezember beschloss Charles, in einem Teil unseres Gartens Hopfen anzubauen und im Herbst vielleicht Bier zu brauen, um es in der Gemischtwarenhandlung zu verkaufen. Mir gefällt das Gerede von einer Brauerei nicht wirklich, da ich noch von einst weiß, wie miserabel Brauerei stinken kann. Aber er sagt, für Hopfen gebe es dieser Tage viel Geld und dass er es versuchen wolle. Ich glaube, es sind ein paar Farmer aus Puyallup gewesen, die ihm diesen Floh ins Ohr gesetzt haben. Jedenfalls macht sich die Gemischtwarenhandlung mehr als gut, wo Wycliff fast täglich wächst, weil immer mehr Menschen aus dem Osten hier eintreffen. Ich hoffe und bete immer noch, dass niemand, der mich aus Irland oder New York kennt, jemals hierherkommt. Ich sehe mich ständig um.

Charles Jr. wacht gerade auf. Die Falten, die er direkt nach der Geburt hatte, sind alle weg. Sein Geschrei ist so laut, dass Charles und ich übereingekommen sind, dass ich eine Zeitlang ins Kinderzimmer ziehe, damit er nachts schlafen kann. Ich habe mich regelrecht geweigert, eine Amme zu nehmen. Ich möchte dieses, mein Kind selbst nähren. Allein der Gedanke, ihn einer Fremden zu übergeben, ist mir unerträglich.

Wenn ich daran denke, dass ich noch vor einem Jahr im Osten war, eine Dienstbotin, die Gesellschafterin einer wohlhabenden Dame der Mittelschicht. Und jetzt bin ich hier in Wycliff, das täglich sein Aussehen verändert, weil Baustellen abschließen und andere neu anfangen, die Ehefrau eines Kaufmanns und eine Mutter. Ich denke, ich habe mich bislang ganz gut geschlagen. Ich weiß, ich kann mein Leben meistern, solange es so ruhig wie jetzt bleibt. Und eines Tages wird der Tratsch, dass ich als Katalogbraut gekommen bin, vorbei sein. Und niemand wird mehr auch nur einen Gedanken daran verschwenden, ob Charles Jr. viel zu früh geboren wurde, um Charles' leiblicher Sohn zu sein. Das ist das Einzige, was mich schmerzt – Charles deswegen anlügen zu müssen. Ich habe ihn wirklich liebgewonnen. Er ist mir solch ein Freund geworden.

5

„Also hast du die ganze Zeit im Aufsichtsrat des Museums gesessen, während wir keine Ahnung hatten, dass du der Hammerstein-Erbe bist?!" Izzy schüttelte ungläubig den Kopf. „Wie konntest du uns das antun? Warum? Ich meine …"

Izzy und Bill „Chirpy" Smith saßen in einer Ecke im *Harbor Pub*, jeder mit einem Glas Bier vor sich, von denen beide bislang unangerührt waren.

Bill seufzte und zuckte die Achseln. „Es war eine der Bedingungen, die meine Großtante stellte, und frag mich nicht, warum. Ich schätze, sie hatte einfach diese Unart an sich, Leute mit einer Mission oder einem Auftrag zu versehen. Sie wollte sehen, wie weit das Museum gehen würde, um die gesamte Villa zu erhalten. Und ob ich … etwas finden könne. Als ob sie es wüsste, da wo sie jetzt ist …"

„Nun, du siehst, wie *ich* zu der Villa stehe. – Du versuchst nicht wirklich, sie einfach an Hinz oder Kunz zu verkaufen, oder?" Izzy war entsetzt. „Denk nur, was die Leute damit tun würden!"

„Ich weiß." Bill zuckte die Achseln. „Jedenfalls hast du es klargemacht, dass du das Haus retten willst und dass du versuchst, den Aufsichtsrat des Museums dazu zu bringen, seinem Kauf zuzustimmen."

„Das will ich in der Tat." Izzy hob endlich ihr Glas und trank ein paar Schlucke, dann setzte sie es ab und wischte sich den

Schaum von den Lippen. Ihre Augen glitzerten hinter den Brillengläsern. „Also theoretisch gesprochen: Würdest du es dem Museum verkaufen, selbst wenn andere Käufer willens wären, unser Angebot zu übertreffen?"

Bill lachte leise. „Du steckst Hals über Kopf in diesem Projekt, nicht, Izzy?" Sie nickte leidenschaftlich. „Tja, sagen wir, dass ich, wenn ich eine angemessene Offerte erhalte, ich angemessen darüber nachdenken werde." Izzy öffnete den Mund, aber Bill wehrte ab. „Nein, Izzy, hör zu. Du musst wissen, dass es mir viel bedeutet, dass die Villa so bleibt, wie sie ist, ein wunderschönes Wahrzeichen, wenn man die Treppe am Steilhang heraufkommt. Ich brauche das Geld nicht wirklich, aber ich gebe die Villa und das Grundstück auch nicht einfach so her. Ich will dem Museum definitiv Konditionen geben, die machbar sind. Aber ich bin kein Wohltätigkeitsverein. Okay?"

Izzy lehnte sich in ihrem Stuhl zurück und nickte still. „Ich verstehe dich", sagte sie. „Ich werde mein Bestes versuchen, gehört zu werden. Aber du musst von jetzt an mit offenen Karten spielen, Bill."

Er trank aus seinem Glas und verzog das Gesicht. „All das Zeug, das sie dieser Tage in ein Gebräu schütten, das sie dann Bier nennen … Ja, ich höre dich laut und deutlich, Izzy."

„Also was hast du überhaupt in der Villa gemacht?"

„Ich habe nach etwas Privatem gesucht."

„All diese Abende mit einer Taschenlampe? Warum nicht ganz offen?"

124

„Die Leute hätten mich gesehen, und der Aufsichtsrat hätte gedacht, ich wolle etwas Wertvolles stehlen. Ich weiß nicht. Und ich sollte ja nicht als der Erbe bekannt werden, vergiss das nicht." Bill strich sich den Bart. „Ich schätze, es hat mir Spaß gemacht, das Haus nach Einbruch der Dunkelheit zu erkunden und einfach ungestört zu sein. Hätte ich Licht angemacht, wäre jemand herübergekommen und hätte sicher nach mir gesehen, stimmt's?"

Izzy musste plötzlich kichern. „Also hat dir das Geistergerücht gut in den Kram gepasst."

Bill lachte. „Ich hatte keine Ahnung, dass es so weit kommen würde. Eigentlich hätte ich nicht gedacht, dass heutzutage überhaupt noch jemand an Geister glaubt."

„Tja", sagte Izzy said. „Offensichtlich tun das aber manche. Jemand anders hätte dich vielleicht einfach für einen Einbrecher gehalten, hätte dir nachgestellt und dich schlicht erschossen. Sei froh, dass das nie passiert ist."

„Gute Güte, an diese Möglichkeit hatte ich gar nicht gedacht." Bill wurde blass.

„Na, wenigstens tust du's jetzt. – Aber sag mal, wonach genau hast du denn gesucht?"

Bill schüttelte den Kopf.

„Vielleicht nach dem hier?" Izzy öffnete ihre Tasche und zog die Bücher hervor, die sie gefunden hatte. Es waren tatsächlich Tagebücher – endlich war es hell genug, die Etiketten zu lesen.

Bill starrte sie an. „Du hast sie gefunden! Wo?"

„Im Flügel", sagte Izzy.

„Das sind … ich brauche sie zurück."

„Es sind historische Dokumente."

„In erster Linie sind es Familiendokumente."

„Das Museum soll Zugang zu allen historischen Gegenständen haben, die in der Villa Hammerstein gefunden werden."

„Das gehört nicht zum Hammerstein Anwesen."

„Es war im Haus."

Sie sahen einander an, bis einer von beiden wegblicken würde.

„Was ist an diesen Tagebüchern so wichtig, dass du sie so unbedingt haben möchtest?"

Bill schluckte. „Da könnte Zeug drinstehen, das ein falsches Licht auf Leute wirft, die entweder schon tot sind oder noch leben."

„Geheimnisse?"

„Zeug, das verletzt und nicht bekannt werden muss", seufzte Bill. „Kann ich sie jetzt haben?" Er streckte seine Hand nach den Tagebüchern aus.

„Betreffen diese Geheimnisse auch dich, Bill?" fragte Izzy vorsichtig.

„Ich weiß noch nicht, in welchem Umfang", sagte Bill. „Tante Jane hat mir nur gesagt, ich solle sichergehen, dass ich sie finde, und verhindern, dass die Geschichte öffentlich wird."

„Was für eine Geschichte? Bill, im Ernst, es kann doch nicht *so* schlimm sein …"

„Es könnte schlimmer sein als das, was ich weiß."

*

Bill konnte sich nicht erinnern, wann er den Spitznamen „Chirpy" erhalten hatte. Es hatte vermutlich mit dem Geschäft seines Vaters zu tun und passte ohnehin zu seiner vergnügten Lebenseinstellung. Selbst die Lehrer in der Schule hatten ihn Chirpy genannt. Daheim aber war er Bill oder – wenn er in Schwierigkeiten war – William. Außer bei seiner Großtante Jane, die er kaum je sah. Sie räusperte sich nur, wenn irgendwer seinen Namen sagte, und nannte ihn „Junge". Sogar bis zu ihrem letzten Atemzug.

„Ich habe meine Gründe, Junge", hatte sie gekeucht. Aber sie hatte ihm nicht gesagt, welche. Ihren einzigen Hinweis erhielt er in Form eines Briefes durch ihren Anwalt, als ihr Testament verlesen wurde. Sie hatte ihm gesagt, er solle die Tagebücher seiner Großmutter suchen.

Es war immer eine seltsame Stimmung in der Familie aufgekommen, wenn Bill irgendetwas über seine Vorfahren hatte erfahren wollen. Sie waren doch Pioniere gewesen, oder? Ja. Sie hatten der Stadt Wycliff dauerhafte Institutionen geschenkt? Ja, hatten sie. Waren sie wohlhabend gewesen? So beruhigend wohlhabend, wie man sich's nur vorstellen kann. Hatten sie einen guten Ruf gehabt? Und da kam es für gewöhnlich zu einer kleinen Pause, bevor sich jemand entschied zu nicken und das Thema wechselte.

Also hatte es anscheinend ein Problem mit dem Ruf der Familie gegeben, dachte Bill. Und es hatte ihn misstrauisch gegen seine Klassenkameraden gemacht, falls sie etwas herausfänden, bevor er es tat. Es gab ein altes Sepiafoto von Charles Horatio Smith vor seiner Gemischtwarenhandlung. Es gab ein Hochzeitsfoto seines Großvaters William und seiner Frau Hepzibah und massenhaft Fotos seines Vaters Charles und seiner Mutter Willa. Aber alles zwischen Charles Horatio und Bills Großvater war nicht dokumentiert. Als sei es jemandem gleichgültig gewesen, Fotos zu machen. Oder als habe jemand sehr sorgfältig jedes einzelne verschwinden lassen.

Irgendwann in seinen Zwanzigern hatte Bill beschlossen, dass ihn seine Vorfahren nicht mehr kümmerten. Und er hatte versucht, sich nicht von den paar Malen ärgern zu lassen, wenn er Großtante Jane begegnete und sie ihn „Junge" nannte. Er genoss das Leben, wie es sich ihm darbot, und er wollte es sich nicht durch den möglichen Verruf eines Vorfahren verderben lassen.

Bill hatte das Community College in Tacoma in Betriebswirtschaft abgeschlossen und war bei seinem Vater bei *Birds and Seeds* eingetreten. Mit der alten Gemischtwarenhandlung war es schon lange bergab gegangen, als die ersten Supermärkte aufkamen. Aber Vogelfutter, Vogelbäder, Vogelhäuschen, Vogelaccessoires wie Kacheln, Windspiele und sogar Tassen-und-Untertassen-Sets hatten den Wettbewerb überlebt. 2010 hatte Charles Smith das gesamte Unternehmen an Bill übergeben und sich zur Ruhe gesetzt. Und Bill hatte in seinem Laden zusätzliche Waren wie Katzen- und Hundeprodukte und Blumensamen eingeführt. Obwohl es diese merkwürdige Mischung in der Tierhandlung in der Harbor Mall günstiger gab, fanden sich eine zuverlässige Stammkundschaft und sogar Neukunden dafür. Unter Bill begann der Laden ernstlich zu florieren.

War es eine unterbewusste Hoffnung, die ihn dem Museum hatte beitreten lassen, um sich näher mit der Geschichte Wycliffs zu befassen? Der Gedanke, dass er in diesem Ehrenamt auf etwas stoßen könne, worüber in seiner Familie nie gesprochen wurde?

Aber niemand erwähnte je die Familie Smith, außer um sie für ihre Errungenschaften zu preisen. Und Jane Hammerstein, geboren in den 1920ern, hatte nie etwas dazu beigetragen, ihren Familiennamen in der Stadt bedeutend zu machen.

Dann war Jane verstorben, und ihr Nachlass sollte zwischen Bill und dem Museum aufgeteilt werden. Bill hatte nicht gewusst, dass Jane dem Historischen Museum von Wycliff überhaupt einen so großen Stellenwert eingeräumt hatte. Soweit er wusste, hatte sie nie einen Fuß hineingesetzt. Aber das war eben so. Er war eines der Aufsichtsratsmitglieder, und er würde sehen, was aus dem Gebäude entfernt würde, um es für künftige Wycliffer zu erhalten. Ihr Brief aber war etwas anderes gewesen.

Er hatte über den Zeilen gegrübelt. Großtante Jane hatte Tagebücher erwähnt, aber nicht, wem sie gehörten oder wo er danach suchen sollte.

Also war er neuerdings nach Ladenschluss in die Villa Hammerstein gegangen, um die Tagebücher zu suchen. Er hatte nicht einmal gewusst, wie sie aussahen, und er hatte geglaubt, auf einen Metzgergang geschickt worden zu sein. Andererseits – dies konnte die Antwort sein, die er gesucht hatte; die Lücke, die in seiner Familiengeschichte so viel Raum eingenommen hatte.

*

„Und du glaubst, das alles ist hier in diesen Tagebüchern?" fragte Izzy Bill.

„Ich denke schon", sagte er und wischte sich über die Stirn.

„Tja, ich verstehe jetzt, warum du sie so dringend möchtest." Sie legte die Tagebücher auf den Tisch. „Wenn ich sie dich behalten lasse, darf ich sie bitte wenigstens vorher lesen? Nicht wegen deiner Geschichte, sondern um vielleicht ein persönlicheres Gespür dafür zu bekommen, was über die Stadt und ihre Entwicklung erwähnt wird?"

Bill zögerte. „Du könntest etwas finden, das den Ruf meiner Familie zerstören würde."

Izzy lachte. „Bill! Wirklich?" Sie schüttelte den Kopf. „Hör dir mal selbst zu. Du bist ein wundervoller Mann mit einem soliden Unternehmen. Jemand, der seine Zeit dem Museum schenkt und anderen Menschen hilft. Ja, ich weiß, dass du neulich Margaret und dem streunenden Kater geholfen hast. Deine Eltern sind als freundliche Menschen bekannt, und jeder mag sie, weil sie einfach ein wundervolles und liebenswertes Paar sind. Ich habe gehört, dass dein Großvater im Zweiten Weltkrieg in Übersee gekämpft hat und dass seine Verlobte vier Jahre lang getreulich gewartet hat, bis er zurückkam, verwundet und erschöpft. Und dennoch haben sie es geschafft, diesen Laden aus den Überbleibseln der Gemischtwarenhandlung aufzubauen, und sind richtig wichtige Menschen für Wycliff geworden."

„Ich weiß", sagte Bill. „Aber warum weiß ich nicht, wer davor kam? Warum dieses Schweigen? Wer war das Schreckgespenst, das dafür sorgt, dass Dinge verheimlicht werden?"

„Sicher nicht Charles Horatio", sagte Izzy, nachdem sie einen Moment über die Frage nachgedacht hatte. „Du sagst, es gebe ein Bild von ihm und dem Geschäft – also ist deine Familie stolz auf ihn."

„Richtig", sagte Bill.

Izzy biss sich auf die Lippen. „Hast du dich je gefragt, wer seine Frau war? Und wer die Eltern deines Großvaters und deiner Großtante waren? Und warum sie unterschiedliche Nachnamen haben?"

Bill staunte mit offenem Mund. „Ich weiß, dass meine Großtante lange nach meinem Großvater geboren wurde. Sie hatten offenbar verschiedene Väter."

„Vielleicht nicht ganz so offenbar. Du könntest deine Suche genau da beginnen. Hat dein Vater etwas von seinen Eltern geerbt, das Licht auf die Vergangenheit werfen könnte? Noch mehr Tagebücher? Vielleicht sowas wie eine Truhe?"

Bill rieb sich nachdenklich den Bart. Dann lächelte er. „Ich bin froh, dass du mich heute Abend in dem Haus erwischt hast, Izzy. Vielleicht kannst du mir dabei helfen, meine Geister endlich zur Ruhe zu bringen."

*

„Ta-dah!" Julie wirbelte in *La Boutique* hinein und strahlte.

„Hallo!" Margaret lächelte hinter dem Ladentisch, wo sie eine neue Modeschmuck-Kollektion in eine Glasvitrine sortierte. Sie trug ein hauchdünnes Kleid im Empire-Stil und hatte ihr Haar fantasievoll hochgesteckt, alles geringelt und gekräuselt. „Du klingst so, als hättest du bereits einen wunderbaren Tag." Sie blickte auf die Standuhr neben der Tür. „Es ist erst halb elf."

„Und beinahe Zeit, dass dein Kätzchen zum Mittagessen kommt, stimmt's?"

„Erst so in einer Stunde", sagte Margaret. Dann seufzte sie. „Und wer weiß, wie lange das noch so geht. Wenn Cesars

Besitzer gefunden wird, ist es vorbei mit einem meiner täglichen Highlights."

„Aber genau deshalb bin ich gekommen", sagte Julie. „Ich habe eine E-Mail aus Seaside, Oregon erhalten."

„Er kommt von so weit her?" Margaret blickte ungläubig.

„Lies", sagte Julie und drückte ihr ein bedrucktes Blatt Papier in die Hand.

Margaret blickte darauf, las und seufzte dann wieder. „Das ist nicht das Ergebnis, das ich mir erhofft hatte. Wie traurig. Dann ist also sein Besitzer hier im Krankenhaus verstorben, und das Kätzchen ist ihm den ganzen Weg von Dupont hierher gefolgt?"

„Ja. Niemand weiß, wie er das geschafft hat. Katzen sind echt hart im Nehmen, und diese hier anscheinend ganz besonders. Naja, die Tochter des Besitzers hat ihn hier nie gesehen, wenn sie ihren Vater besuchte. Sonst hätte sie ihn ins Tierheim gebracht, wie sie schreibt."

„Armer, kleiner Cesar", sagte Margaret. „Er muss völlig verwirrt gewesen sein, was ihm da passierte. Stell dir nur vor, sie hätte ihn gefunden und weggegeben. Das wäre doppelt herzzerbrechend gewesen!"

„Nun, zum Glück hat diese Dame ihn nicht gefunden, und damit entscheiden du und Harlan, was mit dem Kätzchen geschehen soll."

„Ich lasse es beim alten", sagte Margaret sofort. Dann lachte sie, während sich ihre Augen mit Tränen füllten. „Sein

Besitzer muss ein guter Mensch gewesen sein. Und dieses Kätzchen hat ihn offenbar von ganzem Herzen geliebt. Jetzt sucht es nach einem neuen Zuhause, und das hat es gefunden."

„Kannst du auch für Harlan sprechen?" fragte Julie mit etwas Zweifel in der Stimme.

„Er wollte überhaupt erst gar nicht herumhorchen."

Die Glöckchen an der Tür bimmelten. Dottie kam mit einer Tüte Butterbrezeln herein – Julie und Margaret konnten das sofort am kräftigen Duft erkennen – und hielt die Tür für einen weiteren Besucher auf.

„Cesar!" rief Margaret und eilte auf den großen, orangefarbenen Kater zu, der nur miaute und seinen Rücken an ihrem Schienbein rieb, während sie sich bückte und ihn begrüßte. „Oh, mein armes, kleines Kätzchen! Ich habe so unterschiedliche Neuigkeiten für dich!" Cesar schien Margarets Ausbruch über den Tod seines Besitzers, aber dass er immer ihr und Harlans heißgeliebter Kater sein werde, gleichgültig zu sein. Er ging an ihr vorbei, miaute Julie an und stolzierte auf den Ladentisch zu, den Schwanz hoch und gerade aufgerichtet.

„Ich schätze, er verlangt heute ein frühes Mittagessen", lachte Dottie.

Margaret wischte sich die Augen. „Und ich habe auch so ein feines für ihn!" Dann lachte sie. „Tut mir leid, Mädels. Ich kann eine richtige Heulsuse sein, wenn ich glücklich bin."

„Wäre mir nicht aufgefallen", sagte Julie, und sie lachten alle.

*

Der Aufsichtsrat des Museums hielt seine monatliche Sitzung im Bankettraum des *Ship Hotel* ab. Heute Abend waren zwei Gäste von außerhalb eingeladen. John und Niki O'Reilly waren aus Steilacoom gekommen, um dabei zu helfen, Izzys Standpunkt zu vertreten. Sie hatte gehofft, Bill wäre auch da, aber das war er nicht, und als Eliot Ames die Sitzung einberief, war sie schon ein nervöses Wrack.

„Heute haben wir zwei Gäste von außerhalb", verkündete Eliot mit einem freundlichen Nicken zu John und Niki. „Ich muss zugeben, dass ich ziemlich neugierig auf ihre Ideen bin. Und da Izzy sie hierher eingeladen hat und sie sich an einem arbeitsreichen Abend unter der Woche die Extra-Mühe gemacht haben zu kommen, wollen wir dieses Thema auf unserer Agenda als erstes abarbeiten. Izzy, du bist bitte dran."

„Danke", sagte Izzy und ihre Stimme schwankte ein wenig. „Nun, wie alle wissen, habe ich in den letzten paar Wochen in den Schätzen der Villa Hammerstein gewühlt, und ich habe eine riesig lange Liste des Inventars mitgebracht, von dem ich gern hätte, dass unser Museum es für immer behält. Ein Teil davon ist einzigartig, ein Teil davon ist unbezahlbar wie die Tiffany-Lampen und -Fenster, Waterford-Kristall, ein Blüthner-Flügel, und einige wundervolle Gemälde aus dem späten 19. Jahrhundert." Die Aufsichtsratsmitglieder murmelten Bewunderung und hefteten ihre Blicke noch aufmerksamer auf

Izzy. „Wie ihr aus meiner Beschreibung ersehen könnt, sind diese Gegenstände bei weitem zu sperrig, um sie in unserem schon jetzt überfüllten Museum und Lagerraum unterzubringen." Sie blickte prüfend in die Gesichter ihrer Aufsichtsratskollegen. „Und ehrlich gesagt, ich wollte sie da nicht einmal haben – sie würden uns wie ein vollgestopftes Antiquitätengeschäft kurz vor der Explosion wirken lassen." Tiffany schnaubte lachend, dann presste sie rasch eine pummelige Hand an ihren Mund und bemühte sich, wieder ernst auszusehen. „Naja, anscheinend bleiben uns nur zwei Optionen. Alles in der Villa lassen, weil wir die Menge nicht händeln können. Dann kann der Erbe alles verkaufen, und es geht uns auf immer verloren." Sie hörte so etwas wie ein Protestgemurmel. „Oder wir können versuchen, den Besitzer zu überreden, der Museumsgesellschaft die Villa entweder zu vermieten oder zu verkaufen. Dass hieße, dass alles vor Ort bliebe, und wir könnten die Museumsgegenstände, die es wert sind, behalten zu werden, in der Villa unterbringen."

„Aber es gibt eine Menge Dinge, die da oben seltsam aussehen würden", warnte Mildred Packman, die Geschichtslehrerin. „Sie wären vielleicht sogar überflüssig."

„Das würde uns die Kosten für ein Umzugsteam ersparen", sagte Colonel Cooper. „Aber das ist eine einmalige Ausgabe. Während, wenn – oder sagen wir „falls" – wir die Villa mieten, das eine unendliche Geschichte wäre."

„Wieviel ist die Immobilie an sich wert?" fragte Lasse Anderson. „Vielleicht können wir mit dem Besitzer einen Deal schließen."

„Langsam, langsam, langsam", unterbrach Eliot Ames. „Ich denke, wir müssen einen Schritt vor dem anderen entscheiden. Wir müssen vielleicht sogar über eine Sache abstimmen, bevor wir über die nächste entscheiden. Lasst mich zusammenfassen: Sind wir uns alle einig, dass wir nicht all die Gegenstände aus der Villa ausräumen können, von denen wir möchten, dass das Museum sie behält?" Er hob einen Stapel getippter Papiere hoch, die Izzy ihm über den Tisch hatte zukommen lassen. Alle blickten rasch auf die ausführliche Liste und nickten dann. „Gut. Dann müssen wir eine Entscheidung treffen. Wer beantragt, dass wir versuchen, das Villeninterieurs vor Ort zu belassen, während wir versuchen, Jane Hammersteins Erben, wer auch immer er oder sie ist, davon zu überzeugen, eine möglichst dauerhafte Vereinbarung mit der Museumsgesellschaft zu treffen, die Villa zum Museumseigentum zu machen?"

„Ich stelle den Antrag", sagte Izzy.

„Ich unterstütze den Antrag", sagte Tiffany und lächelte sie an.

„Langsam, langsam", rief Mildred, die schrieb, als hinge ihr Leben davon ab.

„Alle Ja-Stimmen?"

„Ja." Das waren nicht *alle* Stimmen.

Es zeigte sich, dass Colonel Cooper der unbekannten finanziellen Last gegenüber skeptisch war, die da plötzlich im Raum stand.

Lasse Andersson hatte sich enthalten, da auch er mehr wissen wollte. „Als Vorsitzender des Finanzausschusses", sagte er, „brauche ich mehr als eine motivierte Gruppe, die ein lobenswertes, geschichtserhaltendes Ziel verfolgt. Ich muss auch sichergehen, dass wir die Kosten schultern können." Er zuckte entschuldigend die Achseln in Richtung Izzy. Sie war ein wenig enttäuscht, verstand ihn aber.

„Also", sagte Eliot Ames. „Es sieht so aus, als versuchten wir mit einer sehr dünnen Mehrheit die Villa und all ihr Interieur zu erwerben. Izzy, du bist wieder dran."

Izzy strahlte. „Danke", hauchte sie, und selbst ihre Brillengläser schienen mehr zu blitzen. „Das ist ein Riesenschritt. – Nun, ich bin rüber nach Steilacoom gefahren und habe mich dort mit John und Niki getroffen. Wie wir alle wissen, sind sie eine treibende Kraft, wenn es um Museumsprojekte geht, und sie haben sich in ihrem Bar & Grill so einige einzigartige Projekte, auch in Verbindung mit dem Museum, einfallen lassen. Daher kam mir, dass sie uns mit einigen Dingen, die sie für ihre Kommune tun, inspirieren könnten, so dass wir losziehen und vielleicht den einen oder anderen Unterstützer in unserer finden könnten." Sie deutete mit ihrem rechten Arm auf John und Niki. „Ich dachte, ihr könntet uns erzählen, wie ihr euer Museum in Steilacoom unterstützt."

John räusperte sich und faltete die Hände vor sich. „Ich lobe mich normalerweise nicht selbst. Ich weiß, was ich wann tue. Wenn also das Steilacoom Historical Museum bei einer Veranstaltung gastronomische Unterstützung benötigt, sowas wie einen Kessel heißen Apfelsaft oder so, halten Niki und ich es nur für natürlich einzuspringen. Wir erwarten dafür auch kein großartiges Lob. Ein Dankeschön reicht völlig. Als sich herausstellte, dass sie einen großen Vorrat an Schwarzweiß-Fotos haben, von denen man Abzüge in allen Größen machen kann, entschieden wir uns, einige davon zu rahmen und in unserem Restaurant zum Verkauf aufzuhängen. Es spricht sich herum, und manche Leute kommen mit besonderen Anfragen. Wir erfüllen die Bestellung und händeln das Geschäft. Das Geld dafür bekommt das Museum."

„Kaffee", sagte Niki mit ihrem lieben Lächeln, und sie strich ihr welliges, langes rotes Haar zur Seite, während sie auf einem Notizblock vor sich etwas nachlas.

„Ja", nickte John. „Wir verkaufen auch Kaffee. Eigentlich unterstützen wir so eine Kaffeerösterei unten in Olympia, damit sie bekannter wird. Und das Museum erhält die gesamte Marge, die wir auf das Produkt aufschlagen. Der Kaffee schmeckt übrigens auch wirklich gut – ihr müsst ihn mal in unserer *Topside Coffee Cabin* versuchen." Er zwinkerte Izzy zu. „Ein paar von euch haben das schon getan."

„Wir helfen unserem Museum auch mit Geschenkgutscheinen", fügte Niki hinzu. „Wir hoffen, dass durch die Verteilung davon ein Anreiz für Neumitglieder und für frühzeitige Erneuerungen von Mitgliedschaften ist. Ich glaube, dem Mitgliedsausschuss ist das damit im vergangenen Jahr ganz gut gelungen."

Izzy strahlte. „Nun, das ist etwas, worüber wir sicher mit unseren ortsansässigen Unternehmen reden können." Im Geiste entwarf sie schon Gutscheine von *Dottie's Deli*, vom Bistro *Le Quartier* und von *Fifty Flavors*, dem Eissalon. Wenn sie die erst einmal hatte, konnte sie vielleicht sogar größere …

„… kann hilfreich dafür sein, größere Summen zu erzielen", schloss John, und Izzy errötete, weil ihr die Gedanken durchgegangen waren und sie verpasst hatte, was er gesagt hatte. Zum Glück würde ihr das Sitzungsprotokoll dabei helfen, Johns und Nikis Gedanken nachzulesen.

„Klingt so, als brauche jede Stadt ein paar Leute wie euch", sagte Eliot Ames, seufzte und bedankte sich bei dem Paar. „Es scheint, als sei alles machbar, solange man ein paar Leute hat, die mit Herz und Seele dabei sind."

Izzy runzelte die Stirn. Das klang nicht so, als wolle Eliot Ames die Ideen weiterverfolgen.

„Naja", sagte Niki, „Wycliff ist so viel größer als Steilacoom. Ich bin mir sicher, dass ihr, sobald ihr es öffentlich macht, überrascht sein werdet, wieviel willige Unterstützung ihr finden werdet. Ihr müsst nur eure Bedürfnisse präzise definieren. Formuliert sie nicht zu vage."

Izzy nickte. Das war vielleicht ihr Fehler in der Vergangenheit gewesen. Sie hatten nur um Mitglieder geworben und um Spenden gebeten. Sie hatten den Mitgliedern nie gesagt, wie sie ihre Museumserfahrung bereichern könnten. Sie hatten nie verraten, wieviel Geld sie benötigten, um ein Projekt umzusetzen. Natürlich hatten sie alles in die Kassenbücher eingetragen, so dass sie eine Prüfung bestehen würden. Aber sie hatten den Leuten nie gesagt, dass sie eine spezifische Summe benötigten, um einen neuen Computer für ihre Emails oder für Online-Werbeaktivitäten zu beschaffen. Oder dass sie einen neuen Luftbefeuchter im Lagerraum brauchten, da der, den sie gebraucht gekauft hatten, wie ein alter Asthmatiker keuchte und vermutlich in der nächsten Saison seinen letzten Luftstoß machen würde.

Inzwischen standen alle und schüttelten John und Niki die Hand, bedankten sich, dass sie nach Wycliff gekommen waren, und schickten sie auf den Heimweg.

„Nun", sagte Mildred Packman und lächelte, nachdem sich alle wieder gesetzt und beruhigt hatten. „Das war sicherlich ein Denkanstoß. Danke, Izzy. Ich spüre zum ersten Mal, dass wir uns tatsächlich in Richtung Ankauf der Villa Hammerstein bewegen. Ich bin gerne bereit, Unternehmen in der Unterstadt als Mitglieder für unsere Museumsgesellschaft zu werben und sie zu bitten, Geschenkgutscheine für Neumitglieder zu spenden. Das könnte uns ein wenig helfen."

„Wohl kaum." Colonel Cooper schüttelte den Kopf. „Das sind Peanuts. Wir brauchen größere Verpflichtungen – und vor allem müssen wir den Erben in dieser Angelegenheit kontaktieren. Vielleicht ließe sich mit einem langfristigen, zinsgünstigen Darlehen etwas erreichen. Aber ohne, dass der Erbe uns ein Zeichen des guten Willens gibt, können wir das Unterfangen vergessen."

„Colonel Cooper, Partypooper", dachte Izzy bei sich und fand sich sehr unartig.

Tiffany Delaney verdrehte die Augen. „Du solltest dich mal hören – es klingt so, als seist du völlig gegen jede Verbesserung des Museums."

„Überhaupt nicht", gab der alte Colonel zurück. „Aber ich bin realistisch. Und ich frage euch nur, wie ihr die Miete für den jetzigen Museumsstandort bezahlen wollt, während ihr eine Anzahlung auf die Villa leistet, ganz zu schweigen von den monatlichen Hypothekenzahlungen. Träume sind ja gut und schön. Aber nur ein paar neue Mitgliedschaften helfen uns nicht aus der Klemme. Wir brauchen große Verpflichtungen. Wir brauchen Spendenaktionen. Inzwischen biete ich an, den Erben über den Anwalt zu kontaktieren, um ihm zu signalisieren, worüber wir nachdenken. Und dann müssen wir ohnehin abwarten, ob der Erbe überhaupt verkaufen will. Immerhin kennen wir die Denke dieser Person nicht – vielleicht warten wir erst einmal die Antwort ab, bevor wir mit komplexen Plänen beginnen."

Es fühlte sich wie ein Schlag in die Magengrube an, dachte Izzy. Natürlich wusste sie, dass der alte Colonel zu Recht vorsichtig war. Aber es fühlte sich auch so an, als wolle er ihren Traum zerplatzen lassen. Sie musste mit Bill so bald wie möglich sprechen.

*

Die Kellerküche am Yesler Way war voller Dampf, obwohl die schmalen Fenster zur Straße weit geöffnet waren. Es gab kaum einen Luftzug, und die Würze von Curry mischte sich mit dem starken, sauren Duft von Tomaten und dem von frischgebackenem Hefeteig, was zu einer fast erstickenden Luftfeuchtigkeit führte. Destiny wischte sich die Stirn mit einem Handtuch, das sie sich über die Schulter geworfen hatte, während sie in einer dicken Flüssigkeit in einem großen Kessel rührte. Ihr Kopftuch war dekorativ um ihre dunklen Locken gewunden, damit es sie ihr aus der Stirn hielte. Es half allerdings nicht viel gegen den Schweiß, der in ihrem Gesicht glänzte.

„Und ich sage dir, ich bleibe hier nicht noch eine Saison", sagte sie zu einer Person, die ihr den Rücken zugewandt hatte, während sie Brötchen aufschnitt und in einen großen Metallcontainer legte. „Das wird mir zu viel. Auch wenn sie Stadträte sind und ach so progressiv und dergleichen, letztlich sind auch sie nur Sklaventreiber einer anderen Art."

„Ach, Destiny", gab die andere Person zurück. „Werde nicht schon wieder politisch. Du weißt, ich bemühe mich, dass das hier läuft. Es bringt uns nirgendwohin, denen da oben zu widersprechen. Sie hören uns nicht. Wir zählen nicht."

Destiny schüttelte den Kopf und begann, heiße Suppe in größere Metallbehälter auf einem Edelstahlwagen zu schöpfen. „Sie versuchen, uns glauben zu machen, dass sie auf der Seite der kleinen Leute sind, weißt du?" fuhr sie unbeeindruckt fort. „Aber warum begrenzen sie nicht die Mieten in dieser Stadt? Was? Unsere Eltern hatten vor ein paar Jahren mal ein Haus in der Nähe vom Green Lake. Jetzt sind die Grundsteuern himmelhoch geworden, und sie mussten verkaufen. Finde mal was Erschwingliches zum Wohnen in Seattle. Es ist lachhaft. Neulich war eine von unseren Stammgästen hier und sagte, es wäre der letzte Tag, an dem sie sich unser Essen leisten könne. Danach müsse sie zur Tafel und zu Suppenküchen von Wohltätigkeitsorganisationen gehen."

„Na, wenn das der Fall ist, hat sie vielleicht zu lange damit gewartet, etwas zu ändern."

„Vielleicht kommen auf uns alle Veränderungen schneller zu, als wir damit zurechtkommen."

„Wie zum Beispiel?"

„Denk nur an das Verbot von Plastikhalmen und so."

„Wir haben noch nie irgendwas aus Plastik in unserem Geschäft gehabt. Immer Edelstahl und unzerbrechliches Geschirr. Was willst du also damit sagen?"

„Mein Punkt ist, dass manche Unternehmen jetzt einen großen Vorrat an Plastikartikeln in ihren Lagern haben, und sie müssen in etwas anderes investieren. Und dann ist da die Limonadensteuer."

„Ja und? Wir bieten Wasser, Tee und Kaffee an. Wir haben nie an den Verkauf übersüßter Getränke geglaubt – warum ist das jetzt ein Problem?"

Destiny murmelte etwas und rollte ihren Wagen auf den Küchenausgang zu.

„Ich hab' dich nicht verstanden", sagte die andere Frau. Dann hievte sie den Brot-Container hoch und folgte ihrer Kollegin in den Gastbereich ihres Restaurants.

The Soup Cellar war seit fünf Jahren in Seattle im Geschäft. Er gehörte Hope und Destiny Williams, zwei üppigen afroamerikanischen Damen in ihren späten Zwanzigern, die Essen und Menschen mit kleinerem Geldbeutel liebten. Deshalb hatten sie ein Restaurantkonzept umgesetzt, in dem sie nahrhafte Eintöpfe und Suppen mit Brot und Brötchen in einem unspektakulären und erschwinglichen Raum servierten. Das Souterrain, das sie in der Smaragdenen Stadt gefunden hatten, bot ihnen einen anständig großen Gastbereich, dessen Fenster sich ziemlich weit oberhalb des Bürgersteigs befanden, aber die Rückseite des Hauses war in den steil aufsteigenden Hügel gebaut und daher fast immer überheizt und dämpfig. Die kleine Klimaanlage, die in den Mieträumlichkeiten installiert war, konnte kaum den Gastbereich mit seinen Holztischen und -bänken klimatisieren. Und der Vermieter hatte sich geweigert, sie zu erneuern, da sie noch immer „ganz gut" funktioniere.

„Ganz gut", hatte Destiny eines Tages geschimpft, als ihr Rücken wieder einmal nach einem langen Mittagsdienst patschnass war und sie und ihre Schwester zwischen Küche und Gastbereich hin und her geeilt waren. „Hinten bekomme ich einen Hitzschlag und vorne sterbe ich an Unterkühlung."

Hope hatte sie nur ausgelacht. Sie war Destinys Temperamentsausbrüche gewohnt und fand sie höchst amüsant. Obwohl sie dachte, dass ihre Schwester oftmals recht hatte, schwieg sie einfach und versuchte, sie zu beruhigen. Vielleicht hatten sie sich deshalb ihre eigenen Nischen in ihrem kleinen Unternehmen geschaffen – Hope knetete und formte ihre Brote und Brötchen gleichmäßig und still, während Destiny in ihren Gebräuen rührte, drei verschiedenen pro Tag, sie würzte und siedend heiß auftischte.

Beide Schwestern waren in Seattle geboren. Ihr Vater leitete eine kleine Kirche, ihre Mutter war Lehrerin. Sie waren zur Schule gegangen und hatten die High-School mit guten Noten abgeschlossen, während sie sich eher an die Kirche hielten als an die wagemutigeren Kinder der Nachbarschaft. Ihre Eltern hatten sie gebeten, sich von Schwierigkeiten fernzuhalten, und während Destiny immer rebellisch war und in der Schule ein-, zweimal nachsitzen musste, weil sie den Mund zu weit aufgemacht hatte, war es Hope meist gelungen, Schwierigkeiten zu umschiffen. Es war für sie nicht immer einfach gewesen, die ältere Schwester zu sein, aber sie waren wirklich gute Freundinnen geworden, als Hope zum College hatte gehen wollen und ihre Eltern ihr gesagt hatten, sie könnten ihr bei der Finanzierung nicht helfen. Destiny hatte als Schülerin der letzten High-School-Klasse angefangen, in ihrer Freizeit in einer Restaurantküche zu jobben, und das meiste von ihrem Verdienst ihrer älteren Schwester gegeben. Nach dem Abschluss hatte Destiny sogar noch mehr Kosten übernommen, und während Hope schließlich einen Abschluss in Betriebswirtschaft und ein Geschäftskonzept hatte, hatte Destiny all die praktischen Fähigkeiten entwickelt, die sie brauchten, um gemeinsam ein Unternehmen zu gründen. „Wie Pech und Schwefel" hatten sie bekanntermaßen in ihrer ganzen Kindheit zusammengehalten. Jetzt waren sie einander noch näher, da sie erfolgreich *The Soup Cellar* betrieben und in einer unabhängigen Wochenzeitschrift ein paar ziemlich gute Restaurantkritiken erhalten hatten. Das hatte ihnen noch mehr Kundschaft eingetragen. Leider hatte es auch ihren Vermieter auf den Plan gerufen, der sofort ihre Monatsmiete erhöht hatte.

„Wirklich?!" heulte Destiny und hielt den Brief, den ihr Hope gereicht hatte, auf Armeslänge von sich. „Was fällt ihm als Nächstes ein?!"

„Es gibt nichts Nächstes", seufzte Hope. „Das war's dann. Wir können auf keine Verbesserungen sparen, wenn er unsere Miete auf diese lächerliche Summe erhöht. Eine Erhöhung um 25 Prozent– wer hat je von sowas gehört?"

Destiny blinzelte. „Ich sag dir, das ist alles die Schuld des Stadtrats. Sie erhöhen die Grundstückssteuern. Sie erhöhen die Parkgebühren. Sie besteuern Limonade. Sie erheben Maut. Sie lassen sich die lachhaftesten Steuern einfallen, von denen ich je gehört habe, und dieser Typ, der uns zu viel Geld abverlangt, ist vermutlich gerade selbst im Würgegriff."

„Vielleicht hast du recht", sagte Hope. „Nur bringt es uns keine Lösung, wenn wir über die Verkettung der Dinge Bescheid wissen. Ich schätze, wir müssen unser Geschäft schließen."

„Unser Geschäft schließen?" rief Destiny. „Nur über meine dicke Leiche! Diese Stadt kann mich nicht davon abhalten, Suppen und Eintöpfe zu kochen und auszuteilen, nur weil sie Steuern für ihre nächsten hirnrissigen Pläne benötigt!"

„Wir müssten unsere Preise erhöhen", warte Hope ihre Schwester.

„Um wieviel?"

„Wir müssten das durchrechnen. Wie viele Schalen Suppe verkaufen wir pro Tag? Wieviel Marge machen wir? Wieviel müssen wir verkaufen, damit wir die neue Miete bezahlen und trotzdem noch etwas sparen können?"

„Zum Kuckuck", sagte Destiny. „Finde du das heraus, Schwesterchen. Ich bin noch nie gut mit Zahlen gewesen."

Hope hob die Brauen. „In Anbetracht dessen weißt du aber eine Menge darüber, wie sich Steuern auf den Lebensstil der Bürger von Seattle auswirken."

„Man braucht nicht viel zu rechnen, um *das* zu erkennen", gab Destiny zurück und rührte heftig in ihrem Kessel. „Ich habe doch Augen im Kopf. Und ich weiß, dass wir für die Miete, die wir für unsere Zweizimmerwohnung bezahlen, woanders ein ganzes Haus haben könnten."

„Stimmt", sagte Hope. „Soll ich also die Gegenrechnung zu dem neuen Vertrag aufstellen?"

„Mach mal, und lass mich wissen, was wir tun sollen."

Doch Hopes mathematische Fähigkeiten resultierten nur in Zahlen, die sie nicht an die Rechnungen ihrer Kundschaft weiterreichen wollten. Und als sie ein paar Tage später in der Hintergasse neben dem Eingang zu ihrer Restaurantküche einen toten Obdachlosen fanden, mit einer Spritze, die noch immer in einer violetten Vene stak, wussten sie, dass sie weiterziehen mussten.

„Wir können nicht Krankenwagen an unserem Restaurant anhalten lassen", sagte Destiny zu Hope. „Sonst fragen sich die Gäste, ob wir die Leute mit unserem Essen vergiften."

„Aber *du* wolltest doch unbedingt unser Geschäft aufrechterhalten", sagte Hope. „Was schlägst du vor, sollen wir jetzt tun?"

„Lass uns nach einem anderen Ort suchen, wo man fairer gegenüber seinen Bürgern ist", schlug Destiny vor und runzelte die Stirn. „Ich bin mir ziemlich sicher, dass es hier in Western Washington noch ein paar ziemlich vernünftige Orte gibt, die ihre Bevölkerung nicht zu Tode kosten und ein florierendes Familienunternehmen zu schätzen wissen."

„Gut", nickte Hope. Sie blickte auf die Karte des Puget Sound, die sie als Dekoration an die Küchentür gepinnt hatten. „Wo sollen wir zuerst schauen?"

Destiny ging zur Tür, schloss die Augen, kreiste mit der Hand über der Karte und legte ihren Zeigefinger auf das Papier. „Hier", sagte sie und öffnete die Augen.

Ihr Finger war auf einem Punkt gelandet, der sich Wycliff nannte.

*

1. Januar 1883
Wycliff, Washington Territory

Es ist ein hartes erstes Jahr hier draußen im Westen gewesen. Es hat nicht nur mit dem Baby zu tun. Charles Jr. ist bezaubernd und fast beunruhigend still. Seine großen Augen folgen mir überall hin, und jetzt, wo er angefangen hat zu krabbeln, muss ich dafür sorgen, dass er in Sicherheit ist, bevor ich ein Zimmer verlasse.

Das Klima ist ein bisschen wie in Irland. Warum hatte ich also diese ständigen Erkältungen im vergangenen Frühjahr und im Herbst? Ich war sehr unglücklich darüber. Und Charles übernahm den Jungen im Kinderzimmer, wenn ich krank war, so dass ich schlafen konnte und der Bub jemanden bei sich hatte. Wüsste ich es nicht besser, hielte ich Charles Jr. wirklich für Charles Sr.s Sohn. Es ist erstaunlich, wie die beiden miteinander

150

kommunizieren. Ich werde nie jenen Tag im September vergessen,
als ich sie auf der Veranda mit Blick auf das Olympic-Gebirge
fand. Der Kleine beäugte mit einem winzigen miauenden Laut den
Großen. Der Große blickte ihn wiederum mit einem Grunzen an.
Dann sahen sie wieder in dieselbe Richtung über den Sund. Ich
stahl mich hinein zurück, da ich sonst eine stille Unterhaltung
zwischen zwei Seelenverwandten gestört hätte.

Auch habe ich lange dafür gebraucht, mich
hinauszuwagen und tatsächlich Leute zu treffen. Einige von ihnen
sahen mich skeptisch an. Unlängst hörte ich zufällig jemanden
beim Metzger sagen, dass einige Mädchen hier in der Gegend
Charles gern geheiratet hätten, als er noch ein Junggeselle war.
Das erklärt natürlich, warum mir einige von ihnen kurz nach
meiner Ankunft und unserer Hochzeit einfach die kalte Schulter
zeigten. Er galt als ziemlicher Fang. Und ich gebe zu, ich finde
das auch. Seine Sanftmut und seine Bereitschaft, bei Dingen
zuzupacken, die andere Männer nicht als „männlich" ansehen
würden, sind mehr als wundervoll. Manchmal habe ich Angst,
dass ich nicht gut genug für ihn bin. Ich meine – ich tue mein
Bestes, um ihn nicht zu enttäuschen. Und er beklagt sich nie über
etwas. Ihm schmeckt das Essen, das ich bereite. Und ich lerne die
Rezepte aus dem alten Kochbuch, das seine Mutter ihm überlassen
haben muss. Er findet das Haus sauber genug, obwohl ich weiß,
dass es nie so sein wird, wie das Haus in New York war. Da gab
es Bedienstete, die sich mit all diesen Aufgaben beschäftigten.
Hier bin ich allein, und der Schmutz von draußen trägt sich

ständig herein. Ich bin nur froh, dass Charles kein Handwerker ist; ich stelle mir vor, dass es für jede Hausfrau störend sein muss, wenn Kunden zu jeder Tageszeit hereinkommen und die friedliche Stille eines Heims mit angebundener Werkstatt unterbrechen.

Inzwischen habe ich ein paar Freundschaften geschlossen. Sogar ganz allein. Keine steht in Verbindung zu Charles' Freunden. Was etwas schade ist. Aber mit denen fühle ich mich immer angespannt. Als wären sie Verbündete auf seiner Seite, bereit mich beim ersten Fehler zu verraten. Nein, diese Freunde sind Leute, mit denen Charles nichts zu tun haben wollte. Wie die kleine, schlanke Indianerin, die am Strand weiter oben von der Stadt ein Haus auf Stelzen hat. Sie ist eine Heilerin, und sie kennt eine Menge Kräuter, die ich noch nie gesehen habe. Sie hat mir durch meine schlimmsten Erkältungszeiten geholfen und hatte ein paar beruhigende Mittel, als Charles Jr. an einem erschreckend seltsamen Husten erkrankt war. Oder diese Chinesin, die für uns die ganze Wäsche erledigt.

Ich fühle mich neuerdings ziemlich erschöpft. Vielleicht hat es mit den ganzen Geselligkeiten und Tanzveranstaltungen zu tun, die seit Thanksgiving stattgefunden haben. Ich bin unendlich froh, dass es vorbei ist. Thanksgiving selbst war nicht so schlimm – wir waren zu den McMahons eingeladen. Ich hatte einen Kürbis-Pie gebacken, obwohl ich die matschige Textur des Belags einfach verabscheue. Aber Charles bestand darauf, dass ich diesen Klassiker statt eines Apfel-Pies mache. Was mich hinsichtlich dieses gesamten Anlasses viel wohler fühlen ließ, war, dass ich

Charles' Geschenk an mich zum Hochzeitstag trug – eine Brosche mit ein paar wunderschönen Halbedelsteinen. Sie sah prachtvoll am Kragen meines schlichten dunkelgrünen Kleids aus. Und ich fühlte mich damit irgendwie sicher – Charles lässt mich nicht im Stich, selbst wenn die McMahons mir immer noch misstrauisch gegenüberstehen und mich mit dem behandeln, was ich als höfliche Distanz bezeichnen würde. Die Tanzveranstaltungen in der Stadt fühlten sich etwas besser an, da ich dort nicht so sehr ausgefragt wurde. Der Klang von Musik und eine überraschende Tanzbereitschaft der Männer der Stadt sorgten für nur die spärlichsten Gespräche, das meiste davon Komplimente und einige Nachrichten von außerhalb der Stadt. Am Weihnachtstag war ich dann Gastgeberin für die McMahons – es ruinierte fast mein Fest. Nicht, dass ich als Hausfrau und Ehefrau beurteilt worden wäre, aber meine Küche wurde von Mrs. McMahon kritisch unter die Lupe genommen. Ich hätte sie gern angeschrien. Wenn irgendetwas nicht so gut war, wie es hätte gewesen sein können, ist das die Schuld der Rezepte von Charles' Mutter, nicht meine. Stattdessen saß ich da und lächelte so zuckersüß, dass die Muskeln um meinen Mund zu zucken begannen. Ich fürchte, man konnte mich vielleicht auch mit den Zähnen knirschen hören.

Jedenfalls ist die Festsaison fast vorüber, und heute beginnt ein neues Jahr. Charles Jr. schläft in seinem Rollbett. Er ist so sehr gewachsen, und ich empfinde so viel Liebe für ihn. Neulich meinte Charles, er sähe keinem von uns beiden sehr ähnlich. Ich schwindelte rasch, er habe das Aussehen seines

153

Großvaters Steen geerbt. Aber noch Stunden später war ich fahrig. Charles allerdings schien mit meiner Antwort zufrieden und beließ es dabei.

Natürlich ist er neuerdings mit zwei großen Bauprojekten beschäftigt. Als Stadtrat beaufsichtigt er den Bau eines Schulhauses, das das alte heruntergekommene Gebäude bei den Werften ersetzen soll. Das neue wird in der Oberstadt liegen und für die High-School-Kinder sein. Damit werden sie näher daheim sein und weniger nach der Schule herumtrödeln. Die Läden der Unterstadt würden sie dazu verlocken, Geld auszugeben, das sie für den Aufbau ihrer Zukunft brauchen, und ein paar gewisse Unternehmen in Hafennähe wären wohl etwas zu unzuträglich, um sie aus nächster Nähe zu sehen. Das andere Projekt ist eine Konservenfabrik. Charles hat für dieses Unternehmen ein Grundstück bei den Werften gekauft, und er will Lachs und vielleicht sogar Krebse in Dosen einlegen. Vielleicht wird es ein guter Verkaufsartikel, aber das schafft auch Arbeitsplätze für Leute in der Stadt, die lieber auf eine andere Beschäftigung als ein eigenes Unternehmen oder einen akademischen Beruf zugreifen. Ich muss zugeben, ich bin stolz auf Charles als Unternehmer. Er sieht fast überall Möglichkeiten und ergreift sie. Dann macht er sie für die zugänglich, die im Leben weniger erfolgreich sind und gibt ihnen Arbeit. Wycliff floriert wegen Leuten wie ihm. Und es fühlt sich ziemlich gut an, die Frau eines solchen Mannes zu sein.

154

6

Mildred Packman spürte heute Morgen in jedem Zentimeter ihres Körpers, wie alt sie war. Die pensionierte Geschichtslehrerin war mit schweren Beinen aufgewacht, und ihr Hals war steif gewesen. Der Badezimmerspiegel hatte ihr besonders unfreundlich in den ersten Sonnenstrahlen Falten gezeigt, und die Lider ihrer wässrigen Augen waren geschwollen, als hätte sich vergangene Nacht eine Mücke daran verlustiert. Ach, natürlich, es musste gerade an solch einem Tag so sein, an dem sie spritzig und agil wirken musste. Sie hatte geplant, heute Morgen, wenn es noch nicht so heiß war, alle möglichen Unternehmen als neue Mitglieder zu gewinnen oder als Sponsoren von Gutscheinen oder Geschenken für neue Mitglieder; und vielleicht sogar jemanden, der einen Scheck für das Museum unterschreiben würde.

Nach dem Frühstück – sie liebte ihren weißen Toast mit etwas Butter und Orangenmarmelade, begleitet von einem Becher schwarzen Kaffees mit einem Tupfer Schlagsahne aus der Sprühdose – war sie von ihrem Zuhause in der Oberstadt losgegangen, hatte den Blick von der Treppe oben am Steilhang genossen, war dann selbige Stufen schwerfällig hinabgestiegen und hatte eine kurze Pause am Fuß des Hangs eingelegt, wo zwei Bänke Flaneure dazu luden, zwischen den farbenfrohen Blumenbeeten zu sitzen. Fünf Minuten später hatte Mildred ihre Mission wieder aufgegriffen und war zu *Ultimate Crafts* gegangen, dem Hobby- und Künstlerbedarfsgeschäft in der Back Row. Seine Inhaberin, Marylou Webster, hatte gerade die Türen fürs Tagesgeschäft geöffnet und begrüßte Mildred mit strahlendem Lächeln. Mildred fühlte sich ermutigt und trat ein.

„Was kann ich für dich tun, Mildred?" fragte Marylou und rückte einen Bilderrahmen auf einer Staffelei gerade, während sie zurück zu ihrem Kassentisch ging.

„Ich komme heute Morgen im Auftrag des Historischen Museums von Wycliff", sagte Mildred und brach ab.

„Ich bin schon eine Weile nicht mehr da gewesen", gab Marylou zu. „Ist alles in Ordnung? Und was hat es damit auf sich, was ich gehört habe: dass ihr die Villa Hammerstein ausräumen dürft?"

„Oh, alles ist prima", sagte Mildred und errötete. „Wir suchen nur neue Mitglieder und Leute, die dem Museum ein wenig helfen würden."

„Ach, Mildred, du weißt doch, dass ich nicht im Museum mitarbeiten kann. Dieser Laden frisst meine ganze Zeit und Energie…"

„Oh, ich weiß, dass du viel zu tun hast", sagte Mildred und errötete noch mehr. „Es ist nur … Hast du je über eine Mitgliedschaft in unserem Museum nachgedacht?"

„Was kostet das?"

Mildred wurde etwas nervös und kramte in ihrer Handtasche, bis sie einen Mitgliedschaftsantrag fand. „Das beschreibt alles", sagte sie und hielt Marylou das Papier hin, die es mit nur einem kurzen Blick darauf annahm.

„Ich schreibe mich also einfach ein, und das war's? Ich muss nichts weiter tun?"

„Das ist alles", lächelte Mildred glücklich, nun, da sie ihre Botschaft überliefert hatte.

„Na, dann kann ich's ja tun", sagte Marylou und ging in ihr kleines rückwärtiges Büro, um ihr Scheckbuch zu holen. Als sie zurückkam, sah sie Mildred streng an. „Erwartet aber nicht, dass ich für euch eine große Cash-Cow sein werde. Hobby- und Künstlerbedarf bringen nicht viel ein – versucht euch nur vorzustellen, wie viele Perlen oder Leinwände ich verkaufen muss, um meine Monatsmiete aufzubringen." Mildred nickte verlegen. Marylou setzte ihre Brille auf, füllte das Antragsformular aus und schrieb dann einen Scheck aus. „Hier", sagte sie und reichte beides Mildred. „Und nur ein Tipp: Vielleicht peppt ihr euren kleinen Laden mal ein bisschen auf – das würde euch Kunden und auch ein paar Einkünfte bringen."

Mildred nickte, dankte ihr und ging. Draußen machte sie fast einen kleinen Hopser, obwohl ihre schmerzende Hüfte ihr dabei hinderlich war; stattdessen stampfte ihr Fuß glücklich auf. Auch gut. Immerhin hatte der Tag ermutigend begonnen.

Aber es ging nicht so weiter. Das *Lavender Café* war vormittags bis elf Uhr geschlossen. Die Dame in der chinesischen Reinigung einen Block weiter nickte freundlich und lächelte, wollte aber entweder nicht involviert werden oder verstand nicht, warum Mildred überhaupt gekommen war. Das Postamt war kein Ort, an dem geworben werden durfte, und es durften aus Prinzip nur Flugblätter zu Postthemen ausgelegt werden.

Der Verkäufer im Gitarrenladen war ein junger Mann mit jeder Menge Metall in Augenbrauen, Nase, Lippen und Ohren und mit Tätowierungen überall außer im Gesicht. Er wirkte grimmig mit seinem langen, dünnen Spitzbart, aber sein Lächeln war freundlich, und er bot an, einige Antragsformulare neben der Kasse auszulegen, falls ein paar seiner Kunden sich zum Ausfüllen inspiriert fühlen würden.

Am Ende der Back Row musste sich Mildred erneut auf ein Bänkchen setzen; und sie zog Bilanz über ihre bisherigen Bemühungen. Sie seufzte. Sie hatte es sich einfacher vorgestellt. Aber natürlich war dies die kürzeste Straße in Wycliff, und sie war gewissermaßen erfolgreich gewesen. Vielleicht hatte sie auf der Main Street mehr Glück.

Das Antiquitätengeschäft, in dem Izzy arbeitete, erhielt eine große Lieferung durch ein Tor in der Hintergasse, als Mildred ein paar Minuten später daran vorbeiging. Die Galerie gegenüber, auf der gleichen Seite der Main Street, öffnete erst mittags, blieb aber dafür abends länger geöffnet. Mildred runzelte die Stirn, als sie versuchte, durch die Fenster hineinzusehen.

„Suchen Sie etwas Bestimmtes?" fragte eine freundliche Männerstimme hinter ihr. „Ich öffne die Galerie gern für Sie, damit Sie sich genauer umsehen können."

Mildred zuckte zusammen und drehte sich um. Ihre Augen waren auf Höhe des Brustbeins des Mannes, und sie musste einen Schritt beiseitetreten, um sein Gesicht zu sehen. Harlan Hopkins lächelte die verblüffte kleine, alte Dame an, von der er wusste, dass sie einstmals eine beliebte High-School-Lehrerin gewesen war.

„O nein, nein", sagte Mildred und bemühte sich sehr, Müdigkeit und Enttäuschung hinter einem Lächeln zu verstecken. Aber auch das wirkte sehr müde.

„Vielleicht möchten Sie aber mit mir drinnen einen Kaffee trinken?" bot er an. „Ich wollte gerade reingehen und mir beim Kaffeetrinken ein paar neue Rahmen-Lieferungen ansehen. Sie könnten mir Gesellschaft leisten und mir sagen, was Sie von einigen halten – es ist immer gut, die Meinung eines potenziellen Kunden zu hören."

Mildred wurde rot. „Ich kann mir wohl kaum die großartigen Kunstwerke leisten, die Sie in Ihrer Galerie ausstellen, Mr. Hopkins." Sie nannte ihn Mister, weil er nie einer ihrer Schüler gewesen war.

„Ach, um Himmels willen, nennen Sie mich Harlan!" sagte er mit charmantem Lachen. „Und wenn Sie mir bei der Auswahl helfen, bekommen Sie auch einen Kaffee. Das ist eine Win-Win-Situation für uns beide – wie wär's?"

Mildred legte den Kopf schräg, und Harlan erkannte etwas beinahe Mädchenhaftes in der alten Dame. Endlich schien sie, ihre Entscheidung getroffen zu haben, während er die Tür aufschloss, und sie nickte. „Etwas Schatten und Kaffee sind vielleicht, was ich gerade brauche", sagte sie und folgte ihm hinein.

Während Harlan sich mit der Keurig-Maschine an der modernen Bar beschäftigte, die er in der Galerie installiert hatte, blickte er Mildred neugierig an. „Warum haben Sie eigentlich in meine Schaufenster gesehen?"

„Ach, das war nichts weiter. Nur um den neuen Künstler zu sehen, den Sie präsentieren, und ob Sie oder Mr. Owen da wären."

„Oh, also wollten Sie *doch* mit einem von uns beiden reden?" Mildred nickte. Harlan stellte einen Becher mit der Aufschrift *Main Gallery* vor sie hin. „Milch? Zucker?" Mildred schüttelte den Kopf. „Weswegen sind Sie also gekommen? Wir können auch gut zuerst darüber sprechen und uns dann den Rahmen widmen."

„Es macht Ihnen nichts aus?" fragte Mildred beinahe ängstlich.

„O nein, nicht im Mindesten."

„Nun, es geht um das Historische Museum von Wycliff", begann Mildred und nahm einen Schluck ihres schaumigen, heißen Gebräus.

Harlan erinnerte sich vage an den Keller unter dem Postamt. Er hatte ihn nur einmal besucht und gesehen, dass jemand irgendwann einmal Liebe und Mühe in die Ausstellung und den Laden gesteckt hatte, dass es dann aber irgendwann einmal daran zu fehlen begann und das Museum daher verstaubt und ein bisschen langweilig wirkte.

„Wir haben vielleicht eine große Chance, es zu dem zu machen, was es verdient zu sein", vertraute Mildred plötzlich dem freundlichen Riesen an, der ihr seine Aufmerksamkeit zu schenken schien. „Aber wir brauchen die Hilfe der Leute von Wycliff." Sie holte tief Luft und fuhr energisch fort. „Um die Wahrheit zu sagen, eine Menge Hilfe. Wir wollen versuchen, die Villa Hammerstein zu kaufen, aber wir brauchen mehr Mitglieder, Spender, Sponsoren, Verpflichtungen – was immer nötig ist, um eine Anzahlung zu leisten und dann noch etwas mehr."

Harlan pfiff leise. „Das ist in der Tat eine ziemliche Mission. – Ich muss zugeben, dass ich Ihren jetzigen Standort wegen des Platzmangels und zu vielen verschiedenen Ausstellungsthemen etwas erdrückend finde. Aber in neuen, größeren Räumlichkeiten könnten Sie eine Menge zu gewinnen haben."

Mildred nickte und starrte in ihren Becher. „Ich versuche jetzt, Leute für unsere Pläne zu gewinnen." Sie warf ihm einen langen Blick zu, den er nicht zu interpretieren wusste.

Welche Reaktion erhoffte sie sich von ihm? „Sie werden nicht viel dabei gewinnen, wenn Sie mich als Mitglied werben", stellte er fest. „Ich meine, ich schreibe Ihnen gern einen Scheck aus. Aber das bringt Sie nicht weiter. Nicht einmal, wenn sich die gesamte Bevölkerung Wycliffs einschriebe und ein paar Jahre lang Mitglied bliebe."

„Ich bin … Wir sind uns dessen bewusst. Wir hoffen, dass uns in der nahen Zukunft ein paar Veranstaltungen einfallen, die uns etwas mehr Fleisch auf die Knochen eintragen." Mildred lächelte ihn spröde an.

Harlans Gesicht leuchtete auf. „Spendenaktionen? Warum haben Sie das nicht gleich gesagt?! Wir halten immer nach etwas Ausschau, das auch unsere Galerie in die Schlagzeilen bringt. Eine Vernissage und eine Finissage für einen Künstler im Monat bleiben nicht lange im Gedächtnis der Leute. Und die Zeitungen drucken meist nur einen einzigen Artikel zum selben Thema. – Ich bin mir ziemlich sicher, ich spreche auch im Namen von Mark – das ist mein Partner –, wenn ich sage, wir machen mit. Lassen Sie uns etwas Witziges auf die Beine stellen, das uns zum Gesprächsstoff macht und Ihnen für Ihr Unterfangen eine hübsche, kleine Summe einträgt."

„Wirklich?!" Mildred setzte sich so aufrecht, wie es ihre schmerzenden Knochen zuließen. „Das würden Sie für das Museum tun?" Harlan lächelte sie nur an. „Wann können wir die Einzelheiten besprechen?"

„Tja, Sie sitzen hier jetzt gerade. Was halten Sie von der Auktion einiger historischer Gegenstände, die Sie mehrfach haben, so dass das Museum sie entbehren könnte?"

„Darüber muss ich mit Izzy sprechen", zögerte Mildred. „Sie ist unsere Kuratorin. Aber ich wage zu sagen, dass sie damit einverstanden sein wird. Vielleicht würden auch ein paar Leute

Gegenstände aus ihrem Zuhause stiften, die historisch sind und die sie nicht mehr haben wollen oder nicht mehr brauchen."

„Über welches Zeitfenster bis zur Auktion sprechen wir? Und möchten Sie eine richtige? Oder eine stille? Mark hat einen Bruder, der ziemlich gut als Auktionator ist, aber er müsste natürlich frühzeitig vorgewarnt werden, wann er benötigt wird ..."

Und bald waren beide in eine Diskussion vertieft und machten Notizen zu Plänen für das schäbige, kleine Museum an der glänzenden Glastheke von Wycliffs schickster Galerie.

*

Harlan Hopkins war in Camden, Maine, aufgewachsen, wo sein Vater das prachtvolle, alte Neuengland-Haus seiner Eltern an der Chestnut Street geerbt hatte. Er hatte die malerische Stadt mit ihrem bunten Jachthafen und dem Leuchtturm am Ende von Curtis Island geliebt; im Sommer war er oft mit einer Jolle dorthin gefahren. Als kleines Kind hatte er gern mit seinen Eltern Beeren am Mt. Battie gesammelt; auch wenn sie das nur selten getan hatten. Im Winter war er auf den Pisten der Sugar Bowl Ski gefahren. Er hatte nicht gedacht, dass seine Kindheit und Jugend etwas Besonderes waren, obwohl er merkte, dass sie anders als die seiner Freunde waren.

Sein Vater war ein berühmter Musiker, der durch die Welt reiste und nur im Sommer nach Hause kam, wenn die Konzertsaison dünner war, weil Opernhäuser und Konzertsäle geschlossen waren. Auch war er immer rechtzeitig zu Weihnachten heimgekommen – aber er hatte nur etwa eine Stunde mit ihm und seiner Mutter zur Bescherung und eine weitere Stunde zum Weihnachtsessen verbracht. Danach hatte er sich stets entschuldigt, er müsse sich vom Jetlag erholen, und war dann abgereist zu Proben für ein Neujahrskonzert in New York oder Boston oder London oder wo auch immer man ihn gebucht hatte.

Harlans Mutter hatte in der örtlichen Stadtbücherei gearbeitet, einem malerischen Gebäude am Rande des Stadtparks oberhalb des Hafens. Und in ihrer Freizeit hatte sie gemalt – mit Aquarellfarben, Acrylfarben, manchmal auch mit Pastellkreiden. Vielleicht hatte Harlan daher seine Liebe zur Kunst. Seine Mutter hatte ihn in die Kunstgalerien in all den Kleinstädten an der Küste mitgenommen. Sie waren im Prinzip eine Familie aus zwei Menschen gewesen, die ab und zu ein Gastmitglied hatte. Er hatte seinen Vater nicht vermisst. Nicht wirklich.

Dann war seine Mutter krank geworden. Sein Vater war am anderen Ende der Welt gewesen, auf einer Konzerttournee durch Japan. Obwohl die Nachbarn mit Lebensmitteln von French & Brawn auf der Elm Street und Fahrten zum IGA außerhalb der Stadt geholfen hatten und obwohl sie, als es seiner Mutter schlechter gegangen war, Aufläufe geliefert und Putzpartys in ihrem Haus veranstaltet hatten, war sein Vater nicht zurück nach Hause gekommen. Er hatte seine Asientournee fortgesetzt, die ihn nach China und Sibirien führte. Er war nicht heimgekehrt, als sie vom Hausarzt, der nicht mehr helfen konnte, ins Krankenhaus

164

geschickt worden war. Der fünfzehnjährige Harlan musste allein mit all den Formalitäten zurechtkommen, die ein Tod in einer Familie mit sich bringt; eine Freundin seiner Mutter, ebenfalls eine Bibliothekarin, half ihm dabei. Als sein Vater endlich zur Beerdigung erschienen war, hatte Harlan ihn verachtungsvoll angesehen und mit ihm nur Worte gewechselt, die absolut notwendig waren.

Es war klar gewesen, dass Harlan nicht allein in der hübschen Stadt bleiben konnte, „wo die Berge bis ans Meer reichen", wie der Slogan lautete. Es war auch klar gewesen, dass Harlans Vater seine Gelegenheiten auf dem Höhepunkt seiner Karriere nicht opfern würde, um in einer Stadt zu leben, die von Mai bis Labor Day vor Sommergästen wimmelte und für den Rest des Jahres in eine Art Winterschlaf verfiel. Stattdessen hatte seine Großmutter, die Mutter seiner Mutter, ihn mitgenommen, um ihn durch den Rest seiner Schulzeit aufzuziehen und nötigenfalls auch durch die College-Zeit.

Das Problem war gewesen, dass Harlans Großmutter auf der anderen Seite des Landes lebte, in Steilacoom, Washington. Das hatte bedeutet, dass er von allem, mit dem er aufgewachsen war, hatte Abschied nehmen müssen. Das Haus in Camden war verkauft worden, und als Harlan an jenem grauen und nassen Frühlingstag am Flughafen SeaTac angekommen war, hatte er das Gefühl gehabt, sein Leben sei vorbei. Steilacoom war hübsch, aber es war eine Schlafstadt. Für ein Kind seines Alters gab es dort nicht viel Anderes als zu lernen. Er hatte niemanden gekannt.

Seine Klassenkameraden hatten schon ihre besten Freunde in all den Jahren gemeinsamer Schulzeit gefunden. Und Harlan hatte immer noch um seine Mutter getrauert. Seine Großmutter war eine liebe Seele gewesen, aber sie war nicht dagewesen, als er ein kleines Kind oder ein junger Teenager gewesen war. Sie war bestenfalls eine freundliche Fremde gewesen.

Es war für Harlan im letzten Schuljahr besser geworden. Er hatte sich in ein Mädchen aus dem Jahrgang darunter verliebt, das zufällig nur zwei Blocks weiter wohnte. Sie hatten angefangen, gemeinsam zu lernen. Und dann hatten sie Nachmittage im Spätsommer und im Frühherbst am Sunnyside Beach verbracht, wo sie Badminton gespielt hatten oder nur die Beine von einer kleinen Mauer im Picknickbereich hatten baumeln lassen, wobei sie über den Sund nach McNeil Island hinüberstarrten. Dann, ein paar Wochen vor seinem Schulabschluss, hatte ihm das Mädchen gesagt, dass sein Vater zum Militärdienst nach England geschickt werde.

„Aber du musst doch nicht mitgehen, oder?" hatte er besorgt gefragt. „Du könntest bei uns einziehen und wohnen und hier die Schule abschließen und …"

Aber sie hatte nur den Kopf geschüttelt. Es hatte ihr schon eine Weile drohend vor Augen gestanden. Sie hatte immer noch gehofft, die Dienstzeit ihres Vaters auf der nahen McChord Air Force Base würde verlängert werden. Deshalb hatte sie nichts gesagt. Aber nun würden sie im Spätsommer umziehen.

166

„Wirst du wiederkommen?" hatte Harlan hoffnungsvoll gefragt.

Sie hatte traurig gelacht. „Ich bin noch nie dorthin zurückgekehrt, von wo ich während der gesamten Karriere meines Vaters fortgegangen bin." In ihren Augen hatten Tränen geglänzt. „Ich werde da drüben die Schule abschließen. Und dann, wer weiß?! Irgendwo werde ich aufs College gehen …"

Sie hatten beide gewusst, dass sie fünf Jahre später in ihrem Leben an unterschiedlichen Orten sein würden. Sie hatten gewusst, dass sie auf einen Abschied für immer zu lebten. Harlans Herz war erneut gebrochen.

Der Tag seines Schulabschlusses war durch einen Gratulationsanruf seines Vaters markiert worden, der zu dem Zeitpunkt durch Deutschland tourte. Und durch ein Steak-Barbecue, das seine Großmutter für ihn und die Familie seiner Freundin ausrichtete. Es war von Verlegenheit geprägt gewesen, und Harlan wäre fast an seinem Steak, den gebackenen Kartoffeln und seinen Tränen erstickt.

Im Herbst begann Harlan an einer Kunstakademie in Seattle. Er hatte Stipendien gewonnen. Er hatte zwei Jobs angenommen. Er hatte seinem Vater gesagt, er könne mit seinem Angebot, ihn zu unterstützen, dahin gehen, wo der Pfeffer wächst.

Und Harlan hatte gehungert. Sein großer Körper von zwei Metern war abgemagert, sein Gesicht hatte angefangen, hager zu wirken; seine Konzentrationsfähigkeit fürs Lernen hatte abgenommen. Eines Tages waren seine Hände zu schwach gewesen, das zu zeichnen, was er in einer Kunstklasse zeichnen sollte. Zuerst war ihm der Block entglitten. Dann war ihm die Kohle aus den Fingern gefallen und zerbrochen. Da hatte sein Nachbar von seiner Zeichnung aufgeblickt und ihn stirnrunzelnd angesehen. Als die Stunde um gewesen war, war er an seinen Spind gegangen, hatte eine braune Papiertüte herausgenommen und sie wortlos Harlan gereicht, dessen Spind nur zwei Fächer weiter war.

An jenem Tag hatten sie eine Freundschaft geschlossen und zementiert, die bis heute hielt. Mark Owen war das reine Gegenteil von Harlan. Er war klein und stand kurz vor der Fettleibigkeit. Er lachte schnell. Seine dunklen Locken lichteten sich bereits, seine eisblauen Augen waren voller Schalk, und seine Familie war lebhaft und ausgelassen. Er hatte Harlan aufgenommen wie …

„… ein verlorenes Kätzchen", dachte Harlan, als er daran zurückdachte, als er zum ersten Mal mit Mark gesprochen hatte. Er streichelte Shiva. Der orangefarbene Kater schnurrte und drückte seinen Kopf gegen Harlans Hand.

Harlan hatte sich endlich wieder irgendwo zu Hause gefühlt. Mark war wie ein Bruder geworden, Marks Geschwister hatten ihn ebenso angenommen wie ihre Eltern. Harlan hatte endlich wieder begonnen, zu lächeln und zuzunehmen. Als Mark und er gemeinsam den Abschluss gemacht hatten und Mark ihn gefragt hatte, ob er Lust habe, mit ihm in einer Kleinstadt am südlichen Puget Sound eine Galerie zu eröffnen, war Harlan mehr als bereit gewesen. Sie hatten in der viktorianischen Stadt Wycliff an der Main Street einen idealen Standort gefunden. Und da sie annahmen, es sei am einfachsten, den Straßennamen in ihren Galerienamen aufzunehmen, so dass sich Besucher ihre Adresse besser merken konnten, hatten sie ihr Unternehmen *Main Gallery* genannt.

Das erste Jahr war hart gewesen, aber mit den Jahren hatten sie sich in der Kunstwelt etabliert und waren nun eine bekannte Anlaufstelle für jeden, der lokale alte und zeitgenössische Kunst kaufen oder verkaufen wollte. Über ihre Vernissagen wurde in regionalen Zeitungen berichtet; Fernsehstationen und Rundfunkkanäle sendeten meist Ausstellungsbesprechungen. Und eine der Künstlerinnen hatte sich schließlich in Mark verliebt. Niemand war überraschter als er gewesen, da er immer über sein Aussehen scherzte. „Wer will schon mit Humpty-Dumpty gesehen werden?"

Doch die Künstlerin hatte das große Herz erkannt, das in dem kurzen, dicken Körper schlug. Am Ende hatten sie geheiratet. Natürlich war Harlan Trauzeuge gewesen. Er hatte blutenden Herzens danebengestanden – er freute sich für Mark, aber er hatte nie jemanden für sich selbst gefunden.

Und nun hatte ihn Shiva mit Margaret Oswald verknüpft. Wo war sie überhaupt? Seit Shiva wieder gesund war, war sie nicht mehr bei ihm daheim aufgetaucht. Doch er fühlte, dass sie ebenfalls diese besonderen Schwingungen zwischen ihnen beiden spürte.

„Zeit, sie zu besuchen, nicht wahr, Shiva?" fragte er den Kater, meinte aber eigentlich sich selbst. Er wusste, dass er, wollte er eine Partnerin im Leben haben, besser gleich damit anfangen sollte. Andernfalls würde vielleicht jemand anders sie schnappen, und er würde wieder allein zurückbleiben.

*

„Autsch!" rief Destiny aus, als sie und Hope ihren winzigen Kia in Wycliffs Harbor Mall parkten. „Warum nennen sie es ‚Hafen', wenn nicht *ein* Boot zu sehen ist?"

Hope lachte. „Es ist offenbar egal, wenn es nur gut klingt. Sollen wir uns umsehen, was hier zu vermieten ist?"

„Nee", sagte Destiny. „Wenn ich ‚Hafen' lese, will ich Hafen. Und nur so eine Mall-Ladenfront von der Stange? Machst du Witze?"

„Was ist das für eine Bushaltestelle da drüben?" fragte Hope plötzlich und zeigte hinüber zu *Nathan's*, dem lokalen Supermarkt. „Sehe ich da einen Shuttle-Bus?"

Destiny wandte nun auch den Kopf. „Sieht so aus, als gäbe es einen kostenlosen Bus-Service zwischen dem Einkaufszentrum und der Unterstadt. Ist das nicht clever?!"

Bald hatten die beiden Schwestern einen Sitz im Shuttle-Bus gefunden und blickten durch dessen Fenster. Sie fuhren an dem wenig eindrucksvollen Werft-Areal und an Billig-Wohnungen vorüber und dann hinein in die Unterstadt mit ihren majestätischen, viktorianischen Backsteinbauten und gusseisernen Straßenlaternen, von denen üppige Blumenampeln baumelten.

„Ist das nicht malerisch?!" sagte Destiny und deutete auf ein Geschäft, und dann noch eines, bis Hope sie lachend bat aufzuhören.

„Die ganze Stadt ist so, Schwesterchen. Du kannst damit aufhören, mir Gebäude für Gebäude zu zeigen."

Destiny riss sich zusammen. „M-m-m", machte sie allerdings, als sie an *Fifty Flavors*, dem Eissalon vorbeifuhren. „Sieht mir nach einem sehr geschmackvollen Ort aus."

Der Bus hielt kurz vor dem Rathaus, und die Schwestern stiegen aus. Der Jachthafen lag friedlich da; ein paar Boote liefen ein und aus, Taue schlugen gegen Masten im sanften Schwellen der Wogen. Eine Möwe kreischte hoch in der Luft, und die Fähre von Anderson Island tutete, um ihre Ankunft zu verkünden.

„Ist das nicht wunderschön?" seufzte Hope.

„Und das verstehe ich unter einem Hafen", betonte Destiny und wedelte drollig mit den Händen. „Nicht ein Automeer auf einem asphaltierten Parkplatz, der von einer Reihe monotoner Gestellbauten umgeben ist."

„Ich verstehe dich", nickte Hope. „Wo fangen wir also an, nach unserem künftigen Standort zu schauen?"

„Nun …" Destiny rollte die Augen. „Wo immer wir etwas zur Miete finden. Wir können auch gleich mit einem Maklerbüro anfangen."

Zwei Stunden später saßen zwei sehr desillusionierte und erschöpfte Schwestern um einen kleinen, runden Tisch im *Fifty Flavors* und löffelten einen „Tropischen Eisbecher" für zwei.

„Ich hätte gedacht, es wäre einfacher, einen Standort für ein kleines Restaurant in einem Ort wie Wycliff zu finden." Destiny brach eine Waffel entzwei und stopfte sich eine Hälfte in den Mund, während sie die andere Hälfte ihrer Schwester anbot.

„Um fair zu sein, wir können nicht erwarten, dass irgendein Ort nur darauf gewartet hat, dass wir aufkreuzen", sagte Hope und spießte ein Stück frische Ananas auf ihre Gabel. „Die einzige Option ist schlicht zu groß und zu teuer. Also müssen wir woanders suchen. Ganz einfach." Sie pflückte die Ananas anmutig mit den Lippen von ihrer Gabel. Dann ließ sie einen Löffel Kokosnuss-Eiscreme folgen. „Mmm, ich könnte mich allerdings an das hier gewöhnen." Ein Stück Kiwi und ein Löffel Orangeneis folgten nach.

„Ich *will* nirgendwo anders suchen", schmollte Destiny und lachte dann über sich selbst. „Klinge ich gerade nicht sehr erwachsen?! Als hätten wir wirklich eine Wahl."

„Naja, lass uns zumindest das Beste aus unserem Besuch hier machen und den Rest der Unterstadt ansehen, wenn wir schon hier sind. Wer weiß, wann wir wieder hierherkommen?" Hope löffelte ein letztes bisschen Schlagsahne mit Streuseln auf und hielt ihn ihrer Schwester hin. „Magst du?"

Destiny schüttelte den Kopf. „Zumindest wird uns die Maklerin anrufen, sobald sie von einem Gewerbe-Leerstand hört.

Darauf können wir uns schon mal freuen. Und sie sagt, wenn der Sommer an Labor Day endet, könnten unsere Chancen ganz gut stehen, hier schließlich doch noch etwas zu finden."

„Ja, aber das heißt auch, dass wir zumeist auf die Einheimischen rechnen müssen, dass sie bei uns essen."

„Nein", sagte Destiny. „Denk nur an andere Städte wie hier – Poulsbo oder La Conner oder Port Angeles – die haben das ganze Jahr über Saison." Hope runzelte die Stirn. „Okay, *fast* das ganze Jahr über. Wir müssen einfach daran glauben, dass wir es hier schaffen können."

„*Falls* wir hier etwas finden. Vielleicht sollten wir es doch in Tacoma probieren. Oder in Lakewood."

„Nein!" Destiny blickte entsetzt. „Das meinst du nicht im Ernst. All diese größeren Städte erhöhen ihre Grundstücksmieten. Wir hätten dasselbe Problem wieder. Und dann was? In eine Kleinstadt ziehen, nachdem wir zum zweiten Mal ruiniert worden sind? Ich gebe lieber Wycliff von Anfang an eine Chance." Hope starrte auf die letzte Scheibe Banane, wie sie in Destinys Mund verschwand. Destiny sah ihren Blick. „Ups, entschuldige! Ich hätte nachzählen sollen – richtig? Du kannst stattdessen mein letztes Stück Mango haben."

„Du weißt doch, dass ich Mango genauso wenig wie du mag."

„Möchtest du, dass ich dir die Bananenscheibe zurückgebe?" neckte sie Destiny.

Hope zog ein Gesicht. „Sieht so aus, als hättest du mit beidem gewonnen."

„Als da wäre?"

„Mit der Banane *und* einem Versuch mit Wycliff."

„Na also, Mädel", lächelte Destiny breit, und ihre großen Ohrringe klingelten, als sie sich zu ihrer Schwester vorneigte. „Und ich werde dir noch eine Banane in dem Supermarkt in der Mall mit dem äußerst passenden Namen kaufen."

„Ach du", rief Hope und tat so, als wolle sie ihrer Schwester eine runterhauen. Aber sie kicherte, und bald steckten sie die Köpfe zusammen und träumten von ihrer Zukunft in Wycliff.

*

Harlan stand in *La Boutique* und fühlte sich etwas außerhalb seiner Wohlfühlzone. Er war noch nie in diesem Geschäft für Damenbekleidung und -accessoires gewesen. Es hatte keinen Grund dafür gegeben. Er hatte keine Freundin, die er dahin begleitet hätte oder die er mit einem Geschenk von dort hätte überraschen wollen. Nun fühlte er sich völlig fehl am Platz, wie er da zwischen Kleiderständern mit bunter Bekleidung stand, von denen einige Teile aus fast ätherischen Stoffen fabriziert waren. Ein Lüster, samtene Sessel, und ein dick vergoldeter Spiegel neben einer Umkleidekabine, die mit rotem Samt drapiert war, tauchten ihn in eine Atmosphäre irgendwo zwischen Barock und spätem Empire. Es war allerdings geschmackvoll, und er dachte, dass selbst die moderne Kleidung in diesem Laden gut dazu passte.

„Harlan!" Margaret war aus ihrem kleinen Büro hinter der Ladentheke herausgekommen, ohne dass er es bemerkt hatte. „Was für eine Überraschung."

Er hob hilflos die Arme. „Das hier …"

Sie sah ihn an und wartete ab. Aber es kam nichts, und sie soufflierte nur: „Das hier …?"

Harlan merkte, wie linkisch er wirken musste, seine ganzen zwei Meter, und begann zu grinsen. „Ich bin an sowas gar nicht gewöhnt. Aber es ist … schön, stilvoll, ungewöhnlich."

„Oh, vielen Dank!" lächelte Margaret.

Harlan nickte und spürte, dass seine Rede durch eine unnatürliche Schüchternheit behindert wurde. „Das hier …" Er deutete auf ein Schaufenster.

Margaret lachte fast laut heraus, als sie merkte, dass nichts weiter aus seinem Mund kommen würde, wenn sie ihm nicht wieder soufflierte. „Das hier …?"

„Du erzählst mit deinen Schaufenstern Geschichten. Es gefällt mir. Es funktioniert."

„Ich freue mich, dass du so denkst", sagte Margaret und lächelte wieder. „Ich muss alle zwei Wochen neu dekorieren, sonst schauen die Leute nicht mehr in dieses Geschäft an der Hauptstraße herein. – Aber du bist nicht gekommen, um meinen kleinen Laden zu erkunden und mir das zu sagen, oder?"

„Nein", sagte Harlan und verzog das Gesicht über seine Hilflosigkeit. „Ich bin eigentlich gekommen, um dich zu sehen." Margaret legte neugierig ihren Kopf schräg. „Berg und Prophet und so …"

„Und was davon bin ich? Der Berg?" neckte ihn Margaret.

„So ähnlich. Nur natürlich viel zierlicher."

„Natürlich." Margaret schnippte eine unsichtbare Fluse an ihrem linken Strickjacken-Ärmel weg. „Und geht es dir gut?"

„Gewissermaßen."

„Gewissermaßen? Das klingt merkwürdig."

„Naja, ich hatte mich daran gewöhnt, dass du Shiva besuchen kommst."

„Aber Cesar, ähm, Shiva ist wieder ganz gesund, und er kommt wie früher zum Mittagessen hierher."

„Nun, ich habe mich gefragt, ob du vielleicht eine Extra-Einladung brauchst, damit du weißt, dass du mir immer noch in meinem Haus mehr als willkommen bist und dass du auch seinen Katzenkorb besuchen kannst …"

„Sagt Shiva", zwinkerte Margaret frech.

„Gewissermaßen." Harlan begann, sich unwohl zu fühlen. „Hör mal, ich dachte, wir wären inzwischen Freunde … Und ich wollte dich zu meiner kleinen Grillparty heute Abend einladen. Magst du kommen?"

Margaret lächelte. „Eine Grillparty klingt nach was, was ich schon lange nicht mehr gehabt habe, und einfach perfekt für den Abend nach schon wieder einem so heißen Tag. Wann soll ich da sein?"

„Gleich nach der Arbeit wäre prima", grinste Harlan glücklich. „Du brauchst nur dich selbst mitzubringen."

„Klingt toll."

„Großartig! Bis dann."

Harlan drehte sich um und ging. Margaret konnte nicht sehen, wie sich sein Gesicht veränderte, sobald er draußen war. Es wurde ernst und beinahe angespannt. Und das aus gutem Grund – Harlan wusste, dass seine Party perfekt sein musste.

Die nächsten Stunden gestalteten sich in hektischer Eile. Das Haus musste tipp-top aussehen. Kitty Hayes vom *Flower Bower* erhielt einen atemlosen Anruf wegen eines natürlich wirkenden Blumenarrangements, das er für seine Party brauchte, etwas Subtiles, aber sehr Ausdrucksvolles. Chef Paul, alleiniger Caterer des *Bionic Chef*, wurde gebeten, eine Platte feiner Hors d'oeuvres anzurichten. *Nathan's* Weinabteilung wurde nach exquisiten lokalen Rot- und Weißweinen sowie spanischem Sekt durchsucht.

„Hab' ich was vergessen? Hab' ich was vergessen?" Harlan zerbrach sich den Kopf und dachte, dass er mit seinem Grillfleisch und -gemüse sowie knusperigem Baguette als Hauptgang und einer leichten Obsttorte deutschen Stils vom *Lavender Café* bereit sein sollte.

Der Abend kam. Die Hitze des Tages hing noch in der Luft wie dicker Honig, aber der Garten kühlte sich allmählich ab dank einer winzigen Brise vom Sund her. Obwohl Harlans Haus in der Oberstadt keinen Blick aufs Wasser hatte, machten die Pracht von Sommerflieder, Weigelien und Rosen, durchsetzt mit immergrünen Pflanzen, den rückwärtigen Garten zu einer angenehmen und dufterfüllten Kulisse.

Als Margret um halb acht ankam, war sie von ihrem Spaziergang bergauf erhitzt und leicht angespannt. Würde sie jemanden kennen? Würde sie dazu passen?

Bevor Margaret an der Haustür klingeln konnte, wurde diese aufgerissen, und Harlan hieß sie mit einem breiten, sonnigen Lächeln willkommen, das zugleich nicht seine Besorgnis verbergen konnte, ob er bei ihr Anklang finden würde. Margaret war erneut erstaunt, wie sein erster Anblick jedes Mal ihr Herz höherschlagen ließ. Das sollte eigentlich nicht passieren!

„Komm rein", sagte Harlan. Und das tat sie. Cesar-Shiva kam aus der Küche, miaute, sobald er sie sah, und begann, seine Hinterbeine gegen ihre Beine zu reiben. „Magst du einen Sekt?"

„Klar", sagte Margaret und blickte sich um. „Noch keine große Party, oder? Wo sind all die anderen Gäste?"

„Besser wird's nicht", sagte Harlan, und Panik stieg in ihm auf. Würde Margaret nur ein Glas Sekt mit ihm trinken und dann gehen? Würde sie denken, dass er tatsächlich … O weh, er hätte nie geglaubt, dass er ihr vielleicht wie jemand vorkommen könnte, der über sie herfallen würde! Das war das Letzte, das er beabsichtigte – sich mit Gewalt nehmen, was er genussvoll umwerben wollte. Instinktiv machte er ein paar Schritte rückwärts, um ihr Raum zu geben.

Margaret blickte ihn skeptisch an. Ihre Augen erfassten die riesigen Blumenarrangements, die in jedem Garten hätten gewachsen sein können, aber zu perfekt in ihrer Form und zu auffällig in ihrer Farbe waren, als dass sie nicht aus einem Blumenladen stammten. Und es gab nur ein Geschäft in der Stadt, das solche Qualität bot. Sie erblickte auch eine Platte mit elegant angeordneten, mundgerechten Häppchen – mit Sicherheit kein Werk von Harlans großen Händen. Sie sah zurück auf sein gedrücktes, doch hoffnungsvolles Gesicht und begann, leise zu lachen. „Oh, Harlan!" sagte sie und schüttelte den Kopf. „Eine Party für zwei? Und solche Ausgaben? Ich bin ein einfaches Mädchen. Du hättest mich auf ein Glas Wein und ein Hotdog einladen können, und das wäre genug gewesen."

Harlan brach in erleichtertes Lachen aus. „Ich hatte keine zweite Katze zu verlieren, also musste ich mir etwas Neues einfallen lassen."

Er hätte in seine Küche tanzen können, ging aber stattdessen gesetzt hinein und an den Kühlschrank, in dem er die bereits geöffnete Sektflasche stehen hatte, und füllte ihre Glaeser. „Lass uns auf die Terrasse gehen", sagte er, hielt ihr ein Glas hin und blickte auf die Platte.

„Warum nimmst du nicht die Gläser, und bringe diese wundervollen Hors d'oeuvres?" bot Margaret an und setzte es gleich in die Tat um.

Eine Stunde später, über den letzten Bissen Steak und gegrillter Zucchini, Aubergine und Paprika, lehnte sich Harlan mit einem Seufzer zurück. „Davon habe ich mein ganzes Leben lang geträumt."

Margaret sah ihn an und fühlte, wie eine Schockwelle sie durchlief. Aber sie versuchte, das, was er gesagt hatte, leicht zu nehmen. „Du meinst, du hast noch nie Steak und Gemüse an einem heißen Abend im frühen August auf deiner Terrasse gegessen?"

Harlan musterte ihr Gesicht. „Du weißt aber schon, was ich meine, oder?"

Margaret schüttelte den Kopf. „Sag du's mir."

Harlan öffnete seine Arme, als wolle er etwas umarmen. „Das hier. Ein schönes Zuhause mit einer schönen Frau, die ich verstehen kann. Eine Frau, mit der ich reden, aber auch schweigen kann. Eine Freundin." Er sah sie an, Fragen in seinen Augen. „Eines Tages vielleicht sogar mehr?"

Margaret leerte ihr Glas. „Harlan, das geht mir alles viel zu schnell."

„Wenn sich etwas richtig anfühlt, gibt es kein Schnell oder Langsam. Man nimmt es einfach, wie es kommt. Wenn ich zu schnell bin, dann sag mir, wie ich es für dich langsamer machen kann."

Margaret schüttelte den Kopf. „Tut mir leid, Harlan. Ich … kann es einfach nicht."

„Habe ich etwas falsch gemacht?"

„Nein. – Nein, das war *ich*. Ich mag dich als Freund. Aber man sagt auch, dass es zwischen Männern und Frauen keine echten Freundschaften gibt, es sei denn, da ist ‚etwas mehr‘.“

„Wen kümmert es schon, was *man* sagt“, sagte Harlan fast verärgert. „Ich glaubte, ich hätte auch in deinen Augen etwas mehr als nur Freundschaft gesehen.“

„Harlan …“

„Sag mir, dass ich falschliege. Sag es mir ehrlich und sieh mir ins Gesicht dabei.“ Ihre Blicke trafen sich. Margaret wurde rot. „Siehst du! Du kannst es nicht!“

Margaret seufzte. „Nein, ich kann es nicht“, gab sie zu.

„Dann … warum versuchst du's nicht wenigstens?! Ich verspreche, ich werde dir nicht wehtun.“

„Harlan, abgesehen davon, dass niemand garantieren kann, ein anderes menschliches Wesen *nicht* zu verletzen, selbst wenn er es noch so sehr versucht, es nicht zu tun …“

„Okay. Okay … Ich werde *versuchen*, dir nicht wehzutun …“

„Harlan!“ rief Margaret entnervt. Dann senkte sie die Stimme und sagte nachdenklich: „*Ich* würde vielleicht *dich* verletzen.“

„Du?!“

„M-hm, und dann würde ich mich noch mehr hassen, als ich es jetzt schon tue.“

„Warum? Bist du verheiratet? Gibt es einen anderen? Bist du nicht hetero?“

Margaret lachte freudlos. „Nein, nichts davon. Hör zu, ich finde, wir sollten jetzt aufhören und es einfach dabei belassen, wo wir miteinander gestanden haben, bevor ich zu deiner wundervollen Party gekommen bin."

„Das kann ich nicht", sagte Harlan. Margaret biss sich auf die Lippen. „Und fang nicht mit diesem berühmten ‚es liegt nicht an dir, es liegt an mir'-Blödsinn an. Denn das ist immer gelogen."

„Nur nicht bei mir", sagte Margaret, und plötzlich glitzerten Tränen in ihren Augen. „Ich möchte dich davor bewahren, dass du verletzt wirst."

„Aber wie könntest du mich verletzen?"

Margaret kämpfte mit sich selbst. Dann hob sie niedergeschlagen ihre Hände. „Ich weiß nicht, wer ich bin, Harlan."

„Du weißt nicht …" Ihm stand der Mund offen.

„Ich bin adoptiert worden. Ich weiß, dass ich gebürtig das bin, was die Leute eine Zigeunerin nennen. Nicht einmal in meinem Heimatland, Rumänien, ist das eine beliebte Volksgruppe. Man sagt uns nach, wir seien verräterisch, Lügner, Betrüger. Ich weiß nicht, ob meine Gene gesund sind. Oder ob ich Charakterzüge geerbt habe, die dir schaden könnten. Oder mir. Oder überhaupt jemandem. Nun, und wenn ich schon nicht weiß, wer ich bin, wie kann ich mich da lieben, und wie kannst du mich lieben?! Und wie kann ich es wagen, dich zu …?"

„Ist das alles?" fragte Harlan ungläubig.

„Ist das nicht genug?"

„Wenn wir also deine leiblichen Eltern fänden – würdest du dich dann besser fühlen? Ich meine, wirklich: Wäre eine Blutprobe nicht genug, um dir zu sagen, dass du völlig gesund bist? Warum zählt es überhaupt, wer deine richtigen Eltern waren? Sie haben dich weggegeben, um Himmels willen!"

„Vielleicht kann ich mich deshalb nicht binden."

„Klar." Harlan stand auf und ging auf der Terrasse auf und ab. „Das prägt dich. Die Gene deiner Eltern. Sag mir nur – warum habe ich nie auch nur eine Note spielen können, nicht einmal auf dem Klavier, wo doch mein Vater ein weltberühmter Musiker ist?! Und warum bin ich kein Gangster, der die Main Street runterfährt und unbedingt, auf alles was lebt, schießen will – denn der Großvater meiner Mutter war ein bekannter Auftragskiller? Dein Charakter, dein Leben wird nicht durch die Gene deiner Vorfahren bestimmt."

Margaret saß nur da mit nassen Wangen. „Du lässt es so einfach klingen.

„Ist es doch auch!" Harlan nahm sie bei den Schultern und schüttelte sie sanft. „Wach auf, Margaret! Du musst nicht einen Freund nach dem anderen haben – ja, ich kenne die Gerüchte! – nur weil du glaubst, nicht bindungsfähig zu sein, weil man dich als Baby verlassen hat! Du willst deine Mutter, deinen Vater finden – fein, vielleicht haben wir ja Glück. Wir können nach Rumänien fliegen und nach ihnen suchen. Ich schaue in jedes Register, auch wenn ich spüre, dass wir vielleicht kein Glück haben werden. In der Zwischenzeit machst du dich verrückt … wofür?" Er gab Ruhe und begann, wieder auf und ab zu gehen.

Margaret schüttelte den Kopf. „Du verstehst nicht …"

„Stimmt, tu ich nicht", sagte Harlan. „Denn ich wäre gern mehr für dich als nur ein Freund über einer Tasse Kaffee. Es ist mir egal, ob deine Hautfarbe davon kommt, dass du sonnengebräunt bist, aus Hindustan stammst oder das bist, was die Leute eine ‚Zigeunerin' nennen. Ich sehe, wie du mit Leuten wie Izzy und Dottie umgehst. Ich habe gesehen, was du für den kleinen Cesar tust."

„Du nennst ihn Shiva", erinnerte sie ihn mit einem traurigen, kleinen Lächeln.

„Shiva, Cesar, spielt das eine Rolle? Catman, Fluffy, Cupido würde auch gehen, und er wäre immer noch ein großer orangefarbener Kater. Das Gleiche ist mit dir, Margaret. Was dich quält, sind deine eigenen Gedanken, deine eigenen ‚Was-wäre-wenns'. Nur dass *ich* sowas nicht habe. Mir ist es völlig gleichgültig, ob deine Mutter eine Roma-Prinzessin und dein Vater ein Kesselflicker war. Du bist du. Du bist, was du aus dir machst und aus deinen Gelegenheiten. Und sag mir nicht, du wüsstest nicht, ob du Talent für das hast, was du tust. Sag mir nicht, du seiest nicht empathisch." Er kam mit seinem Gesicht ganz nahe an ihres. Ihre Nasen berührten sich fast. „Und sag mir nicht, dass wir keine Chance miteinander haben. Denn du bist nicht einmal bereit dazu, es auch nur zu versuchen."

Margarets Herz pochte heftig. Sie konnte es in ihrer Kehle spüren. Sie schloss die Augen und atmete seinen sachten Duft von Aftershave ein. „Küss mich einfach", sagte sie rau. „Vielleicht finde ich dann den Mut."

*

Bill hatte sein Auto außerhalb Izzys Gartenzaun auf der grasbewachsenen Böschung von Lighthouse Lane geparkt. Er sah die Vorhänge im Haus gegenüber sich leise bewegen, und er wusste, das musste Izzys ewig neugierige Nachbarin sein, die da herüberspähte. Na, der geb' ich was zum Tratschen, dachte er und grinste vor sich hin. Er ging auf Izzys Haustür zu und klingelte.

Ein paar Augenblicke später öffnete Izzy. „Hallo Bill! Ich finde es total toll, dass du Zeit hattest vorbeizukommen."

„Ja, nun", sagte er und strich sich den Bart. „Ich erinnerte mich daran, dass ich diese alte Truhe auf dem Dachboden habe. Ich bin nie wirklich das Zeug darin durchgegangen. Es ist halt nicht der schönste Dachboden, und der muffige Geruch lässt mich an längst verstorbene Menschen denken."

„Wirklich so schlimm?" fragte Izzy und zog ein Gesicht.

„Ich glaube, ich mag es einfach nicht, Erinnerungsstücke aus der Vergangenheit von Menschen durchzugehen, wenn ich schon den ganzen Tag gearbeitet habe. Ich möchte einfach sitzen und mich entspannen."

„Hast du dann die Truhe heute Abend mitgebracht?"

„Hab' ich wirklich. Aber sie ist ein bisschen blöd zu transportieren. Ihre Griffe sind ziemlich brüchig …"

„Ich helfe dir damit."

Izzy und Bill gingen zurück zum Auto, und Bill öffnete den Kofferraum. Izzy erspähte, wie Mrs. Morgan den Hals in ihrem Versteck hinter einer Topfpflanze an einem ihrer Fenster reckte. Sie konnte nicht anders – sie winkte der alten Frau zu, die sich prompt stirnrunzelnd zurückzog. Izzy lachte.

„Sie hat alles beobachtet, seit ich das Auto geparkt habe."

„In ihrem Leben scheint sonst nicht viel zu passieren", sagte Izzy. „Ich fände es nicht so schlimm, wenn sie zusätzlich zu ihrem Schnüffeln nicht auch noch so eine Tratschtante wäre."

Gemeinsam zogen sie die große Truhe mit Rissen im alten Leder und oxidierten Messingschließen aus dem Auto und trugen sie in Izzys Cottage. Sie setzten sie im Wohnzimmer ab und betrachteten sie neugierig.

„Ich platze", gab Izzy zu. „Die gehörte also deinem Vater?"

„Er hat sie geerbt", nickte Bill. „Keine Ahnung, ob er sie je durchgegangen ist. Ganz wie ich gesagt habe – es gibt so viel altes Zeug auf dem Dachboden, dass es mich verrückt macht."

„Du könntest nachschauen, ob etwas davon antik ist, und es verkaufen."

„Ich weiß", seufzte Bill. „Oder es dem Museum stiften. Es ist mir bewusst. Aber …"

„Ja", lächelte Izzy, und ihre Augen verzogen sich fröhlich hinter ihren Brillengläsern. „Ich weiß … Zusätzliche Anstrengung. – Tja, auf jeden Fall ist das hier mal ein Anfang, nicht?"

Bill nickte. Dann öffnete er die Schließen und hob den Truhendeckel. Aus dem seidenverkleideten Innern stieg ein staubiger, muffiger Geruch auf. Die Truhe war bis zum Rand gefüllt. Izzy hob die oberste Schicht, eine alte Wolldecke, vom Stapel.

„Sieht aus wie die, die Soldaten in den Weltkriegen benutzten", schätzte sie vorsichtig.

„Museumswürdig?" fragte Bill.

„Gibt's wie Sand am Meer." Izzy schüttelte den Kopf.

Jetzt kniete er sich neben sie, und gemeinsam gingen sie durch alte Bettwäsche und spitzenbesetzte Taschentücher, warfen einen alten Schirm weg, dessen Speichen gebrochen waren, und einen alten Atlas, dessen Seiten aus dem Rücken fielen. Ein vergilbtes Taufkleid erregte Izzys Aufmerksamkeit. Es war mit rosa Schleifchen dekoriert.

„Hattest du irgendwelche Mädchen in der Familie, denen das gehört haben könnte?" fragte sie.

„Nur meine Großtante Jane."

„Dann haben wir eine Truhe von der Generation davor vor uns."

„Warum das?"

„Weil es normalerweise etwas ist, was eine Mutter aufhebt – die ersten Schuhe, Taufkleider …"

„Oh", sagte Bill. „Ich verstehe." Er runzelte die Stirn. „Das heißt, es ist die Truhe meiner Urgroßmutter Petula?"

„Wenn sie Janes Mutter war …"

Bill nickte. „Interessant." Tatsächlich zog er kurze Zeit darauf ein Paar Babyschuhe hervor. „Diese haben blaue Schnürsenkel …"

„Von einem Jungen …", äußerte Izzy.

„Vermutlich die von meinem Großvater William. Er wurde 1914 geboren. Sein Vater starb in Übersee im Ersten Weltkrieg. Ich bin mir nicht sicher, ob er seinen Sohn je gesehen hat."

„Das ist traurig. Also war Jane …"

„Seine Halbschwester."

„Henry Hammerstein und deine Urgroßmutter haben geheiratet?"

„Ja." Bill wurde verschlossen.

„Und?"

„Nichts und …"

Izzy legte den Kopf schief. „Ich glaube dir nicht, Bill. Du hast da eine spannende Geschichte, und ich würde sie gern hören. Ich verspreche dir, sie für mich zu behalten."

Bill seufzte. „Nun, also gut." Er holte tief Luft, stand auf und ging dann ans Fenster, um Izzys neugierigen Blicken auszuweichen. „Anscheinend kämpfte Charles Seite an Seite mit seinem besten Freund. Charles starb in den letzten Kriegstagen in seinen Armen. Als alles vorbei war und die Soldaten im Frühjahr 1919 vom Militär endlich entlassen wurden, kam dieser Freund, um Urgroßmutter Petula zu besuchen und sie in ihrer Witwenschaft zu trösten. Sie …" Bill räusperte sich, und er ließ die Schultern sinken.

„Lass mich raten", sagte Izzy leise. Sie war ebenfalls vom Fußboden aufgestanden und trat auf ihn zu. Sie legte ihre Hände auf seine Schultern. „Sie wurden mehr als nur Freunde."

Bill wandte sich um. „Es war überhaupt nicht so, Izzy. Damals war es noch viel schlimmer. Er blieb nur eine Nacht, aber diese Nacht bedeutete ihren Ruin. Sie waren keine Liebhaber. Sie fanden im Körper des anderen nur Trost von den Schrecken des Kriegs. Sie nahmen Abschied und sahen einander nie wieder. Aber Urgroßmutter Petula war schwanger. Damals war das eine Schande. Und sie musste rasch handeln."

„Also hat sie sich einen Ehemann gesucht?"

„Henry Hammerstein war Jude, und er hatte gemerkt, dass das seine Nachteile in Zeiten des Misstrauens gegen Minderheiten hatte. Eine Reihe Leute glaubten, ‚die Juden' hätten den Krieg verursacht. Und dass er sich daran bereichert hätte. Viele hatten nicht so viel für sich erreicht. Es gab Ressentiments gegen Menschen wie Henry Hammerstein."

„Oh", sagte Izzy.

„Er brauchte jemanden, der ihn in der Kleinstadt Wycliff akzeptabel machte, wo er oberhalb des Steilhangs seine riesige

Villa gebaut hatte. Die junge Witwe mit einem in Wycliff wertgeschätzten Namen bot sich ihm als genau die richtige Fahrkarte in die Nachkriegsgesellschaft."

„Hat er je gewusst …?"

Bill drehte sich zu Izzy um und schüttelte den Kopf. „Dass Jane nicht seine Tochter war, sondern die eines Veteranen, der nur durchgereist war? Nein. Er gab mit ihr an, wann immer er konnte. Er akzeptierte allerdings nie, dass er nicht selbst Vater eines Sohnes sein konnte, und er mochte meinen Großvater nicht, weil der ihn daran erinnerte, dass er auf diesem Gebiet unzulänglich war. Deshalb trennten sich die Wege meines Großvaters William und meiner Großtante Jane. Sie hatten ohnehin nicht viel gemeinsam. Dass zwischen ihnen sechs Jahre Altersunterschied bestand, brachte sie einander auch nicht näher. Deshalb war ich so überrascht, dass Jane alles mir vererbt hat."

„Waren Petula und Henry … Ich meine, haben sie einander je geliebt?"

„Für beide war es eine Vernunftehe. Leider hat das die Kindheit meines Großvaters hart gemacht." Bill verstummte.

„Da ist immer noch etwas in der Truhe", sagte Izzy, um das Thema zu wechseln, da sie sah, wie erregt Bill nun war. Er folgte ihr zurück und kniete sich neben ihr, um einige große Lagen Seidenpapier zu entfernen. Darunter lag ein Kleid, das Izzy sehr vorsichtig heraushob. Dann schnappte sie nach Luft.

„Jennifer!"

„Wer?" fragte Bill verdutzt.

„Ich… ich… Warte!" Izzy legte das Kleid sorgfältig über die Rückenlehne ihres Sofas und ging an ihren Schreibtisch im Nebenzimmer. Sie kam mit einem sepiafarbenen Foto zurück. „Schau dir das an." Sie reichte Bill das Foto, der es nahm und ansah. Inzwischen hatte sie das Kleid wieder aufgehoben und zeigte es ihm in ganzer Länge vor.

Bill blickte sie an und öffnete den Mund. Er versuchte zu sprechen, aber aus seinem Mund kam kein Laut.

„Ja", nickte Izzy. „Es ist das Kleid aus diesem Foto. Nur, dass es viel älter als alles andere in der Truhe ist. Und es gehörte keiner der Smith-Frauen. Es gehörte der Frau auf diesem Bild namens …"

Bill drehte es um und las: „Jennifer."

„Es gibt keine Frau namens Jennifer unter den unter Smith registrierten Frauen in dieser Stadt, Bill."

„Ich weiß."

„Und dieses Kleid gehörte jemandem, der offensichtlich nicht die Dame des Hauses war, sondern hoch oben in der Angestelltenhierarchie."

„Das erkennst du an diesem Kleid?" Izzy nickte. „Wo hast du das Bild überhaupt her?"

„Aus Jane Hammersteins Sekretär."

„Jennifer … Wer war sie?" staunte Bill.

„Genau", sagte Izzy. „Und warum hat jemand das Kleid einer Angestellten so sorgfältig verpackt aufgehoben?"

5. November 1885

Wycliff, Washington Territory

Schreckliche Dinge sind in Tacoma geschehen. Was denken sich die Leute?! Ich habe eine gewisse Unfreundlichkeit gegen unsere wenigen chinesischen Mitbürger hier beobachtet, besonders gegen Leute in der Konservenfabrik. Einige sagen, sie nähmen den Weißen Arbeitsplätze weg. Tun sie das denn wirklich? Immer, wenn ich das höre, sage ich zu ihnen, dass es unter all den Bewerbern für Jobs in Charles' Konservenfabrik kaum Weiße gibt. Und dass die, die sich beworben haben, alle eingestellt wurden. Also hat niemand irgendwem etwas weggenommen. Dasselbe mit den Wäscherei-Leuten. Ich kann mir nicht vorstellen, dass auch nur einer von denen, die sich beschweren, die Aufgaben übernehmen wollten, derer sich diese freundlichen Chinesen angenommen haben. Noch sehe ich sie sie so akribisch ausführen. Aber die Vertreibung der gesamten chinesischen Bevölkerung aus Tacoma vorgestern übertrifft alles. An die 200 Menschen, darunter Frauen und Kinder, sind aus der Stadt marschiert worden, und dann hat man ihre Geschäfte geplündert und ihre Häuser niedergebrannt. Und ich möchte wetten, dass die, die diese Tat begangen haben, alle am nächsten Sonntag selbstgerecht in der Kirche sitzen werden.

Meine Wäscherin kam gestern früh in unser Haus gerannt. Sie war äußerst aufgeregt, und ihr sonst so freundliches

Lächeln war einer Maske des Schreckens gewichen. Sie konnte kaum sprechen, und ich konnte kaum verstehen, was sie mir berichtete. Aber ich habe gehandelt – ich habe ihre Schwester und das kleine Mädchen ihrer Schwester als Köchin und Küchenmagd aufgenommen (das Familienoberhaupt ist bei einem Eisenbahnbau-Unfall vor ein paar Jahren ums Leben gekommen), um sie vor weiterer Verfolgung zu bewahren. Sie sahen grau und hager aus vor Müdigkeit und Sorge, als sie ankamen. Sie sind den ganzen Weg von Tacoma zu Fuß gegangen.

Charles war nicht angetan – er fürchtet, sie könnten unser Essen vergiften als Revanche dafür, was die Leute von Tacoma ihnen und ihrem Volk angetan haben. Aber bislang haben sie mehr als essbares Essen auf unseren Tisch gestellt, und ich gebe zu, dass ich froh bin, dass ich mich nicht mehr so schnell um die Küche kümmern muss. Aber es fühlt sich noch besser an, die Erleichterung in ihren Augen zu sehen.

Dieses neue Arrangement gibt mir auch Zeit, mich um unseren kleinen William zu kümmern. Er sieht ganz wie sein Vater aus, und Charles könnte nicht glücklicher sein. Ich versuche, Charles Jr. in die Betreuung seines kleinen Bruders einzubinden, so dass er nicht eifersüchtig wird. Erst neulich habe ich von einem schrecklichen Vorfall irgendwo in Kalifornien gelesen, wo eine ganze Familie in den Flammen ihres Hauses umgekommen ist, weil ein eifersüchtiges, kleines Mädchen versucht hatte, das Bettzeug seiner kleinen Schwester zu verbrennen. Ich möchte nicht, dass so etwas in unserem Hause passiert. Es scheint mir bislang mit Charles Jr. zu gelingen, und da sein Stiefvater seine liebevolle Haltung gegen ihn beibehält, könnte ich keine glücklichere Mutter sein. Als Geburtsgeschenk gab Charles mir eine Kamee-Brosche und passende Ohrringe. Ich habe kein Geschenk zu Charles Jr.s Geburt erhalten. Aber Charles war ja auch mehr als großzügig, das Kind, von dem er immer noch vielleicht mutmaßt, dass es nicht seines ist, nach sich selbst zu benennen.

Während Charles' Hopfenpläne übrigens wegen eines Schädlings schlimm gescheitert sind, ist das Konservengeschäft besser angelaufen, als wir zu hoffen gewagt hätten. Die Lachswanderung im vergangenen Herbst war unglaublich, und in diesem Herbst war sie sogar noch besser. Auch unsere Dosen mit Dungeness- und Redrock-Krebs verkaufen sich recht gut, besonders an Städte im Osten, wo die See weit weg ist und Meeresfrüchte in der Dose frische ersetzen müssen. Charles redet sogar davon, Geschäfte über die Grenze hinweg zu machen. Ich weiß, damit meint er Kanada. Und er redet auch ständig von Japan. Obwohl ich das etwas beängstigend finde. Er spricht nicht einmal ihre Sprache. Wie will er also wissen, ob sie ihn nicht über den Tisch zu ziehen versuchen? Neuerdings reist er ab und zu nach Olympia hinunter, um mehr Informationen über Exportbedingungen zu erhalten und darüber, wo er einen Dolmetscher findet, wenn er einen braucht.

Die Tage hier am Sund sind wieder dunkel und grau. Und es regnet ständig. Wären da nicht meine zwei kleinen Buben, ich

194

läge den ganzen Tag im Bett und wäre trübselig. Aber sie geben mir Struktur und einen Lebenszweck. Und das kleine Mädchen in der Küche, Lily, ist auch zu niedlich. Ich habe sie gerade um die Küchentür gucken gesehen, als ich vorbeiging, um an die Haustür zu gehen. Sie ist schüchtern, aber auch sehr aufmerksam, eine ziemlich interessante Mischung. Ich bin neugierig, was aus ihr wird, wenn sie eine junge Erwachsene ist. Irgendwie kommt mir Lily nicht vor wie die typische künftige Wäscherin oder Köchin. Oder ist das nur Wunschdenken?

7

Der Bankettraum im *Ship Hotel* war der Ort einer neuerlichen Aufsichtsratssitzung des Historischen Museums von Wycliff. Colonel Cooper saß in seinem angestammten Stuhl neben Eliot Ames, der die Diskussion eröffnete.

„Wir sind erst vor ein paar Wochen zusammengekommen", sagte er. „Aber es ist wichtig wegen der Zeitsensibilität in Sachen Ankauf der Villa. Letztes Mal waren wir uns einig zu versuchen, den Erben anzusprechen. Ich konnte seinen Anwalt erreichen, und er hat mit dieser Person gesprochen. Es scheint, als sei ein Verkauf der Villa bislang überhaupt nicht erwogen worden. Der Erbe – es handelt sich um einen Mann aus dieser Gegend, so viel wurde mir gesagt – ist einverstanden, mit dem Museum einen Handel einzugehen. Ich habe mit dem Anwalt Zahlen diskutiert, aber sie sind natürlich atemberaubend hoch."

„Natürlich", sagte Colonel Cooper. „Seien wir ehrlich, die Immobilie allein ist ein Vermögen wert. Am Rand des Steilhangs mit einem fantastischen Blick über die Stadt und den Sund zum Olympic-Gebirge – der Mann wäre ein Narr, billig zu verkaufen, nur weil wir ein Museum sind. Warum sollte er wie ein Wohltätigkeitsverein funktionieren?! Außerdem spielt er vielleicht auch hinsichtlich des Inventars. Wenn wir die Gegenstände, an denen wir interessiert sind, nicht bergen und lagern können, gehören sie ihm, und er kann damit machen, was er will. Der Verkauf oder die Versteigerung davon machen diesen

Mann nur noch reicher. Ich denke allein an den Flügel … Und an all diese Gemälde."

„Meine Güte, du bist so ermutigend", spottete Tiffany Delaney, und ihr Doppelkinn wabbelte vor Empörung.

Colonel Cooper hob die Brauen. „Ich verstehe deinen Traum von einem großartigen Museum in einem noch großartigeren Gebäude, Tiffany. Aber du kannst nicht leugnen, dass dies Tatsachen sind, mit denen wir zu tun haben. Und wenn wir diesen Mann nicht auf unsere Seite ziehen, können wir aufhören zu träumen und uns etwas Realistischeres einfallen lassen."

„Wie was?" schnappte Tiffany. „Es gibt heutzutage keine größeren Immobilien zu mieten. Und die Schätze in ein klimatisiertes Lager zu räumen, wäre auch überhaupt nicht kosteneffizient. Noch wäre es für unsere Besucher von Nutzen, die immer nur einen Teil dessen sehen könnten, was wir besitzen."

„Das ist genau, was ich meinte", sagte Colonel Cooper, und Tiffany saß da mit offenem Mund. Sie hatte ihm gerade, wie es schien, noch mehr Munition zum Nein-Sagen geliefert.

Izzy eilte in den Raum. „Entschuldigung, dass ich so spät dran bin", sagte sie ohne weitere Angabe von Gründen.

„Du hast nichts verpasst", sagte Mildred Packman mit Müdigkeit in der Stimme.

„Oh, gut", lächelte Izzy.

„Tja", sagte Eliot, „Bisher haben wir nur diskutiert, ob es sinnvoll ist, unsere Hoffnungen zu hoch zu schrauben, wenn es um den Kauf der Villa Hammerstein geht. Wir müssen vielleicht eine Liste deiner Schätzungen an den Anwalt des Erben weiterleiten, so dass sie sich ein Bild machen können, was wir gern behalten würden und warum wir daran interessiert sind, die Immobilie als historisches Denkmal und als Standort unseres Museums zu bewahren."

„Ich habe dir die Liste geemailt", nickte Izzy. „Da steht nichts Neues drauf. Oh, und ich habe mit dem Manager dieses Hotels gesprochen und mit dem Manager des Jachtclubs. Sie haben bereits eine Spende von jeweils 1.000 Dollar zugesagt. Außerdem habe ich gestern verschiedene Ketten angesprochen – die meisten von ihnen haben Geld auf Nachfrage. Nur weiß das kaum jemand. Ich habe noch keine Antwort erhalten, aber bis jetzt sieht es ganz gut aus."

Tiffany klatschte begeistert in ihre Hände. Und Lasse Andersson lächelte sie wohlwollend an. „Gut gemacht, Izzy!"

„Das klingt nach einem guten Anfang", sagte Eliot Ames und schien etwas überrascht, dass trotz einiger schwerer Zweifel die Spendenaktionen bereits begonnen hatten.

„Auch ich habe gute Nachrichten", sagte Mildred. „Mir ist es nicht nur gelungen, zehn weitere Geschäftsinhaber als Museumsmitglieder zu gewinnen. Einige haben auch angeboten, unsere Mitgliedschaftsanträge auszulegen. Und das Beste ..." Mildred holte tief Luft. „Das Beste ist, dass *Main Gallery* versprochen hat, eine Spendenaktions-Veranstaltung mit uns auf die Beine zu stellen. Ich habe mit Harlan Hopkins gesprochen, und er wartet nur darauf, dass wir ein Datum festsetzen."

„An was für eine Spendenaktion hattet ihr gedacht?" fragte Eliot.

„Warum sollte er das für uns tun?" fragte Colonel Cooper, immer der misstrauische, alte Nörgler. „Was springt dabei für ihn raus?"

„Ach, pfui, Cooper", schalt Tiffany. „Kannst du dich nicht einfach freuen, dass wir solch ein freundliches Angebot bekommen?"

„Tja, würde ich ja, wenn ich sicher wäre, dass er keinen Anteil daran für sich möchte."

Mildred errötete vor leisem Zorn. „Wirklich, Cooper, das ist unangebracht. Harlan und Mark sind echte Gentlemen, und sie wollen unser Museum wirklich dabei unterstützen, das zu werden, was es sein sollte. Das Einzige, was sie dabei erhalten, ist eine Erwähnung in der Zeitung."

„Ha, also gibt es Werbung!" erwiderte Cooper.

„Wir kündigen lediglich die Veranstaltung in einem winzigen Artikel an, den wir John Minor oder Julie Dolan bitten zu veröffentlichen. Und hoffentlich wird dann einer von ihnen an dem Spendenaktionsabend da sein und über die Veranstaltung berichten. So kommt der Name der Galerie ins Spiel. Nicht mehr und nicht weniger." Mildred warf Cooper einen empörten Blick zu.

„Na, na", versuchte Eliot alle zu beruhigen. „Das klingt nur angemessen. Mildred, hast du weitere Details mit Harlan oder Mark besprochen?"

„Eigentlich hat Harlan mehr geredet als ich", sagte Mildred und lächelte in Erinnerung an ihre Unterhaltung mit dem gutaussehenden, großen Galeriebesitzer. „Er schlug vor, er werde ein fliegendes Buffet von Chef Paul bestellen."

„Fliegendes Buffet – was heißt das nun wieder?" fragte Colonel Cooper. „Werfen sie alles umher wie Jongleure, statt es auf einen Tisch zu stellen?"

Tiffany kicherte wie ein kleines Mädchen, und Izzy machte plötzlich sehr geschäftig Notizen.

„Fliegende Buffets sind kleine Tabletts mit Fingerfood, die von Bedienungen angeboten werden, während sie durch die Menge gehen", erklärte Mildred.

„Alberner Name", murmelte der Colonel. „Außer natürlich es lässt sie jemand stolpern. Dann macht der Begriff ‚fliegend' sicher Sinn."

Tiffany hörte seine Bemerkung, und ihr Gesicht lief fast lila an bei der Bemühung, nicht in einen riesigen Lachanfall auszubrechen.

Mildred fuhr ungestört fort. „Jedenfalls hat er Chef Paul sofort die Idee am Telefon präsentiert, und – tadah! – Chef Paul und die Galerie werden sich die Kosten fürs Buffet teilen. Einer von Mark Owens Brüdern ist professioneller Auktionator, und Mark wird ihn fragen, ob er bereit wäre auszuhelfen. Also hängt es nun an uns, Kunstwerke zu liefern, die das Museum erübrigen kann, vielleicht ein paar vergrößerte, gerahmte historische Fotos, Objekte, von denen wir mehrere haben, und vielleicht Gutscheine für eine Jahresmitgliedschaft." Sie lehnte sich fast atemlos zurück, aber sie fühlte sich glücklich, so viel mit so wenig Aufwand erreicht zu haben.

„Also, um klarzugehen – veranstalten wir eine Spendenaktion, bevor oder nachdem wir eine Zahl vom Erben der Villa haben?"

„Danach ergibt für mich mehr Sinn", sagte Colonel Cooper bestimmt.

Diesmal waren sich alle einig. Sie würden bei dem Spendenevent ein finanzielles Ziel nennen können, was hoffentlich die Brieftaschen leichter und weiter öffnete. Und es wäre auch im *Sound Messenger*, der Zeitung von Wycliff, damit es sich wirkungsvoller herumspräche.

*

„Ist das Margarets Mutter?" Harlan war angespannt, als er eine melodiöse Frauenstimme auf seinen Anruf antworten hörte.

„Ja", sagte Mrs. Oswald. „Und mit wem spreche ich?"

Harlan errötete. „Ich heiße Harlan Hopkins", sagte er. „Entschuldigung, ich hätte Ihnen zuerst meinen Namen sagen sollen."

„Ist Margaret etwas passiert?" Die Stimme der Frau klang besorgt.

„Nein. Nicht im Geringsten. Es geht ihr absolut gut", sagte Harlan rasch. „Ich bin ein Freund von ihr. Zumindest denke ich, dass ich das bin."

„Ihr Freund?" Mrs. Oswald klang misstrauisch.

„Ähm", lachte Harlan nervös. „Ich weiß nicht. Ich habe das Gefühl, ich weiß, was Sie meinen. Ich habe mich ganz sicher in Margaret verliebt. Ich weiß nicht, was sie für mich empfindet, und ich will nicht fallengelassen werden. Ich möchte sie behalten … falls sie mich lässt."

„Viel Glück dabei", sagte Mrs. Oswald trocken. „Bisher war die längste Zeit, die sie einen Freund hatte, zwei Jahre. Es ist irgendwie traurig. Ich wünschte, sie fände jemanden, bei dem sie sich sicher genug fühlte, um zu bleiben."

„Ich hoffe, diese Person werde ich sein. Aber ich brauche Ihre Hilfe, Mrs. Oswald."

„Meine Hilfe?"

„Ja, bitte. Und ich weiß, es wird nicht einfach für Sie sein. Ich glaube, alles hängt an Margarets Unsicherheit wegen ihrer Genetik."

„Ihre Genetik? Aber sie ist ein gesunder Mensch. Wir haben alle Blutuntersuchungen durchführen lassen und ihr alle Impfungen verabreichen lassen, die notwendig waren, um sie hierher zu bringen. Sie hat immer die beste Gesundheitsversorgung gehabt."

„Ich weiß das, und Margaret auch."

„Worum geht es also eigentlich?"

„Nun, verstehen Sie mich nicht falsch, Ma'am", sagte Harlan sanft. „Ich glaube, Ihre Tochter muss herausfinden, wer ihre leibliche Mutter war."

Am anderen Ende der Leitung entstand eine lange Stille. „Ich verstehe."

Harlan wünschte, er könnte jetzt Mrs. Oswalds Gesicht sehen, um richtig auf sie zu reagieren. Doch Mrs. Oswald saß oben in North Seattle, während er in seinen prachtvollen, verregneten Garten blickte. Die Büsche tropften vor Nässe und ebenso das Eichhörnchen, das über den Rasen eilte, um in einen der hohen Nadelbäume zu klettern.

„Ich hatte immer geglaubt, wir hätten ihr alles gegeben, damit sie weiß, wie sehr sie geliebt wird."

Harlan räusperte sich. „Und ich bin mir absolut sicher, sie weiß das auch."

„Aber warum ist sie dann so besessen von ihrer leiblichen Mutter? Ich verstehe das einfach nicht. Sie wurde an der Pforte dieses katholischen Waisenheims ohne irgendein Zeichen der Liebe in ihrem kleinen Bündel abgelegt."

„Ich weiß", seufzte Harlan. „Und das hat sie mir auch gesagt."

„Warum ist es dann so wichtig, es zu wissen? Sie hat einen Neubeginn gehabt. Sie hatte … sie *hat* Eltern, die sie wirklich lieben. Wir wollten sie sogar aufs College schicken; sie wollte unsere Hilfe nicht. Sie hat uns verlassen, damit sie für sich sein konnte, und sie hat alle Unterstützung abgelehnt, die wir ihr angeboten haben. Was noch?" Mrs. Oswald weinte fast.

„Es tut mir so leid, Mrs. Oswald", sagte Harlan. „Ich verstehe vollkommen. Aber es geht, wenn ich so sagen darf, um Margarets Seelenfrieden. Wenn sie ihn erst einmal gefunden hat, ist es vielleicht umso einfacher, alles, was sie mit Ihnen verbunden hat, wiederherzustellen. *Und* ihr einen anderen Blickwinkel auf andere zwischenmenschliche Beziehungen zu verschaffen."

„So wie Freunde, die mehr als nur das werden wollen …"

„Genau. Margaret glaubt, sie habe vielleicht Charakterzüge ihrer leiblichen Mutter ererbt, die sie in einen Menschen verwandeln, der andere verletzen könnte."

Mrs. Oswald lachte freudlos. „Oh, der ist gut. Als hätte sie uns nicht verletzt, als sie uns den Rücken kehrte. Und erzählen Sie mir nicht, ihre Freunde wären nicht verletzt gewesen, wenn sie sie ohne besonderen Grund einfach fallen ließ."

Harlan holte tief Luft. „Ich bin mir ziemlich sicher, dass sie das weiß. Und das macht sie umso misstrauischer gegen sich selbst. – Mrs. Oswald, Margaret hat eine Identitätskrise. Und Sie und Ihr Mann sind die wichtigsten Menschen, die ihr darin helfen können."

„Wie das?"

Harlan stand von seinem Stuhl auf und ging zur Terassentür. Ein weiteres Eichhörnchen war in den Garten gekommen, und nun jagten sich die beiden pelzigen Schlingel ungeachtet der Nässe da draußen.

„Haben Sie noch die Adresse des Waisenhauses?" fragte er.

„Will sie dorthin zurückgehen?"

„Nein. Sie weiß nicht einmal, dass ich mit Ihnen telefoniere und sie und ihre Bedürfnisse diskutiere."

„Sie haben Mumm, junger Mann!"

„Muss ich", verteidigte sich Harlan. „Ich will nicht rückwärts aus ihrem Leben gehen müssen. Ich bin bereit, für sie zu suchen und herauszufinden, was ich kann, was auch immer es ist. Ich bin mir bewusst, dass es vielleicht nicht einfach sein wird. Aber mir sieht es viel einfacher aus, als es wäre, wäre sie über eine dieser Agenturen adoptiert worden, die alles vertuschen." Mrs. Oswald blieb stumm. „Sind Sie noch da, Ma'am?"

„Ja … Sie glauben also, sie würde akzeptieren, was immer sie herausfindet, ihre Beziehung zu uns wiederaufnehmen *und* in der Lage sein, eine stabile Beziehung mit Ihnen aufzubauen?"

„Es gibt für nichts im Leben eine Garantie, Mrs. Oswald", sagte Harlan bestimmt. „Aber, ja, ich glaube, es könnte eine Menge für Margaret verändern, wenn sie wüsste, dass sie nicht aus dem Nichts in diese Welt abgelegt worden ist. Ich weiß nicht, wie sie reagieren wird, falls sie herausfindet, dass ihre leiblichen Eltern alle Charakterklischees abdecken, vor denen sie Angst hat, sie geerbt zu haben. Aber wenn ich nicht für sie hoffte, würde ich's nicht einmal versuchen. Hegen Sie Hoffnung für Margaret, Mrs. Oswald?"

Eine kurze Pause. „Ja", kam es endlich. „Wir möchten sie so dringend zurück als unsere Tochter."

„Dann bitte helfen Sie mir."

„Sie sagten, Sie brauchten die Adresse des Waisenheims?"

„Das wäre ein perfekter Anfang."

„Harlan … war das Ihr Name?"

„Ja."

„Es klingt so, als würden Sie sie wirklich mögen. Und ich hoffe, Sie werden nicht von ihr enttäuscht. Lassen Sie mich die Unterlagen finden und für Sie kopieren. Und dann … Ich würde Sie gern persönlich treffen, um mir ein Bild davon zu machen, wer Sie wirklich sind, bevor ich Ihnen all diese Details aushändige."

„Absolut, Mrs. Oswald", sagte Harlan. „Das wäre auch mir so lieber." Er kehrte den Eichhörnchen im Garten den Rücken und sah auf seine Standuhr. Es war beinahe Mittag. „Wann wäre es Ihnen recht?"

„Sie haben es eilig, nicht?" Die Stimme der Frau klang leicht amüsiert.

„Ja und nein", sagte Harlan. „Aber um ehrlich zu sein: Je eher ich ihr die Fakten liefern kann, desto eher ist sie beruhigt. Und das bedeutet, dass wir ernsthaft eine Beziehung mit Zukunft verfolgen können."

„Oder auch nicht."

Harlan seufzte. „Richtig. Oder auch nicht. Aber dann muss sie zumindest nicht weitersuchen."

*

Izzy rieb sich die Augen. Es war spätabends, und ihr Arbeitstag bei *Old & Timeless* war sehr anstrengend gewesen. Zuerst hatte eine alte Dame all ihre Gobelin-Wandbehänge gebracht, einige davon von Motten zerfressen, andere dick mit Staub bedeckt. Sie hatte fest behauptet, dass sie wertvoll seien, während sie die gefalteten Stücke aufschlug und Staubwolken Izzy zum Niesen und ihre Augen zum Jucken brachten. Izzy hatte es schwer, der Dame zu erklären, dass die Motive nicht dem entsprachen, womit das Geschäft handele, und die Dame war ziemlich pikiert gewesen. Dann war ein Touristenpärchen hereingekommen und hatte nach Maritimem gefragt. Sie hatten sie die Leiter ersteigen lassen, um ein schweres, eichenes Steuerrad von einem Haken an der Wand abzunehmen und dann wieder aufzuhängen. Sie ließen sie alte Seemannskisten aus einem hinteren Winkel im Laden hieven … und wieder an ihren Lagerplatz zurückstellen. Sie hatten alle Kompasse, die sie in eine Vitrine eingeschlossen hatte, einzeln angesehen. Sie hatten sich jeden einzelnen Sextanten zeigen lassen, der auf einem Regal in einer Vitrine stand. Und schließlich waren sie mit einer Glaskugel für zehn Dollar plus Steuern hinausgegangen. Der Nachmittag hatte sich hingezogen ohne einen einzigen Kunden bis fünf

Minuten vor Ladenschluss. Und das war dann nur eine junge Mutter mit ihrem Kleinkind gewesen, das dringend zur Toilette musste und das Haus zusammenschrie, als sie wieder gingen, weil seine Mutter nicht das antike Karussellpferd kaufen wollte, das neben der Tür ausgestellt war.

Izzys Abendessen war eine undefinierbare Mischung aus Resten gewesen. Sie hatte ein paar kalte gekochte Nudeln gegessen, ein paar frische Pilze gebraten, die wegmussten, bevor sie schlecht würden, und ein paar Stücke Ananas als Beilage. Der Sonnenuntergang war wunderschön gewesen, aber es war für einen Spaziergang zu heiß gewesen, und stattdessen hatte sie in ihrem rückwärtigen Garten mit Blick auf den Hafen gesessen. Sie hatte das Tagebuch mitgenommen, dass ihr Bill schließlich doch geliehen hatte.

Der allererste Eintrag ließ sie nach Luft schnappen. Er erzählte eine typisch irische Einwanderergeschichte. Einige der Eintragungen waren reine Beschreibungen langweiliger Tage als Gesellschafterin einer mehr oder weniger farblosen Erbin der oberen Mittelschicht. Es wurde richtig spannend, als sich herausstellte, dass diese Erbin einen eigenen Kopf hatte und ihren Koffer packte, um in den Sonnenuntergang zu reisen – was sie dann auch tat, nur nicht so, wie sie es geplant hatte. Bin ich nicht schlimm, dass ich in Wortspielen denke, wenn es um so ein tragisches Ende geht, dachte Izzy und kicherte. Aber einen Augenblick später keuchte sie, als klar wurde, dass die Gesellschafterin zur Betrügerin wurde.

Sie musste es Bill erzählen. Aber wie sollte sie dabei vorgehen?

„Die Bessie Steen, die New York verließ, war nicht die Bessie Steen, die in Wycliff ankam." Sie lauschte ihren eigenen Worten und versuchte, sich die Wirkung vorzustellen, die sie auf Bill haben würden. Was würde er sagen?

Er würde fragen, wer sie dann vermutlich gewesen wäre.

Izzy würde zugeben müssen, dass sie völlig ahnungslos war. Abgesehen davon, dass sie ihm sagen können würde, dass die Bessie in Wycliff in Wirklichkeit ein irisches Mädchen gewesen war, das die Gesellschafterin einer wohlhabenden aber kranken Bessie in New York gewesen war, hatte sie keine Ahnung von ihrer echten Identität. Nirgends hatte die Autorin des Tagebuchs einen Hinweis auf ihren wirklichen Namen hinterlassen. Es war nervenaufreibend.

Nein, entschied Izzy. Sie würde Bill nichts erzählen, bevor sie nicht das Tagebuch zu Ende gelesen und sich das zweite geliehen hätte, um zu sehen, ob darin nicht doch noch ein paar Hinweise wären.

Sie rieb sich die Augen und blickte wieder über den Hafen hinweg. Es wurde zu dunkel, um zu lesen, aber sie fühlte sich noch nicht danach hineinzugehen.

Wäre sie damals jenes irische Mädchen gewesen ... hätte sie etwas anders gemacht? Abgesehen natürlich davon, überhaupt nicht erst schwanger zu werden? Würde sie weitergemacht und wirklich zu hoffen gewagt haben, dass ihr Schwindel nicht aufgedeckt würde? Mit welch einer Angst musste diese junge Frau gelebt haben. Es sei denn, sie hatte jemandem ihre echte Identität verraten …

Die Hafenlichter sprangen an und tauchten den Fährhafen in ein helles, kaltes Licht. Der Jachthafen etwas weiter rechts schimmerte warm, aber auch etwas schwacher. Die Fähre von Bremerton näherte sich langsam der Mole, und ein weißes Motorboot ritt über ihre Bugwelle. Der letzte reguläre Shuttle-Bus fuhr die Main Street hinauf; es würde nur noch drei weitere im Stundenabstand nach 21 Uhr geben. Leute tauchten hinter dem *Flower Bower* auf, nachdem sie auf der Front Street spazieren gegangen waren, und gingen auf das Hafengeländer zu, um die Boote zu betrachten, die sanft an ihren Liegeplätzen oder Docks schaukelten.

Hätte die angebliche Bessie Steen solche Anblicke voll genießen können? Hätte es die echte getan? Oder hätte die echte Bessie Steen nach Osten zurückfliehen wollen wegen all der Wildnis und Rauheit, die im damals noch Wilden Westen noch gezähmt werden mussten?

Izzy lehnte sich zurück, schloss das Tagebuch und legte es auf ihren winzigen Gartentisch aus Eisen. Ihre Hand strich über die raue Kartonbindung. Ein so gewöhnliches Leben hatte sich plötzlich in etwas so unglaublich anderes verwandelt. Vielleicht auch wiederum in ein gewöhnliches Leben, aber nicht unter diesen Umständen.

Das Kleid in der Truhe von Bills Vater fiel Izzy plötzlich ein. Gute Güte. War das vielleicht das Kleid von Bessie Steens Gesellschafterin gewesen? Weil die Truhe Habseligkeiten von Bills Vorfahren enthielt, mochte dies der letzte Gegenstand gewesen sein, den die Bessie von Wycliff aus ihrem Leben als Gesellschafterin in New York aufbewahrt hatte. Was …

Izzys Herz setzte einen kurzen Moment lang aus und begann dann stärker zu schlagen. Sie hatte das Foto einer jungen Frau gefunden, die dasselbe Kleid trug.

„Das heißt, ich habe tatsächlich ein Bild der Frau gefunden, die hier in Wycliff als Bessie Steen ankam", sprach Izzy wieder laut mit sich selbst. „Aber jetzt kennen wir ihren richtigen Namen. Sie hieß … Jennifer. – Wahnsinn!"

Izzy setzte sich auf. Bill anrufen oder nicht? Es war nach neun. Nein, sie würde bis morgen warten. Oder sogar, bis sie dieses Tagebuch gelesen haben würde. Um ihm mehr zu geben als das, was sie gefunden zu haben glaubte. Vielleicht würde es sogar noch mehr Beweise geben.

Izzy gähnte hinter ihrer Hand. Zeit, zu Bett zu gehen. Morgen wäre ein neuer Tag bei *Old & Timeless* mit mehr Touristen-Kunden, die mit der Anmaßung von Milliardären hereinkämen, nur ein paar Dollars ausgäben und wieder gingen, oder Leute, die dachten, sie könnten etwas damit verdienen, dass sie ihre Dachböden von Plunder und von der Zeit mitgenommenen Schätzen aus der Vergangenheit ihrer Vorfahren entrümpelten. Naja, es braucht Menschen jeder Sorte in einer ganzen Welt, dachte Izzy. Und sie würde vielleicht nie wissen, wer sie wirklich waren oder welche Geheimnisse sie mit sich herumtrugen. Na, war das kein aufregender Gedanke, mit dem sie da schlafen ging?!

*

„Es riecht wie …" Destiny schnupperte die Luft und hob die Brauen.

„Feuer", sagte Hope und nickte. Sie kamen den Hügel von der Pioneer Square Station herunter, wo sie ihre Bahn verlassen hatten.

„Immer, wenn ich Feuer rieche, denke ich an das Große Feuer, das einmal die ganze alte Innenstadt von Seattle zerstört hat", sagte Destiny. „Stell dir das mal vor! Alles wegen eines versehentlich umgestoßenen Topfes voll Leim."

„Ja, ich höre dich. Kleine Dinge können schwere Folgen haben."

„Na, ich bin froh, dass sowas heute nicht mehr passieren könnte. Die Häuser sitzen nicht mehr auf Pfählen. Außer natürlich unten am Wasser." Destiny stolperte über eine Unebenheit im Bürgersteig. „Mann, ich wünschte, die Leute würden ein bisschen mehr an uns Fußgänger denken …"

Während sie weitergingen, wurde der Geruch intensiver.

„Scheint, als wäre das Feuer in der Nähe!" rief Hope. Sie begann, schneller zu laufen, und der Rauch wurde noch dichter.

„Heiliger Bimbam!" keuchte Destiny. „Ich hoffe nur, es ist nicht in unserer Straße!"

Die Schwestern beschleunigten ihren Schritt noch mehr. Hope fühlte, wie sich ihr der Magen umdrehte, Destiny biss sich auf die Lippen. Irgendwie wussten sie schon, was passiert war, noch bevor sie ihr kleines Restaurant erreicht hatten.

Ein Feuerwehrauto blockierte die Hintergasse, ein weiteres parkte vor dem Gebäude. Alles war mit gelbem Band abgesperrt, und eine Menschengruppe stand auf dem gegenüberliegenden Bürgersteig und beobachtete Feuerwehr und Polizei.

Es waren keine Flammen zu sehen.

„Was ist passiert?" rief Destiny, ohne jemanden im Besonderen zu fragen.

„Feuer im ersten Stock", sagte eine alte Dame.

„Ich hörte, es sei im Erdgeschoss gewesen", sagte eine andere.

„Sie meinen die Suppenküche?" fragte Hope besorgt.

„Nein, nicht da", sagte ein junger Mann. „Aber es war direkt darüber. Ich schätze allerdings, dass das Restaurant darunter in Löschwasser absäuft. Echt Pech."

„Das ist *unser* Restaurant!" rief Hope. Sie fühlte sich, als würde ihr der Boden unter den Füßen weggezogen.

Einer der Polizisten hörte sie und näherte sich der Menge. „Sind Sie eine der Restaurant-Besitzerinnen?" fragte er Hope.

„Ja, Sir", sagte sie, und ihre Stimme zitterte. „Ist es sicher, hineinzugehen und nachzusehen, wie schlimm es ist?"

„Der Brandort ist noch nicht ganz gesichert", sagte der Polizist, und Hope dachte, dass er plötzlich größer und größer wurde. Sein Mund wurde breiter, und sein Gesicht wurde weißer und größer. Er wurde scharf und unscharf.

„Schwesterherz!" Jemand klapste sanft ihr Gesicht. „Bitte. Wach auf!" Ein warmer Tropfen traf ihr Gesicht.

„Regnet's?" fragte Hope mit immer noch geschlossenen Augen. „Oder ist das Löschwasser?"

„Gottseidank", sagte Destiny und wischte sich die Tränen ab. „Du bist einfach umgekippt!"

Hope rappelte sich auf. Die Leute hatten einen kleinen Kreis um die Schwestern und den Polizisten gebildet. Der Beamte kniete an ihrer Seite, und Destiny hatte Hopes Kopf in ihren Schoß gezogen.

„Geht es Ihnen gut, Ma'am?" fragte der Beamte freundlich. „Möchten Sie etwas Wasser?"

Da begann Destiny, hysterisch zu lachen. „Tut mir leid." Sie riss sich zusammen. „Die Erwähnung von Wasser in dieser Situation scheint nur so …" Sie suchte nach Worten.

„Lassen Sie mich Ihre Daten aufnehmen", sagte der Polizist unbeeindruckt. „Und wo ich Sie erreichen kann."

„Aber wir sind doch hier", protestierte Hope schwach. Sie stand wieder auf, fühlte sich aber noch etwas wackelig.

„Tja, aber Sie werden noch eine Weile nicht hineingehen können", informierte er sie. „Wir müssen sichergehen, dass alle Brandherde gelöscht sind. Und dann gehen wir, die Polizei, hinein und suchen nach der Ursache für das Feuer."

„Aber wann …"

„Sie gehen besser wieder nach Hause, Ma'am", sagte der Beamte. „Natürlich erst, nachdem ich Ihre Daten aufgenommen habe. Wir rufen Sie an, falls und wann Sie hineingehen und Ihre Versicherung einen Blick darauf werfen lassen können."

„Aber wir müssen arbeiten", sagte Hope, die immer noch nicht wirklich erfasste, was ihr und ihrer Schwester passiert war.

„Ich fürchte, heute nicht." Hope öffnete den Mund, sie hob eine Hand daran, und ein leiser Klagelaut entfuhr ihr. „Es tut mir so leid", sagte der Beamte. „Wenn Sie jetzt mit mir kommen würden …"

*

„Wir haben nächstes Wochenende eine Galerieveranstaltung zugunsten des Museums", sagte Harlan am Telefon. Er hatte Margaret angerufen, die in den letzten Tagen erneut sehr ausweichend gewesen war, und hoffte inständig, sie für sein Projekt zu gewinnen.

„Kling interessant", sagte Margaret. Sie hatte den Hörer ihres altmodischen Geschäftstelefons zwischen ihr rechtes Ohr und die Schulter geklemmt, während sie einen Karton Vintage-

Schmuck auspackte, den der Postbote gerade bei *La Boutique* abgeliefert hatte. „Aber ich kann mir darunter wirklich noch nichts vorstellen. Erzähl mir mehr."

„Es wird ein paar schön gerahmte alte Fotografien von Wycliff geben, alle sepiafarben. Keine von ihnen wurde nach dem Beginn des Ersten Weltkriegs aufgenommen. Und Izzy ist das Museumslager durchgegangen und hat alle Gegenstände, die dort mindestens doppelt vorhanden waren, herausgenommen, um sie der Auktion zu stiften, die wir haben werden."

„Wer wird die durchführen? Du?"

„Ich?!" Harlan lachte. „Ich fürchte, ich wäre nicht schnell genug zu sehen, wer wen überbietet. Nein, einer von Marks Brüdern kommt von Seattle herunter. Er ist ein Profi darin, obwohl ich nicht weiß, ob er damit seinen Lebensunterhalt verdient. Er verlangt auch keine Bezahlung – weshalb er uns natürlich umso lieber ist."

„Natürlich", sagte Margaret und lächelte vor sich hin, während sie ein besonders aufwändig gearbeitetes Paar Lüster-Ohrringe mit kleinen Smaragden und einem großen Perlenhänger darunter von ihren Fingern baumeln ließ. „Schließlich ist es eine Wohltätigkeitsveranstaltung. – Nun, wofür planst du mich ein?"

„Holla", sagte Harlan. „Bin ich so durchschaubar?"

„Bist du tatsächlich", erwiderte Margaret. „Warum würdest du mich sonst anrufen? Und nein, ich werde dir keinen Teller Kekse für die Veranstaltung backen, weil ich Backen hasse, und es ist sowieso immer noch viel zu heiß, um den Ofen anzuschalten. So, da hast du's."

„Oh, aber für das Catering ist schon gesorgt", lachte Harlan in sich hinein. „Ich weiß, dass du nicht gern bäckst. Das hast du mir mal erzählt. Ich würde nicht wagen, dich zu fragen, wenn es um so etwas geht."

„Du erinnerst dich tatsächlich daran?"

„Ich erinnere mich an alles, was du mir je gesagt hast", sagte Harlan sanft.

„Oh." Stille.

„Und es ist auch gar nichts Zeitraubendes, worum ich dich bitte."

„Sagt man das nicht immer, wenn man für etwas einen Freiwilligen braucht?"

„Nicht ich, ich schwöre", sagte Harlan. „Versprochen. Ich brauche dich nur für den letzten Feinschliff am Vorabend. Wir brauchen dein sicheres Gespür für eine geschmackvolle Präsentation."

„Aber du brauchst mich doch nicht wirklich *dafür*", wehrte Margaret ab. „Du und Mark, ihr zieht sowas jedes Mal erfolgreich durch."

„Nicht dieses Mal", beharrte Harlan. „Es ist ein wenig schwierig, eine bemalte Zinn-Milchkanne interessant genug zu dekorieren, dass sie neben einem Spitzentaschentuch, einer hölzernen Tabaksdose und einem Foto des ,Balls zur

Jahrhundertwende' im Ballsaal der Lawrence Hall versteigert wird."

„Okay …"

„Und um ehrlich zu sein: Es geht nicht nur um diese schwierigen Gegenstände, die ich angemessen präsentieren möchte. Ich möchte auch dich wiedersehen. Es ist schon eine Weile her."

„Nur eine Woche."

„Eine Woche in einer Kleinstadt wie Wycliff ist lang."

„Nein, ist es nicht. Du hattest zu tun. Ich auch."

„Nicht so viel", sagte Harlan. „Ich meine, was mich angeht."

„Tja, aber ich", sagte Margaret spitz und legte die Ohrgehänge in ein Samtkästchen.

Harlan war fassungslos. „Hat dir unser Kuss denn nichts bedeutet?" fragte er verletzt.

Margaret blieb still. Dann seufzte sie. „Hör zu, Harlan. Ich werde rüberkommen und helfen. Nicht mehr. Und ja, ich habe den Kuss genossen."

„Aber …?"

„Kein aber." Margaret lenkte ein. „Hör mal, ich habe dir gesagt, dass ich noch nicht für etwas Ernsthaftes bereit bin. Ich werde dich verletzten."

„Das hast du soeben getan."

„Siehst du? Ich hab's dir gesagt."

„Du könntest es wiedergutmachen."

„Wie?"

Harlan lächelte verträumt. „Wie wäre es mit noch einem Kuss?"

*

28. November 1889 - Thanksgiving
Wycliff, Washington State

Am 11. November ist Washington Territory der Union als ihr 42. Bundesstaat beigetreten. Aber diese Tatsache verblasst vor etwas, was weit dramatischer für mich gewesen ist.

Drei Briefe hintereinander aus Mortonville, Pennsylvania. Als der erste Anfang Oktober hier eintraf, war ich verunsichert. Jack Steen und seine Frau wollten nach Westen reisen und uns besuchen. Anscheinend haben sie vergessen, wie sie Miss Elizabeth bescholten haben, bevor wir von dort weggingen. Jetzt sei es plötzlich für sie geschickt zu kommen, da Mr. Steen seine Farm verkaufen und „in der florierenden Stadt Seattle" ein Unternehmen aufbauen wolle, wie er schrieb.

Mein Identitätstausch mit Miss Elizabeth hat also damals funktioniert, und sie glauben noch immer, dass sie am Leben ist. Was wundervoll ist. Aber ich dachte, ich müsse bei dem Gedanken ersticken, dass sie tatsächlich hier in Wycliff auftauchen würden. Mein ganzer Schwindel wäre aufgeflogen. Und was hätte Charles dazu gesagt? Verheiratet mit jemandem, den er nie zu heiraten beabsichtigt hatte, mit einem irischen Fabrikmädchen statt einer

219

Dame der New Yorker Mittelschicht ... Ich war so entsetzt, dass ich mich tatsächlich hinlegen musste, und ich konnte ein paar Tage lang nichts essen.

Charles hatte gesehen, wie ich den Brief las, und er wusste, von wem er kam. Er war sehr erregt, dass mein „Bruder" mich offenbar so schlecht fühlen ließ, dass ich krank wurde. Er bot mir an, ihnen einen Brief zu schreiben, der liebe Mann, der er ist. In dem Moment habe ich gemerkt, dass ich nicht nur Angst hatte, er könne herausfinden, wer ich wirklich bin oder war (Ich weiß es neuerdings selbst nicht mehr so recht). Nein, ich war entsetzter darüber, dass er sich von mir scheiden und mich bestrafen lassen könnte. Das Gerichtsurteil könnte ich vermutlich ertragen, aber ich könnte es nicht ertragen, von ihm weggeschickt zu werden. Ich habe mich wirklich in diesen saften, gutherzigen Mann verliebt.

Ich riss mich zusammen und schrieb an die Steens, um ihnen mitzuteilen, dass sie natürlich in unserem Heim willkommen seien und dass wir sie gern in unserem hübschen Gästezimmer unterbringen würden. Ich sagte auch, ich hätte ihnen vergeben, wie sie mich damals behandelt hätten. Und ich sagte ihnen, dass meine Gesellschafterin in einem Hotel in Pittsburgh verstorben sei, so dass ich ganz allein die lange Reise nach Westen angetreten hätte. Dass ihre Befürchtungen um mich schließlich auch die meinen geworden seien, aber Charles der beste Ehemann sei, den sich eine Frau nur wünschen könne. (Und das war vermutlich der einzige wahre Satz in dem ganzen Brief.) Und dann zählte ich die Tage, bis sie einen Brief zurücksenden und uns ihre Ankunft mitteilen würden. Inzwischen plante ich panisch, wie ich mich aus dieser fürchterlichen Situation herausretten könnte.

Nun, manchmal sind Gottes Wege wirklich wunderbar. Oder vielleicht funktionierten sie dieses Mal auch nur für mich. Anfang November erhielt ich noch einen Brief von Jack Steen und seiner Frau. Die Handschrift war etwas wackelig, und der Grund dafür war etwas völlig Unvorhergesehenes. Im Osten herrscht dieser Tage eine Grippe-Epidemie. Und die scheint wirklich schlimm zu sein. Mr. Steen schrieb, als seine Frau bereits erkrankt war. Er fürchtete, ihn habe das Fieber ebenfalls erwischt, was seine Entschuldigung für seine schlechte Schrift sei. Er sagte, seine Frau habe hohes Fieber, und er könne ihr fast nicht helfen. Ihm sei schwindelig, und die Ärzte rund um Mortonville seien Tag und Nacht unterwegs, um neue Fälle zu behandeln. Er bat mich, ihre Genesung abzuwarten, bis sie weitere Reisepläne schmiedeten.

Obwohl ich normalerweise viel Mitgefühl mit Kranken habe, habe ich in diesem Fall fast gejubelt und musste das sehr gut verbergen. Immerhin wäre es unpassend gewesen, sich über die Krankheit meines „Bruders" zu freuen. Also berichtete ich Charles in sehr ruhigem Ton, was drüben in Pennsylvania passierte, und er ließ mich wissen, dass die Grippe anscheinend derzeit rund um die Welt geht. Ich hoffe nur, sie erreicht uns nicht hier in unserer kleinen Stadt an den Gestaden des Puget Sound.

Gestern Abend erhielten wir Extrapost, die uns von Carrie Mercer vom Postamt zugestellt wurde. Sie sagte, da heute Feiertag sei, wolle sie, dass wir diesen wichtig aussehenden Brief schnell erhielten, damit wir nicht bis Freitag warten müssten. Natürlich hoffte sie, dass ich den Brief sofort öffnen und sagen würde, worum es gehe. Ich tat ihr den Gefallen nicht, dankte ihr aber überschwänglich und sagte, ich würde damit warten, bis Charles ihn nach dem Abendessen öffnen würde. Carries Miene war enttäuscht, und sie ging verärgert, als hätte ich ihr den Tag ruiniert. Sobald ich die Tür geschlossen hatte, öffnete ich den Brief mit einer Haarnadel. Er war offiziell, und er kam vom Gerichtsmediziner in Thorndale, Pennsylvania. Ich musste den Brief zweimal lesen, da ich meinen Augen nicht traute.

Alle Gefahr aus dem Osten ist verflogen. Mr. Jack Steen und seine Frau sind der Grippe zum Opfer gefallen und nur wenige Tage auseinander daran verstorben. Damit fällt eine schwere Last von meinen Schultern. Ich brauche keinen schwachen Entschuldigungen zu finden, dass ich nicht zu Hause bin, wenn sie zu kommen planen. Ich brauche nicht zu befürchten, dass jemand mich jemals als mein wirkliches Ich erkennt. Ich werde den Rest meines Lebens Elizabeth „Bessie" Steen bleiben, ohne dass es jemand besser weiß. Ich könnte tanzen, und ich werde gern wieder den scheußlichen Kürbis-Pie aus dem Kochbuch von Charles' Mutter machen und zu den noch scheußlicheren McMahons hinübertragen. Und ich werde das *ganze Festmahl hindurch glücklich dasitzen und sorgenfrei lächeln.*

1. Dezember 1889
Wycliff, WA

Ich habe keine Tränen mehr. Unser hübscher, kleiner William ist tot. Er spielte vor dem Lebensmittelladen, und Charles half drinnen einem Kunden, ohne je zu merken, dass Billy den Laden verlassen hatte. Er muss hinausgeschlüpft sein, als ein Kunde die Tür öffnete. Er wurde von einem schweren Holzwagen überfahren. Mir ist es egal, ob der Arzt sagt, es seien die Pferdehufe oder die Wagenräder gewesen.

Charles ist am Boden zerstört, weil er denkt, er habe auf seinen Sohn nicht richtig achtgegeben. Ich fühle mich gar noch schuldiger. Als sei es die Strafe dafür, mich über den Tod der Steens gefreut zu haben. Ich hätte es besser wissen müssen. Ich kann nicht mehr weinen. Unser schönes Kind ist tot. Charles leidet so sehr, dass ich mich ihm nicht zu nähern wage. Und Charles Jr. wandert benommen durchs Haus, als suche er in jedem Raum nach seinem kleinen Bruder. Oh, hätte ich mich doch nie so über das Unglück anderer gefreut ...

8

Izzy ging noch einmal durch das Museumslager. Die letzten paar Tage hatte sie doppelt und sogar dreifach vorhandene Gegenstände sortiert und geprüft, ob sie entbehrlich seien. Sie würden sich definitiv verkaufen. Viele Leute mochten antike Stücke. Sie verliehen ihrem modernen Zuhause ein vornehmes, elegantes Flair, während sie für Gesprächsstoff sorgten, der für gewöhnlich zu Erinnerungen an längst vergangene Zeiten führte. Und damit entfernten sie sich von schwierigeren Themen wie der aktuellen Politik und anderen Minenfeldern.

Izzy blickte auf die Gegenstände, die sie beiseitegestellt hatte, und rieb sich die Stirn. „Das sollte es tun", sagte sie zu sich selbst, nahm ihre Brille ab und wischte den Flecken ab, der sich irgendwie auf eines der Gläser geschlichen hatte.

„Was?"

Izzy zuckte herum und ließ völlig erschrocken ihre Brille fallen. Mit einer Hand fuhr sie sich an die Kehle. „Mann, Chirpy!" schalt sie Bill und bückte sich, um ihre Brille aufzuheben. Zum Glück hatte sie den Fall überlebt. „Musst du dich so an mich heranschleichen?!"

„Entschuldigung", sagte Bill. „Das wollte ich nicht. Müssen wohl meine neuen Sportschuhe sein." Er deutete auf seine Füße, die tatsächlich interessantes Schuhwerk trugen. „Gefallen sie dir?"

Izzy starrte darauf und lachte dann. „Nicht wirklich?! Zehen? Und grün?!"

„Man nennt sie Finger", erklärte Bill stolz.

„Deine Füße sehen damit aus wie … Froschfüße!" kicherte Izzy und wurde rot. „Entschuldige!"

Bill blickte verletzt. „Sie sind sehr bequem, und ich wollte sie zum Bergwandern und Laufen verwenden."

Izzy kicherte noch immer. „Frogman besucht Lois Lane."

Bill hob verzweifelt die Brauen, konnte aber ein Lächeln nicht ganz in seinem Bart verbergen. „Hör schon auf damit, Izzy. Ich bin hergekommen, um dir dabei zu helfen, das Zeug hier rüber in die Galerie zu tragen, nicht, um ausgelacht zu werden."

„Entschuldigung!" Izzy meinte es auch so, aber ein weiterer Blick auf seine Zehen löste einen erneuten Kicheranfall aus. „Sie sind einfach …"

„Oh, komm schon, Izzy", stöhnte Bill. Er hob eine Kiste voller Gläser und Einmachgläser empor und wandte sich zum Gehen.

Izzy belud sich mit einem Butterfass mit Rührmechanismus. „Es ist wirklich – ich hatte keine Ahnung, dass du Modeartikel magst. Und die Farbe ist wirklich unglücklich gewählt."

„Denkst du, Blau wäre besser gewesen?" erwiderte Bill, während sie die steilen Stufen zur Straße hinaufstiegen.

Izzy dachte einen Moment lang darüber nach. „Nein", gab sie zu. „Es ist nicht die Farbe. Ich glaube, es sind die Zehen."

Sie gingen jetzt Seite an Seite. „Erinnerst du dich daran, wie wir als Kinder barfuß gelaufen sind?" fragte Bill, und Izzy nickte. „Tja, das ist ganz nahe daran, obwohl man Schuhe trägt. Du solltest es mal versuchen. Ich schwöre, dir wird es gefallen."

„Mmmm", summte Izzy. „Du hast deinen Standpunkt dargelegt, aber ich weiß nicht, ob ich das will. Ich meine, es gibt sie bestimmt in allen möglichen Farben, aber ich bleibe doch lieber beim Durchschnitts-Schuhwerk."

Sie kamen an der *Main Gallery* an, und Bill, immer der Gentleman, öffnete die Tür mit seinem Rücken und hielt sie so für Izzy auf, damit sie hineingehen konnte.

„Heiliger Bimbam, schau dir das an!" rief er aus.

Die Galerie hatte ihr Gesicht für den Auktionsabend wirklich verändert. Die Wände waren mit schönen sepiafarbenen Bildern dekoriert, die in thematisch passenden Rahmen stecken. Ein maritimes Bild von einer der Werften war von einem alten Tau umgeben, das einer Farm von Altholz. Aufwändig geschnitzte alte Türen lehnten an den Wänden; dazwischen waren vergoldete Spiegel und schicke Lampen. Die Bar war, um das Sepiathema der Fotos widerzuspiegeln, mit Sackleinen verkleidet ebenso wie die willkürlich im Raum aufgestellten Bistrotische.

„Danke", lächelte Harlan, der aus seinem Büro herauskam. „Ich nehme an, das war als Kompliment gemeint?" Er deutete mit seinem Arm auf eine Ecke weiter hinten. „Du kannst die Kiste da hinten abstellen." Dann fiel sein Blick auf Bills Füße. „Barfuß-Schuhe, was?" Er nickte für sich.

„Nicht auch du", knurrte Bill.

„Was?!" sagte Harlan unschuldig.

„Du machst dich lustig über sie."

Harlan blickte verblüfft. „Das hatte ich nicht vor. Ich weiß, dass sie superbequem sein sollen. Aber jetzt, wo du's sagst – ich hätte sie nicht in Grün genommen."

*

Paul Sinclair überprüfte noch einmal seine Buffetgerichte in der Mietküche des Wycliffer Bürgerzentrums. Der ehemalige Chefkoch des Bistros *Le Quartier* hatte seine Catering-Firma sehr erfolgreich gestartet. Manchmal fragte er sich noch immer, ob die Leute sein Essen wirklich so sehr mochten oder ob es das Mitgefühl vermischt mit Bewunderung für den Mann war, dessen Leben sich vor nur einem Jahr durch eine Kugel in den Rücken verändert hatte. Er hatte Mildred Packmans Leben während eines furchtbar schiefgelaufenen Banküberfalls gerettet, und er war durch ein tiefes Tal der Depression hindurchgegangen. Aber seine Freunde hatten ihn nicht aufgegeben, und seine Verlobte, Véronique Andersson, hatte es geschafft, nicht nur ihre Beziehung, sondern auch das Bistro zu retten, dessen Miteigentümer er noch immer war. Dank eines Exoskeletts konnte er, obwohl er jetzt querschnittsgelähmt war, wieder gehen. An Krücken, aber immerhin. Er konnte wieder kochen, solange er sich gegen etwas lehnen konnte. Sein Sinn für Geschmack und visuelle Ästhetik hatte ihn gewiss nicht verlassen. *The Bionic Chef* war wieder im Geschäft, und seine Kochschule bot neuerdings auch Kurse für Erwachsene an.

Fingerfood. Paul rüttelte sich aus seinen Erinnerungen auf. Es musste exquisit aussehen, Lust auf mehr machen, einfach zu essen sein und durfte nicht auf die Kleidung eines Gastes oder auf den Fußboden des Gastgebers kleckern. Und jedes Gericht musste in ein Gesamtthema hinsichtlich der Zutaten oder mit seinem eigenen Thema passen.

Die *Main Gallery* bereitete sich auf eine große Auktion historischer Gegenstände vor, um die Ambition des Historischen Museums zu unterstützen, die Villa Hammerstein zu kaufen und in seinen neuen Sitz zu verwandeln. Paul hatte sofort angeboten, das fliegende Büffet zu stiften, da er die Großzügigkeit der Stadt erwidern wollte, als er medizinische Hilfe am dringendsten benötigt hatte. Der Hauswirtschaftsklub der Wycliff High School würde heute Abend all die Tabletts voll einfallsreichem Fingerfood händeln – in jetzt nur noch einer Stunde. Paul hatte sich für ein Thema des 19. Jahrhunderts für seine Gerichte entschieden – und es sah köstlich aus.

„Austern Rockefeller?" Véronique näherte sich ihm von der anderen Seite der Arbeitsplatten. „Toll! Ich hätte nicht einmal gewusst, was die Leute im 19. Jahrhundert gegessen haben, geschweige denn mir sowas Ausgefallenes einfallen lassen!"

„Ehrlich gesagt", sagte Paul, „wurden sie erst 1899 erfunden – technisch gesehen, sind sie also eher ein Gericht des 20. Jahrhunderts."

„Ach, was macht schon ein Jahr Unterschied aus?!" lächelte Véronique. „Ich wünschte, ich könnte jetzt sofort eine essen!"

„Wag es nicht, dieses Arrangement zu zerstören", sagte Paul und grinste.

„Würde ich nie tun", lächelte Véronique zurück. Sie konnte immer noch nicht glauben, wie gut es Paul gelungen war, seine furchtbaren Strapazen durchzustehen und nun mit seiner Behinderung so leicht zu leben. „Was ist das?" fragte sie und deutete auf eine andere Platte. „Welsh Rarebits en miniature?" Paul nickte.

Bruschette mit kaltgeräuchtem Lachs und Frischkäse, Toast mit Gurkenscheiben oder Leberpâté, gegrillte Hähnchenschlegel mit Papiermanschetten, mit gekapertem Kartoffelsalat oder mit Boston Baked Beans gefüllte Löffel, mit Ketakaviar dekorierte Russische Eier, Mini-Krebsküchlein oder Fleischbällchen auf hölzernen Spießchen, winzige Kresse- oder Oliven-Sandwiches, gedünstete Tomaten … Véroniques Blick fiel auf die Krönung des Ganzen, eine dreistöckige Buttercremetorte mit kandierten Veilchen. Sie sog die Luft scharf ein. „Wie hast du all das geschafft?!"

Paul lächelte und hielt seine Hände hoch. „Mit diesen da. So wie immer."

Véronique umrundete die Arbeitsfläche und umarmte ihn fest. Ihr Blondschopf reichte ihm kaum bis an die Schultern. „Du bist ein Speise-Magier", flüsterte sie. „Ich bin so froh, dass du deine Stimme wiedergefunden hast. Es wäre solch ein Verlust gewesen."

„Schhh", sagte Paul. „Lass uns nicht wieder davon reden." Sie nickte. Sie würde immer aufpassen müssen, nicht auf die Vergangenheit zurückzukommen, wenn er es nicht von selbst tat. Sie lebten in der Gegenwart, und sie planten eine Zukunft. Das war alles, was zählte. Véroniques Augen füllten sich mit Tränen. Ein Teil des alten Paul war immer noch in tiefer Trauer. Aber eines Tages würden sie vielleicht darüber sprechen können, wie ihre Geschichte angefangen hatte. Nur nicht jetzt. Nicht jetzt.

*

„*Sound Decision Real Estate und Property Management* …" Hunter Madigan hatte automatisch nach dem Telefon gegriffen, während sie noch durch die neuste Ausgabe der „Seattle Times" stöberte. Ihr kurzer platinfarbener Bob brauchte wieder einen Friseurbesuch, entschied sie, während sie sich erneut einige Strähnen hinters Ohr strich. Vielleicht sollte sie sogar einen ganz neuen Haarschnitt wählen.

„Hallo, ist das Hunter?" fragte eine Frauenstimme am anderen Ende.

„Ja", erwiderte Hunter freundlich, obwohl sie immer etwas irritiert von Leuten war, die anriefen, ohne zuerst *ihren* Namen zu nennen. Immerhin hatten *sie* ihre Nummer gewählt, und sie war ein Ein-Personen-Unternehmen.

„Hier ist Hope."

Hunter runzelte die Stirn. „Hope?"

„Aus Seattle. Erinnern Sie sich an mich und meine Schwester neulich …?"

„O ja! Ja, natürlich. Wie geht es Ihnen?"

„Nicht wirklich gut." Die Frau seufzte. „Unser Unternehmen ist zu."

„Zu." Hunter runzelte erneut die Stirn und legte schließlich die Zeitungsseite weg, die sie gerade auf Geschäftsgelegenheiten überflogen hatte. „Wie das? Was ist passiert?"

„Es hat gebrannt", würgte Hope hervor.

„Gebrannt", keuchte Hunter. „Oh, um Himmelswillen, ich hoffe Sie sind nicht verletzt worden!"

„Nein. Nein, wir kamen an, als das Feuer schon gelöscht war. Eigentlich ist nicht so sehr das Feuer, das unser Restaurant beschädigt hat, sondern das Löschwasser."

„Ich verstehe", seufzte Hunter. „Das ist furchtbar. Und es dauert ewig, diese Souterrain-Einheiten trocken zu kriegen. Was machen Sie also jetzt?"

„Ich weiß nicht recht", sagte Hope.

„Lass *mich* mit ihr sprechen", sagte eine Stimme im Hintergrund. Hunter lachte leise. Diese Schwestern waren wirklich etwas ganz Spezielles. Sie hörte die seltsamen Geräusche, die immer aufklingen, wenn ein Hörer gewechselt wird.

„Hallo, Hunter", sagte Destiny lebhaft. „Hier ist Destiny."

„Hallo, Destiny!"

„Sehen Sie, wir sind durch diese unvorhergesehene Geschäftspause ziemlich verunsichert, aber wir sind nicht zum Scheitern verurteilt. Ich meine, die Leute lieben unser Konzept. Wir haben auf unserer Website so viele liebe Emails erhalten. Sogar Hilfsangebote. Und ich sage Hope immer, dass es nur eine Frage der Zeit ist, bis es wieder läuft. Wenn uns die Versicherung von dem Typ bezahlt hat, sind wir bereit weiterzumachen."

„War es Brandstiftung?" wollte Hunter wissen.

„Nein", sagte Destiny beinahe fröhlich. „Tja, das wäre wirklich erschreckend gewesen, oder?! Es waren wohl Kurzschlüsse im Haus, und das hätte jederzeit passieren können. Alles, weil der Kerl sich nicht richtig darum kümmern wollte. Stattdessen hat er ständig unsere Miete erhöht. Nun, jetzt muss er dafür bezahlen!"

„Also …" Hunter war ratlos und zog eine weitere Strähne hinter ihr Ohr.

„Also … haben wir mehr denn je die Absicht, in Wycliff neu anzufangen. Im Ernst, uns machen Keller im Allgemeinen nichts aus. Wir würden nicht einmal unseren Namen ändern müssen. Verstehen Sie? *Soup Cellar*, so wie in Soup Seller, Suppenverkäufer, nur mit einem ‚c'? Es würde sogar zu all den anderen ausgefallenen Geschäftsnamen passen. Genau genommen – ist Ihrer ja auch ein Wortspiel, nicht?"

„Stimmt." Gute Güte, diese Frau redete mit solcher Energie und kam einfach nicht auf den Punkt. „Sie meinen also, ich sollte noch genauer suchen und herumfragen, ob es in Wycliff irgendeine Immobilie gibt, die Sie mieten oder kaufen können, vorzugsweise ein Untergeschoss?"

„Ja, Ma'am. Genau das. Und sobald Sie eine finden, wären wir gern die ersten Bieter."

„Verstanden", sagte Hunter und kritzelte auf einem Notizblock herum. Dann ließ sie den Kugelschreiber fallen. „Eigentlich, hmmm …"

„Was?!"

„Ich meine, eigentlich sollte man den Tag nicht vor dem Abend loben etc. … Aber diesen Freitag ist eine Veranstaltung, die möglicherweise genau solch eine Gelegenheit für Sie eröffnen könnte."

„Wirklich?!" Destiny klang begeistert. „Hast du das gehört, Hope?" Sie wandte sich vom Hörer ab. Dann rief sie in die Sprechmuschel: „Das wäre so wundervoll!" Hunter zuckte zusammen und musste den Hörer vom Ohr weghalten. „Was wäre es?"

„Es könnte passieren, dass die Räumlichkeiten, die das Historische Museum mietet, in naher Zukunft verfügbar wären."

„Oh, mein Gott, oh, mein Gott, oh, mein Gott", sprudelte Destiny heraus, und Hunter hörte, wie sie von Hope ermahnt wurde, den Namen Gottes nicht zu missbrauchen. „Tu ich *nicht*!" beharrte Destiny. „Ich bete, ich hoffe, ich lobpreise. Ich hätte nicht erwartet, dass so bald etwas auftaucht!" Dann war sie wieder in Hunters Ohren. Hunter hielt den Hörer erneut von sich. „Wie erfahren wir also, was passiert und wann?"

„Warum kommen Sie nicht her und nehmen an der Veranstaltung teil?" schlug Hunter vor. „Es ist eine Auktion zugunsten des Museums, und sie findet in der *Main Gallery* statt." Sie schien ein Zögern zu bemerken. „Es wird wundervolles Essen geben."

„Hier ist wieder Hope", sagte die andere Stimme. „Vielen Dank für diese so dringend benötigte Ermutigung, Hunter."

„Ist Destiny mit meiner Idee einverstanden?"

„Destiny?" Hope kicherte plötzlich. „Das verrückte Mädel hat mir gerade den Hörer zugeworfen und ist schon packen gegangen. Wir sehen uns am Freitagabend in Wycliff."

*

Harlan saß an einem Ecktisch im vorderen Raum der *Topside Coffee Cabin* in Steilacoom. Er blickte Richtung Theke, so dass er das schwarz-weiße Wandbild daneben sehen konnte, das die Stadt zeigte, wie sie Mitte des 19. Jahrhunderts ausgesehen hatte, Werften inklusive. Sie wirkte nicht wie eine Drehscheibe, aber er wusste, dass diese kleine Schlafstadt einst alle angezogen hatte – von Brauern über Zeitungsleute bis hin zu Bibliothekaren und Militärs. Große Schiffe waren an ihren Gestaden gebaut worden und hatten Passagiere und Fracht von und nach San Francisco und weiter transportiert. Heute atmete sie immer noch den Geist der Vergangenheit, wenn auch nur sehr unterschwellig.

Das Café war gut gefüllt mit Gästen. Einige Studenten lernten hier, während sie sich an einer Tasse Latte festhielten. Einige Mütter und ihre kleinen Babys in ihren Tragen füllten eine andere Nische mit Gelächter. Ein paar Bejahrtere schlurften herein, um ihre morgendlich angestammte Tasse Kaffee und ein Scone zu genießen. Der Duft frisch gemahlener Kaffeebohnen schwebte in der Luft.

Harlan biss in sein Lavendel-Scone und genoss das reiche Aroma. Eine Dame in ihren Sechzigern näherte sich seinem Tisch. Ihr Gesicht wirkte gespannt, als sei es von zu vielen Sonnenbädern verbrannt worden, und ihr rostrot getöntes Haar war bis zu einem Punkt zurechtgemacht worden, an dem es aufhörte, natürlich zu wirken. Aber ihr Lächeln war echt, und ihre veilchenblauen Augen waren voller Neugier.

„Sind Sie Harlan Hopkins?" fragte sie vorsichtig. Harlan erhob sich aus seinem Stuhl und entfaltete sich zu seiner vollen Länge. „Meine Güte!" schnappte sie nach Luft, und ihre Hand verschwand einfach in der seinen. „Sie sind ja noch größer als unsere Margaret!"

Harlan lachte. „Na, zumindest kann sie bei mir hohe Absätze tragen …"

„Stimmt", lächelte Mrs. Oswald. „Das ist ein Gewinn für ein modebewusstes Mädchen."

Harlan deutete auf die Theke. „Kann ich Ihnen etwas bringen, Ma'am?"

„Einen doppelten Americano, ohne Milch, ohne Zucker", lächelte sie. „Und ich bin Irene."

Harlan lächelte zurück, ging zur Theke und bestellte ihren Kaffee, während sie es sich an ihrem Tisch mit dem Gesicht zur Geschenkabteilung gemütlich machte.

„Das ist eine hübsche, kleine Stadt", bemerkte Irene Oswald, als Harlan zurückkehrte und vorsichtig den Kaffee vor sie hinstellte. „Leben Sie hier?"

„Nein", sagte Harlan, während er sich wieder in seinen Stuhl zusammenfaltete. „Ich habe diesen Ort gewählt, damit weder Margaret noch jemand, der sie oder Sie kennt von unserem Treffen weiß."

„Dann hat sie Sie also nicht dazu angeregt?"

„Um Himmelswillen, nein! Margaret hat keine Ahnung, dass ich versuche, ihre leiblichen Eltern zu finden." Harlan nahm einen Schluck seines inzwischen kalt gewordenen Kaffees. „Ich würde das so vorziehen – falls es mir nicht gelingt, etwas herauszufinden, wird sie somit nicht enttäuscht sein."

„Sie sind wirklich ein sehr um sie besorgter Freund", grübelte Irene. „Sie scheinen es ernst mit ihr zu meinen."

„Tue ich auch …" Harlan seufzte. „Auch nur irgendetwas herauszufinden, würde mir die Welt bedeuten. Nur, um sie zu beruhigen …"

„Sie lieben sie wirklich … Das ist offensichtlich." Harlan errötete. „Liebt sie Sie auch?"

„Ich bin mir nicht sicher", gab Harlan zu. „Sie ist launenhaft. Ich weiß aber auch, dass das an der Furcht davor liegt, dass sie schlechtes Blut haben könnte, wie sie es nennt. Ich sage ihr immer, das sei lächerlich. Dass das nur Vorurteile ihrerseits wären. Und mir ist es egal, wer ihre leiblichen Eltern sind – sie ist ein durch und durch schöner Mensch."

„Nun", sagte Irene Oswald und grub in ihrer großen Handtasche, um ihm einen dicken Umschlag zuzuschieben. „Ich habe all die Jahre ihre Unterlagen zusammengehalten. Es ist nicht sehr viel, wie Sie selbst sehen werden. Sie hat übrigens Kopien. Es sind ein paar medizinische Unterlagen und die Adoptionspapiere, die von dem Waisenhaus in der Nähe von Bukarest unterzeichnet wurden." Sie nahm einen Schluck aus ihrer Tasse. „Vielleicht hilft es nicht viel. Aber da war eine Schwester, die für Margaret, als wir sie fanden, mehr Zuneigung besaß als für alle anderen. Sie war sehr jung und offenbar auch eine Roma. Sie hieß Martha – vermutlich nicht ihr Roma-Name. Vielleicht wusste sie etwas mehr über unser Kind. Oder vielleicht bilde ich mir das auch nur ein, weil sie die gleiche Volkszugehörigkeit hatten …" Irene seufzte.

„Schwester Martha?"

Irene nickte. „Sie wäre heute in ihren Sechzigern, vermute ich."

Harlan schrieb sich den Namen auf. Und es gab keine Hinweise auf Margarets Eltern? Keinen besonderen Brief oder ein Kleidungsstück?"

Irene schüttelte den Kopf. „Sie war in ein Baumwollhandtuch gewickelt. Die Sorte, die man in jedem Laden findet. Schlicht weiß. Brandneu."

Harlan rieb sich die Stirn. „Tja, ich schätze, ich suche dann mal am besten nach Schwester Martha."

Irene nickte. „Vielleicht weiß sie etwas. Erhoffen Sie sich nicht zu viel … Obwohl ich zugeben muss, dass ich hoffe, *dass* Sie etwas herausfinden. Wir lieben unsere Margaret sehr. Sie ist schon immer etwas schwierig gewesen. Eine Einzelgängerin, die sich in ihre eigene kleine, kreative Welt zurückzog. Sie war allerdings nie ein Problem. Sie versuchte immer, ihr Bestes zu tun und das Kind zu sein, von dem sie annahm, dass wir sie so wollten. Verstehen Sie, was ich meine?"

„Sie versuchte es zu sehr?"

Irene nickte und seufzte. „Ich weiß nicht – haben wir ihr je signalisiert, dass sie nicht gut genug wäre? Dass wir sie auf eine bestimmte Weise wollten? Wir wären froh gewesen, wenn sie leichtherzig und kontaktfreudig gewesen wäre … Stattdessen schien sie immer wachsam und vorsichtig zu sein." Sie trank ihre Tasse Kaffee aus. „Wenn Sie etwas, irgendetwas herausfinden, Harlan, lassen Sie es mich bitte auch wissen, ja?"

Harlan nickte und erhob sich halb, als sie von ihrem Stuhl aufstand. „Sagen Sie, Irene, sind Sie nie auf den Gedanken gekommen, selbst nach ihren leiblichen Eltern zu suchen?"

„Nein." Irene schüttelte den Kopf. „Wir haben Margaret so geliebt, wie sie war, und lieben sie immer noch so, wie sie ist. Auch wenn sie uns nur sehr selten auch nur anruft oder emailt. Es war uns nie wichtig, wer ihre Mutter oder ihr Vater war. Wir hofften immer, dass wir ihr eines Tages genug sein würden." Sie würgte. „Wissen Sie, es hat meinen Mann, Adam, und mich zutiefst verletzt, Margaret so zurückgezogen zu sehen. Es tut weh, dass sie unsere Liebe nie als etwas sah, das ihr bedingungslos gehörte. Sie nahm auch nie unsere Hilfe an. Margaret ist ziemlich störrisch … aber das wissen Sie wohl schon." Sie lächelte bitter. „Danke, dass Sie diese Aufgabe auf sich nehmen."

Harlan blickte in das angespannte Gesicht mit den brennenden veilchenfarbenen Augen. „Ich verspreche Ihnen, dass ich mein Bestes tun werde, sie Ihnen heimzubringen."

Irene drückte ihm die Schulter, wandte sich um und verließ die *Coffee Cabin*. Harlan starrte erneut auf das Wandbild. So viel Schmerz wegen einer Entscheidung, die jemand vor ein paar Jahrzehnten getroffen hatte. Jemand, der vielleicht selbst verletzt worden war.

*

Freitagabends war immer viel los in Wycliff; so auch heute. Touristen waren angereist, hatten in Hotels eingecheckt, und besuchten Restaurants und die Geschäfte, die noch geöffnet waren. Aufgeregte Teenager-Grüppchen und andere Cineasten standen vor dem *Apollo Movie Theater* Schlange nach einer der Abendvorführungen. Paare promenierten an der Ufermauer entlang zum Jachthafen oder zum Uferpark, um dem spektakulären Sonnenuntergang zuzusehen, der die Inseln in ein Meer von Blau- und Smaragdtönen tauchte und den Himmel in Schichten aus leuchtendem Orange, Marshmallow-Rosa und geheimnisvollen Violetttönen. Ein stetiger Menschenstrom bewegte sich in Richtung *Main Gallery* an der Main Street. Die Backsteinfassade des Gebäudes war dezent beleuchtet; heute Abend blieben seine großen Fenster jedoch dunkel, um einen einladenden Blick auf das freundliche Interieur und die darin versammelte Menge zu gestatten.

Harlan stand nahe der Tür, um persönlich geladene Wycliffer willkommen zu heißen. Mark Owen stand neben ihm und unterhielt sich mit einigen Stammkunden, die beschlossen hatten, einfach vorbeizukommen; seine Frau bot inzwischen jedem Hereinkommenden Sektflöten oder Gläser mit alkoholfreiem Beerenpunsch an. Pauls fliegendes Büffet erwies sich bereits als riesiger Erfolg. Die High-School-Jugendlichen, die Fingerfood auf Platten anboten, waren von begeistert blickenden Erwachsenen umlagert, die bereits zu Abend gegessen hatten, aber

Pauls geschmackvollen Leckerbissen einfach nicht widerstehen konnten.

Um acht Uhr trat Harlan an ein Rednerpult, das hinten im Raum aufgestellt war, klingelte mit einer Glocke und begrüßte die Gäste der Galerie. Es gab ein paar Sitzplätze; aber viele Gäste standen noch. Izzy lehnte im Hintergrund an der Bar mit Bill an ihrer Seite.

„Glaubst du, sie werden wirklich genug Umsatz machen, um eine Anzahlung auf die Villa zu leisten?" fragte Bill sie halblaut.

„Wenn man immer skeptisch ist, wie will man dann je etwas mit ganzem Herzen versuchen?" entgegnete Izzy. „Und wieso sagst du überhaupt ‚sie'? Du gehörst auch zum Aufsichtsrat des Museums …" Izzy holte tief Luft. „Okay, natürlich spielst du derzeit eine Doppelrolle. Schade, dass nur ich das weiß. Ich wünschte, Jane hätte es nicht zur Bedingung gemacht, dass du anonym bleibst, während unser Museum noch Sammlerstücke aus der Villa auswählt."

„Wem erzählst du das?!" antwortete Bill leise. „Ich mag all diese Geheimniskrämerei nicht. – Jetzt aber still: Das erste Stück wird angekündigt. Ich kann mich daran gar nicht erinnern. Ein Gemälde von der Wycliffer Hafenviertel in den 1880ern …?"

„Ähm, kein Museumsstück", antwortete Izzy rasch. „Vergiss nicht, wir hatten Leute gebeten zu spenden. Ich glaube, das Gemälde gehört einem der Stadträte."

Die Gebote begannen, und es wurde bald offensichtlich, dass das Publikum willens war, zu kaufen und dem Museum Starthilfe zu bieten.

Die Tür öffnete sich wieder. Zwei üppige schwarze Damen betraten den Raum auf Zehenspitzen, flüsterten miteinander und suchten nach einem Platz, um der Auktion beizuwohnen. Izzy bewegte sich von der Bar weg und auf sie zu.

„Guten Abend", lächelte sie. „Willkommen zur Wohltätigkeitsauktion der *Main Gallery*. Darf ich Ihnen ein Informationsblatt geben?" Sie hielt ihnen zwei Flyer hin.

„Danke", sagte Hope und lächelte vorsichtig zurück. „Sind wir sehr viel zu spät?"

„O nein", sagte Izzy. „Es hat gerade erst angefangen. Darf ich Ihnen einen Sekt bringen? Vielleicht gibt es auch noch etwas von dem leckeren Fingerfood. Lassen Sie mich für Sie nachsehen."

„Hope, Destiny!" Hunter Madigans platinfarbener Bob tauchte zwischen zwei breitschultrigen Männern auf, während sich ihr restlicher Körper hindurchzwängte. „Izzy, du musst unbedingt meine beiden Klientinnen aus Seattle kennenlernen!"

„Seattle? Prima … Ich wollte den Damen gerade ein paar Erfrischungen holen."

„Nicht mehr nötig." Bill war an Izzys Seite erschienen und reichte beiden Neuankömmlingen je eine gefüllte Sektflöte. „Paul hat mir schon signalisiert, dass er ein Tablett mit Fingerfood neu arrangiert und hierherbringen lässt. Er ist absolut Herr der Lage.“

Izzy strahlte ihn durch ihre blitzende Brille an. „Du offenbar auch.“ Dann wandte sie sich Hope und Destiny zu und stellte sich vor. „Und was bringt Sie heute Abend in die Galerie?“

„Dafür habe eigentlich ich gesorgt“, sagte Hunter. „Es war nur so eine Ahnung, aber vielleicht geben wir Hope und Destiny eine Chance, erst einmal den Flyer zu lesen …“

Inzwischen lobte der Auktionator einige Gegenstände aus, die er im Paket versteigern wollte. Die Reaktion darauf war etwas lau, so dass er sie zur Seite stellte und einen anderen Gegenstand ankündigte, dieses Mal eine geschnitzte Holzschachtel mit Intarsien. Die Gebote begannen niedrig, wurden aber bald lebhafter, als Izzy erwartet hätte.

„Verstehe ich das jetzt richtig?“ fragte Destiny. „Das Museum versucht, Spenden für den Kauf eines neuen Gebäudes zu sammeln?“

„Genau“, nickte Izzy. „Wir hoffen, die Villa Hammerstein oben auf dem Steilhang zu erwerben. Es ist ein großes, altes Gebäude, das unser Platzproblem für lange Zeit lösen würde.“

„Das ist schön“, sagte Hope. „Ich hoffe, Sie werden Ihr Ziel erreichen.“

„Absolut“, unterbrach Destiny. „Aber ich frage mich jetzt auch – und bitte verstehen Sie mich nicht falsch … Ich meine, was machen Sie mit den Räumlichkeiten, die Sie jetzt haben?“

„Genau deshalb habe ich Sie heute Abend hierher gebeten", sagte Hunter. Einige Leute in den letzten Reihen des Publikums drehten sich etwas verärgert um. Hunter gestikulierte entschuldigend und senkte die Stimme. „Um Izzy und die anderen Museumsleute wissen zu lassen, dass Sie hier in Wycliff nach einem Geschäftsstandort suchen."

„Oh?" machte Izzy und blickte die beiden Schwestern neugierig an.

„Wir haben … *hatten* ein kleines Restaurant in der Innenstadt von Seattle." Hope schluckte.

„Was ist passiert?" fragte Izzy.

„Es wurde bei einem Brand total zerstört", sagte Destiny und bemerkte sofort Izzys entsetzte Miene. „Oder besser gesagt, durch das Wasser, das die Feuerwehr zum Löschen benutzte."

„Wie kam es zu dem Brand?" fragte Bill.

„Ein Kurzschluss in einem nicht sehr gut gewarteten Gebäude", sagte Destiny rasch. „Tja, der Schaden ist angerichtet, und wir müssen von da aus weitermachen. Offensichtlich wird die Versicherung irgendwann und besser früher als später für unseren Schaden aufkommen. Wir haben aus verschiedenen Gründen schon länger den Standort wechseln wollen, und erst neulich haben wir uns hier nach etwas umgesehen. Wenn Sie also von einem verfügbaren Gebäude wüssten, würde uns das weitere Mühe ersparen."

„Es liegt nicht wirklich in unseren Händen", sagte Izzy vorsichtig. „Auch das Museum ist nur ein Mieter."

„Dessen bin ich mir natürlich bewusst", sagte Hunter schnell. „Aber wenn man sich aus einem Vertrag vor dessen Ende löst, müssen Mieter oft einen Nachmieter präsentieren oder die Summe abzahlen, die noch fällig ist."

Izzy lächelte. „Schlaue Denke, Hunter."

Hunter nickte. „Ich weiß – ich bin den tatsächlichen Ereignissen ein bisschen voraus, aber ich dachte mir, ihr wolltet vielleicht persönlich mit Hope und Destiny reden, so dass ihr wisst, wen ihr eurem Vermieter empfehlen möchtet, bevor ihr aus eurem Vertrag aussteigt. Der, soweit ich weiß, noch ein Jahr läuft …"

„Du bist gut informiert", sagte Bill.

„Immobilien und ihre Verwaltung in Wycliff sind mein Beruf", stellte Hunter fest.

„Nun, wie wär's, wenn ich mir ein paar Aufsichtsratsmitglieder schnappe und wir uns nach der Auktion in der Lounge des *Ship Hotel* treffen, um die Dinge zu bereden? Ich treffe ja nicht die Entscheidungen. Ich bin nur die Kuratorin." Izzy zuckte mit den Schultern.

„Stell dein Licht nicht unter den Scheffel", sagte Bill und schüttelte den Kopf. „Du hast vielleicht keinen Sitz im Aufsichtsrat, aber du bist ganz sicher die Seele des Museums." Er wandte sich an Hope und Destiny. „Der Kauf der Villa war ihre Idee – und sehen Sie, was sie angefacht hat. Halb Wycliff ist auf den Beinen, um ihr dabei zu helfen, dass es klappt."

Izzy wurde ganz rot. „Übertreib nicht, Bill."

„Tu ich nicht", grinste er. „Ich habe nicht behauptet, es sei die *ganze* Stadt ..."

*

Dottie schleppte zwei große bemalte Milchkannen, die sie während der Auktion erstanden hatte, aus der Galerie.

„Lassen Sie mich Ihnen damit helfen", sagte eine Männerstimme, während sie spürte, dass ihr jemand die Tür abnahm, die sie etwas ungeschickt mit ihrem leicht gebeugten Rücken aufgehalten hatte.

„Danke, Trevor", sagte sie und lächelte.

Trevor Jones, der junge gutaussehende Anwalt der Anwaltskanzlei *Jones & Jones* in der Oberstadt, der eine Reihe ihrer Freundinnen hofiert hatte, lächelte freundlich. „Ich kann Ihnen dabei helfen, sie heimzutragen. Ich habe vorhin Luke gesehen, wie er zur Polizeiwache ging. Wiedermal Nachtschicht?"

Dottie schüttelte den Kopf. „Er hat einen Anruf wegen eines Tankstellenüberfalls bei Tacoma erhalten. Mehr weiß ich nicht darüber. Ich hoffe nur, dass der involvierte Wycliffer das Opfer ist und nicht der Täter."

„Ups", sagte Trevor. „Ich würde mir keins von beide wünschen."

Dottie lächelte traurig. „Wissen Sie, seit ich mit dem Polizeichef von Wycliff verheiratet bin, hat sich mein Weltbild ein bisschen verändert. Ich glaube immer noch an das Gute, das es überall gibt, aber das Böse scheint immer mehr vorzudringen. Luke bringt manches davon irgendwie mit nach Hause. Obwohl er der Gute ist – macht er mir das Böse bewusster, verstehen Sie?"

Trevor nickte und hob eine der großen Kannen hoch. „Was hat es nun mit diesen Teilen auf sich?"

„Es sind altmodische Milchkannen."

„Das sehe ich", lachte Trevor, und seine blauen Augen funkelten. „Und ich sehe, dass sie auf sehr traditionelle Weise bemalt sind."

„Sie erinnern mich an ein paar Dinge, die wir in ländlichen Gebieten in Deutschland hatten", sagte Dottie. „Ich dachte, sie könnten sich für eine Schaufensterdekoration eignen."

„Oh!" sagte Trevor. „Sicher. Wollen Sie dann überhaupt, dass ich sie Ihnen nach Hause trage?"

Dottie schüttelte den Kopf. „Nein. Wenn es Ihnen nichts ausmacht, laden wir sie einfach im Laden ab. Ich putze sie dann morgen."

Sie gingen Seite an Seite. Der Feinkostladen lag etwas weiter oben an der Main Street, etwas näher am Eingang der Unterstadt.

„Wie geht es Ihnen denn in letzter Zeit?" erkundigte sich Dottie vorsichtig.

Trevor seufzte. „Die Arbeit ist in Ordnung. Ich genieße die Zeit im Büro mit meinem Vater immer noch, obwohl ich daran denke, lieber ein eigenes in der Unterstadt haben zu wollen, als täglich in das Haus meiner Kindheit zurückzukehren. Dad unterstützt mich darin sehr. Mutter ist da etwas anders. Naja, wissen Sie, sie fragt mich immer, wann ich eine Braut heimbringe – oder eher eine Schwiegertochter, die sie dominieren kann."

„Und – werden Sie?"

„Was? Ein Mädchen?"

„Ja. Ich meine, ich weiß, dass Sie es hier und da versucht haben. Sie sind so ein netter, junger Mann. Ich versteh's einfach nicht …"

Trevor lächelte schief. „Es ist die dunkle Seite in mir …" sagte er mit gespielter Finsterkeit in seiner Stimme. „Nein. Sagen wir nur, dass mir jemand gesagt hat, ich solle es nicht zu sehr versuchen und mir eine Pause gönnen. Weil ich fast wie ein Lustmolch herüberkäme oder so."

Dottie lachte laut auf. „Sie? Ein Frauenverführer?!"

Trevor blickte verletzt. „Ich wusste nicht, dass ich dermaßen lächerlich wirke …"

Dottie verschluckte ein weiteres Kichern. „Nein, mein Lieber, das tun Sie sicherlich nicht. Und ich bin mir sicher, dass Sie eines Tages einen wundervollen Ehemann für eine wirklich nette, junge Frau abgeben werden." Sie hatten die Hintertür von *Dottie's Deli* erreicht und stellten die Kannen auf den Boden. „Lassen Sie sich nicht von Ihrer Mutter unter Druck setzen, Trevor. Und vielleicht ist eine Pause manchmal nicht das Schlechteste. Ich bin mir ziemlich sicher, Sie werden es merken, wenn Sie der richtigen Person begegnen." Sie tätschelte seine

Schulter, was ziemlich mühsam war, weil Dottie so viel keiner als Trevor war. „Danke, dass Sie mir geholfen haben."

„Kein Problem", lächelte Trevor. „Kommen Sie jetzt allein klar?"

Dottie nickte. „Luke wird mich abholen. Schade, dass er heute Abend nicht mit mir zur Auktion kommen konnte. – Ach, übrigens: Haben Sie eine Ahnung, wem die Villa jetzt gehört? Ich meine, als Anwalt …"

Trevor schüttelte den Kopf. „Jane Hammerstein ließ ihre Angelegenheiten von jemandem von außerhalb regeln. Weder mein Vater noch ich haben eine Ahnung, wer der Erbe ist. Und, um ehrlich zu sein, selbst wenn, dann wären wir zur Geheimhaltung verpflichtet …" Er zuckte die Achseln.

„Ich war bloß neugierig", lächelte Dottie breit. „Na, ich schätze, wir erfahren es ohnehin bald. Sieht so aus, als hätten sie heute Abend in der Galerie ganz gut Geld eingenommen, und ich habe gehört, es werde noch mehr Spendenaktionen geben, um den Kauf abzuschließen."

„Hoffen wir's", sagte Trevor. „Es wäre schön, wenn sich das alte Mausoleum wieder mit Leben füllte. – Gute Nacht dann."

„Gute Nacht, Trevor", sagte Dottie und schloss die Hintertür zu ihrem Geschäft auf. Dann schleifte sie die Milchkannen hinein und besah sie sich genauer. „Warum, um Himmelswillen, habe ich die bloß gekauft? Sie werden sicherlich viel zu massiv in meinen Schaufenstern aussehen." Sie beugte sich vor, um die Malerei zu betrachten. „Das ist noch nicht mal meine

Kunst-Stilrichtung. Ich muss zum Bieten verleitet worden sein, weil alle anderen im Bietfieber waren." Sie holte tief Luft. „Dottie McMahon, du hast dich blöderweise etwas kaufen lassen, wofür du nicht einmal Verwendung hast. Ich könnte diese Dinger auch einer weiteren Spendenaktion stiften."

*

1. September 1900
Wycliff, WA

 Heute haben wir das Waisenheim Wycliff eröffnet. Natürlich haben wir das im Gedenken an William getan. Wir werden nie über diesen schrecklichen Verlust vor elf Jahren hinwegkommen. Charles brauchte ein ganzes Jahr, um wieder auch nur zu funktionieren. Inzwischen leitete ich die Gemischtwarenhandlung und die Konservenfabrik. An den Stadtrat dachte er auch nicht mehr, und er trat von seinem Amt zurück. Ich hätte mich ja um seinen Sitz beworben, aber es hätte so ausgesehen, als trauere ich nicht genügend um unseren Sohn. Als könnte man Trauer an der Menge Schwarz messen, die man trägt, oder an der Dauer seines gesellschaftlichen Rückzugs. Wenn ich trauere, arbeite ich besonders viel. Wenn ich trauere, ist Arbeit für mich das einzige Mittel, bei Verstand zu bleiben.

 Die Konservenfabrik ist ein Erfolg. Unsere Gemischtwarenhandlung hat einen Anbau erhalten – sie enthält jetzt eine Futterhandlung für Farmer. Das sind zumeist meine

Errungenschaften, natürlich mit Charles' Zustimmung, und ich bin stolz darauf. Die Idee mit dem Waisenhaus kam auch von mir. Wenn Eltern ein Kind verlieren, wie muss sich erst ein um seine Eltern beraubtes Kind fühlen? Jedermanns Barmherzigkeit ausgeliefert haben sie so viel weniger Möglichkeiten, die Kontrolle darüber zu übernehmen, was mit ihnen geschieht.

Charles mochte die Idee erst nicht. Er dachte, er habe darin versagt, sich um sein eigenes Fleisch und Blut zu kümmern. Wie sollte er da eine Reihe von Kindern versorgen, die noch nicht einmal mit ihm blutsverwandt wären? Ich sagte ihm, dass die Verantwortung sicherlich riesig sei, dass er aber, wenn er damit Erfolg habe, vielleicht endlich einen gewissen Trost finden werde. Ich weiß, wir werden niemals heilen. Aber vielleicht lindert das ein oder andere Wunderkind unseren Schmerz.

Die erste Kutsche voller Kinder traf vorgestern ein, fünf Geschwister, deren Verwandte sie nicht aufnehmen konnten, ohne sie aufzusplitten. Das älteste, ein kämpferisches, dünnes Mädchen mit straffen Zöpfen und Stahl im Blick hatte sich genau dagegen gewehrt. Also hatten sie es geschafft zusammenzubleiben, und unser Waisenheim verhilft ihnen vielleicht zu einer glücklicheren Lebenslage. Die Erleichterung in den Augen dieses Mädchens zu sehen, dass sie an einem sicheren Ort angelangt waren, an dem niemand sie trennen würde, fühlte sich bereits wie eine Belohnung an.

Das Haus selbst ist nahe am Waldrand gebaut, ein großes und breites Steingebäude, das ein wenig wie ein Schulhaus wirkt.

251

Natürlich werden unsere Waisen die regulären Schulen in Wycliff besuchen. Charles und ich halten nichts davon, sie von den übrigen Wycliffern getrennt zu halten. Integration funktioniert am besten, wenn man sich dazugesellt, nicht, wenn man abseits bleibt. Es gibt einen Obstgarten rund ums Haus, und die Kinder werden im Herbst bei der Ernte helfen müssen. Ein bisschen Verantwortung erreicht viel. Andere Aufgaben werden sein, Gemüse zu ziehen, das Haus zu putzen und Aufträge für die Köchin und die Direktorin zu erfüllen. Sie ist übrigens Deutsche, und obwohl ihr Akzent etwas hart klingt, scheint sie ein Herz aus Gold und ein Händchen für junge Menschen zu besitzen. Was ich mir genauso erhofft hatte. Ihr Mann ist anscheinend Richtung Klondike geeilt und nie zurückgekommen, weder reich noch arm. Sie sagt, es mag so zum Besseren sein, nicht zum Schlechteren.

Nun, der Goldrausch ist auch unserem Geschäft zuträglich gewesen – wir hatten eine ganze Abteilung in der Gemischtwarenhandlung Ausrüstungen gewidmet. Es lief sehr gut bis im letzten Jahr. Dann brach es plötzlich ab. Ich denke, es ist Zeit, darüber nachzudenken, was wir mit der Abteilung jetzt machen.

Charles Jr. hat diesen Sommer als Lehrling bei Charles angefangen. Er ist alt genug, ins Geschäft einbezogen und darauf vorbereitet zu werden, es eines Tages zu übernehmen. Charles ist nicht mehr der Jüngste. Er wurde dieses Jahr sechzig. Zeit, dass er sich Hilfe holt.

Ach, Charles Jr. – manchmal frage ich mich, was in ihm vorgeht. Er war immer das liebste Kind. Er war nie eifersüchtig, als sein kleiner Bruder William geboren wurde. Es traf ihn schwer, als William aus dem Leben gerissen wurde. Und er tat immer sein Bestes, was auch immer er in Angriff nahm. Die Schule schien ihm ein Kinderspiel zu sein. Er war im Football-Team und spielte auf der Quarterback-Position. In seiner Freizeit ging er in den Laden, um so viel wie möglich zu helfen. Daheim half er mir, ohne darum gebeten zu werden. Es schien fast so, als wolle er den Verlust in unserer Familie ausgleichen. Ich frage mich mitunter, ob er den Verdacht hat, dass er nicht Charles' Sohn ist, schweigend diese Bürde trägt und auch dies auszugleichen versucht.

9

Izzy stand bei *Birds & Seeds* und las und verglich Etiketten für kompaktes Vogelfutter. Sie staunte immer, warum Designer sich so viel Mühe machten, sie so bunt zu gestalten, und warum irgendjemand auf Geschmacksrichtungen wie „Berry Burst" oder „Peanut Joy" kam, wo das Zeug doch ohnehin nicht für den menschlichen Verzehr bestimmt war. Und hatte ihr nicht unlängst jemand erzählt, dass es völlig egal sei, denn Vögel hätten nicht so viele Geschmacksknospen, wenn überhaupt welche?

Bill bediente eine Kundin. Er strich sich seinen Hipster-Bart, während er die Funktion eines Eichhörnchen-sicheren Vogelfutterspenders erklärte und auch auf eine Tüte Eichhörnchen-Futter deutete. „Es gibt keine Garantie, dass sie nicht versuchen, an das Vogelfutter im Spender zu gelangen. Aber wenn sie wissen, dass sie das ihre erhalten, kommen sie einfach an den Platz, den Sie ihnen mit ihrem Futter zuweisen."

„Sind Sie sicher, dass das funktioniert?" fragte die Dame.

Bill lachte leise. „Solange es da Futter gibt …"

Die Dame nickte. „Okay. Ich versuch's. Dann einen dieser Futterspender, eine Tüte gemischte Saat und eine Tüte Haselnüsse für die Eichhörnchen. Ich habe bemerkt, dass unsere Nachbarn ihre mit einer Eichhörnchen-Mischung füttern; ihnen bleibt ständig der Mais übrig, und sie müssen die Schalen der Sonnenblumenkerne beseitigen."

„Gute Wahl", sagte Bill und half ihr, die Einkäufe zum Ladentisch zu tragen. „Ich bin gleich bei dir, Izzy", sagte er über die Schulter.

„Es hat keine Eile", sagte Izzy. Sie war nur äußerlich so ruhig. Innerlich bestürmte ihn ihre Stimme: „Beeil dich. Ich will eine Antwort von dir. Jetzt! Schnell!"

Izzy beobachtete, wie Bill die Waren eintippte und die Dame ihre Kreditkarte zückte. Sie schien Ewigkeiten zu brauchen, um ihr Geschäft abzuschließen und sich mit ihren Einkäufen zu beladen. Bill ging an Izzy vorbei, um der Dame die Tür aufzuhalten. Schließlich fiel die Tür zu, und Bill drehte das Pappschild mit dem Wort „Geschlossen" dem Glas zu.

„Bist du gekommen, um mich zum Ladenschluss abzuholen?" fragte er, und um seine Augen traten hinter der Brille Lachfältchen. „Dann lass mich hier abschließen, und ich gehöre ganz dir."

Izzy nickte. Sie biss sich auf die Lippen. „Ich würde lieber …" Sie stockte.

„Was?" Er blickte von einer Schublade auf, die er hinter der Theke aufgezogen hatte, um seine Schlüssel herauszuholen.

„Ich würde lieber erst *hier* reden." Izzy errötete.

„Sicher …" er blickte sie neugierig an. Dann ergriff er die Schüssel und ging zur Tür, um abzuschließen. Als er zurückkehrte, lehnte Izzy an der Theke und musterte sein Gesicht. Er begann, sich etwas unbehaglich zu fühlen. „Ist irgendwas … verkehrt?"

„Ich weiß nicht. Vielleicht weißt du das besser", sagte sie langsam und zog etwas aus ihrer Handtasche, das sie auf die Theke legte. „Sag du's mir ..." Sie schob ihm etwas zu.

Er sah, dass es ein Foto war. Ein sehr altes Foto, leicht eingerissen an den Rändern, die einst von einer Silhouetten-Schere verziert worden waren. Bill nahm das Foto in die Hand und sah sie ratlos an. „Nettes, altes Sepiafoto", sagte er und wollte es ihr schon zurückgeben.

„Nein", sagte Izzy. „Nein. Schau es dir bitte genauer an."

Bill starrte sie an und tat ihr dann den Gefallen. „Drei gut gekleidete Damen, eine mit einem großen Straußenfederhut ... Sollte ich eine von ihnen kennen?"

„Schau ein bisschen genauer hin."

Bill blickte darauf, schüttelte aber den Kopf. „Ich war noch nie gut mit Gesichtern. Ich würde vermutlich nicht einmal mich selbst erkennen, wenn ich mich rasierte", versuchte er zu scherzen.

„Na, dann schau nicht auf die Gesichter, sondern darauf, was sie tragen", beharrte Izzy.

„Ich sagte doch schon ... Hör mal, Izzy, worum geht es eigentlich?" Bill war jetzt etwas genervt.

Izzy seufzte. „Du hast wirklich keine Ahnung? Wie wäre es damit?" Sie zog ein kleines Papierpäckchen aus ihrer Tasche und faltete es auf. Bill warf einen Blick darauf. Dann wurde er etwas blasser. „Du weißt es also." In ihrer Hand funkelte eine

Brosche. Dieselbe Brosche, die die Dame mit Hut auf dem Bild an ihrem Blusenkragen zur Schau stellte.

„Ich …" Bill hob geschlagen die Hände. „Wie hast du's herausgefunden?"

„Können wir uns irgendwo setzen?" fragte Izzy. Er zog ihr einen Schemel hinter der Theke hervor und setzte sich selbst auf eine Holzkiste ihr gegenüber.

„Wie hast du's rausgekriegt?" wiederholte er fast tonlos.

Izzy holte tief Luft. „Naja, wenn du ein Schmuckstück in deinem Vorgarten fändest – würdest du nicht versuchen, seinen Besitzer zu finden?" Er schwieg. „Nun, es wurde wirklich unheimlich, als ich ein Stück nach dem anderen fand. Das erste mochte ja noch Zufall gewesen sein, aber die anderen beiden waren es sicherlich nicht. Da bin ich zur Polizei gegangen und habe den Fund gemeldet."

„Aber sie hat es nie veröffentlicht", stellte Bill fest.

„Nein. Sie hat die Info nur aufgenommen, und ich sollte die Stücke mit unseren Museumsstücken aufbewahren, bis sie abgeholt würden. Weil ich dachte, sie sähen antik aus und könnten echt sein."

„Aber wie bist du auf dieses Foto gestoßen?"

„Weißt du, wen es zeigt?" Bill wand sich. „Nun, ich habe Joan Curtis vom Steilacoom Historical Museum nach ihrer Meinung hinsichtlich des Werts und der Echtheit des Schmucks gefragt und ihn ihr gezeigt. Und sie erinnerte sich an ein Foto, das ihr Lenore Rogers vom selben Museum vor einer Weile gezeigt hat. – Ich habe mir das Foto geliehen, um es dir zu zeigen." Bill blieb stumm. „Chirp, die Dame in der theatralischen Kleidung mit dem Hut und der Brosche ist deine Ururgrossmutter!"

Izzy drehte das Foto um und zeigte ihm eine Bleistiftbeschriftung.

„Ich hatte keine Ahnung, wie sie aussah", sagte Bill schwach. „Ein Foto von Bessie Smith ..."

„Ja und nein", sagte Izzy langsam.

„Was meinst du damit?" fragte Bill, während er seine Ahne näher betrachtete.

„Ich werde dir deine Frage beantworten, wenn du meine beantwortest", erwiderte Izzy. „Quid pro quo. Warum, Bill? Warum hast du in meinem Vorgarten Schmuck abgelegt? Und warum bist du nicht einfach an meine Tür gekommen und hast ihn mir ausgehändigt, wenn du wolltest, dass ich ihn haben sollte?"

Bill legte das Foto hin. Er blickte verlegen. „Diese Stücke wurden mir von Jane gegeben, bevor sie starb. Ich dachte, sie gehörten ihr. Oder eher, dass sie sie von meiner Urgroßmutter Petula geerbt hätte. Natürlich sah ich so in etwa, dass der Schmuck von der Jahrhundertwende stammte. Wenn es also Petula Hammersteins Schmuck war, dann hatte sie ihn vielleicht Henry Hammerstein abgeschmeichelt, dem sie vorlog, dass Jane sein Kind sei. Ich … ich wollte einfach nichts mit Gegenständen zu tun haben, die das Ergebnis eines Betrugs waren."

Izzy starrte Bill an. Dann brach sie in Gelächter aus. Einen Augenblick später wurde sie ernst. „Wahnsinn! Also deshalb hast du den Schmuck so verstohlen abgelegt? Weil eine Vorfahrin von dir auf nicht ganz ehrliche Weise in ihren Besitz gelangt sein könnte?" Sie schüttelte den Kopf. „Ich habe immer gewusst, dass du empfindsam bist, Chirp. Aber treibt es das nicht ein bisschen zu weit?!"

Bill ließ die Schultern hängen und sah sie ganz elend an. „Ich weiß, es war verkehrt. Aber was hätte ich sonst tun sollen? Ich wollte die Geschichte von Petulas Betrug mit niemandem teilen. Ich konnte dir nicht den Schmuck geben und dir sagen, er sei Janes. Ich sollte niemandem verraten, dass ich ihr Erbe sei, vergiss das nicht."

„Das weiß ich bereits."

„Ja, aber ich habe die Stücke abgegeben, bevor ich es dir verraten habe."

„Du hättest mir einfach sagen können, ich solle sie im Museum aufbewahren."

„Aber du willst immer eine Art Echtheits-Bestätigung, richtig?"

„Stimmt. Aber es wäre genug gewesen zu wissen, dass sie aus einer bestimmten Familie stammen und dann die ungefähre Jahreszahl …" Izzy sah ihn an. „Bill, willst du mir echt erzählen, dass du das nur wegen etwas loswerden wolltest, was du als Betrug betrachtest und was ich einfach als gegenseitige Einvernehmlichkeit sehe?"

Bill nickte. „Ehrlich. Und … weil ich wusste, dass du wissen würdest, was damit zu tun sei."

Izzy lächelte wehmütig. „Und ich dachte schon, ich hätte einen heimlichen Verehrer …" Sie zwinkerte ihm zu und wurde dann plötzlich wieder ernst. „Es muss dir wirklich nachgegangen sein, dass du versucht hast, Schmuck auf so heimliche Weise loszuwerden."

Das kannst du mir glauben", seufzte Bill. „Und ich mag dich wirklich, Izzy. Sehr …" Izzy wurde rot. „Aber das ist nicht der richtige Ort und Zeitpunkt dafür. Ich … Du hast mir versprochen, wenn ich dir deine Frage beantworte, würdest du meine beantworten."

„Und die war?"

„Ist das auf dem Bild Bessie Smith, wie das auf der Rückseite steht?"

Izzy holte tief Luft. „Das ist die Bessie Smith, die die beiden Damen auf dem Bild kannten. Anscheinend war sie eine Freundin der Familie von Nathaniel Orr – die Dame auf der rechten Seite ist eine Verwandte von ihm – und dieser unbekannten Dame auf der linken. Das Bild wurde nach einer Theateraufführung hier in Wycliff aufgenommen, in der Bessie Smith auf der Bühne stand. Das ist die Bessie Steen, die in Tacoma ankam und die dein Ururgroßvater heiratete. Aber – sie ist nicht die Bessie Steen, die New York City verließ."

Bill runzelte die Stirn. „Was meinst du damit?"

Izzy zog ein anders Foto aus ihrer Handtasche und legte es neben das auf der Ladentheke. „Sieh selbst."

Bill beugte sich mit verwirrtem Gesicht über die Fotos. Als er von der Theke zurücktrat, war er kreidebleich. „Was …?!"

„Ich fürchte, das ist dein wahres Familiengeheimnis, Bill. Die Dame auf dem Foto mit dem Namen ‚Jennifer' ist ganz offensichtlich identisch mit der, die als ‚Bessie Smith' bezeichnet wird. Nur dass Jennifer viel jünger ist als die Dame mit dem Hut. Stimmst du mir zu?"

Bill nickte. Dann schluckte er. „Aber wer ist Jennifer?"

„Du weißt ja, dass ich die Tagebücher lese, die ich in der Villa gefunden habe, und – keine Bange – sie gehören dir für immer und auch ihr Geheimnis." Bill sah Izzy mit Zweifel in den Augen an. „Ich verspreche es dir, Bill. – Tja, es stellt sich heraus, dass Jennifer die irische Gesellschafterin der echten Bessie Steen in New York war. Kurz: Bessie war, was man eine Katalogbraut nennen würde, und reiste mit ihrer Gesellschafterin nach Westen, als sie plötzlich starb. Jennifer schlüpfte einfach in ihre Rolle und … erfüllte den Vertrag."

„Das heißt, sie beging den furchtbaren Betrug vorzugeben, sie sei jemand anders, und einen Mann in die Ehe mit ihr zu locken?" Bill fuhr sich mit den Händen durchs Haar, dann durch seinen Bart.

„Nun, seien wir ehrlich, Bill. Dein Ururgroßvater hat vielleicht ein paar Briefe von der echten Bessie erhalten, aber er kannte sie nicht wirklich. Das war halt so mit Katalogbräuten, richtig? Also fehlten Jennys Beziehung mit ihm im Prinzip nur ein paar Briefe und ihr wahrer Hintergrund."

„Aber genau das zählt doch!"

„Wirklich?" Izzy sah ihn mit zusammengekniffenen Augen an. „Ist es nicht wichtiger, dass sie ihr Leben lang an seiner Seite stand? Dass sie ihm als Ehefrau und Hausfrau Genüge tat und sogar auch als Geschäftspartnerin? Dass sie am Ende sein Erbe antrat, seine Pflichten übernahm und seinen Namen in Wycliff unvergessen machte?"

Bill biss sich auf die Lippen. „Aber sie sagte ihm nie, wer sie wirklich war. Und er gab ihr Schmuck, den sie nie erhalten hätte, wäre sie nur Jennifer gewesen."

„Nein", räumte Izzy ein. „Hätte es einen Unterschied gemacht, wenn er gewusst hätte, dass sie arm und als Irin geboren worden war und dass sie Jennifer hieß, nicht Elizabeth?"

„Ich weiß nicht."

„Sie waren wie lange verheiratet … bis zu seinem Tod? Und sie hat nie wieder geheiratet – sagt dir das nichts? Geht es nicht darum in einer Ehe?" Bill schwieg. „Chirp, deine Ururgroßmutter hat deinen Ururgroßvater *geliebt*. Sie war echt; auch wenn sie ihm nicht ihre Geschichte oder ihren wirklichen Namen offenbart hat, hat sie ihm doch ihre wahre Persönlichkeit gezeigt …"

„Trotzdem …"

„Still, Chirp. Liebe zählt mehr. Da bin ich mir ziemlich sicher."

*

Harlan saß ein paar Tage nach der Auktion zugunsten des Museums in seinem Büro. Er wartete darauf, dass das Telefon klingelte, und er spürte, wie sich ihm der Magen umdrehte. Besser nur an die Ereignisse am letzten Wochenende denken. An all die Leute, die gekommen waren und für rund einhundert Gegenstände geboten hatten. An das köstliche Fingerfood, das Paul kreiert hatte. An Margaret, die letzte Hand an die Dekoration gelegt und die fast den ganzen Abend an seiner Seite gestanden hatte; sie hatte großartig ausgesehen in einem nilgrünen Vintage-Cocktailkleid, das ihre grünen Augen zum Leuchten brachte und ihren exotischen Teint und das dunkle Haar auf eine Weise unterstrich, die ihn immer noch schwach machte. Sie schien sich wirklich recht wohlgefühlt zu haben, als er vor allen Leuten den Arm um ihre Taille gelegt hatte. Naja, ehrlich gesagt – vermutlich hatte kaum jemand gesehen, dass er das tat, da alle ihre Aufmerksamkeit dem Essen oder der Auktion geschenkt hatten.

„Morgen!" rief Mark aus dem vorderen Teil der Galerie.

„Morgen", erwiderte er mechanisch und wünschte, er hätte daran gedacht, den Anruf an einem etwas privateren Ort anzunehmen.

„Ich gehe rüber ins Lavender Café für ein paar Scones. Willst du irgendwas?" Mark blickte ins Büro. „Auweia … Darf ich ehrlich sein? Du siehst sch…"

„Sag's nicht", sagte Harlan. „Ich weiß. Ich habe schlecht geschlafen, okay? Und jetzt warte ich darauf, dass das Telefon klingelt. Ich brauche nichts. Ich brauche nur etwas Ruhe, bitte."

„Holla …" Mark hob die Hände und ging auf Zehenspitzen rückwärts. „Du musst wirklich mies geschlafen haben. Tut mir leid, Kumpel."

Harlans Miene entspannte sich. „Entschuldige. Ich bin einfach gerade nicht ich selbst."

„Irgendwas wegen Margaret?"

„Woher weißt du das?"

„Nur geraten. Ich habe gesehen, wie ihr zwei bei der Auktion händchengehalten habt. Und ich habe die Geschichte von eurer geteilten Katze gehört. Also habe ich bloß eins und eins zusammengezählt …"

„Du weißt nicht die Hälfte", seufzte Harlan.

„Nun", grinste Mark. „Warum nehme ich mir nicht eine Stunde frei und lasse dir all die Zeit und den Raum für deinen Anruf, was?"

Harlan lächelte erleichtert. „Du bist was Besonderes, Mark. Danke." Mark nickte und wandte sich um. „Und hey, Mark …"

„Ja?"

„Es tut mir echt leid."

„Du kannst mir all die blutigen Einzelheiten später erzählen."

Die Eingangstür fiel zu, und in der Galerie war es wieder still. Harlan hörte seine Tischuhr wie ein Metronom ticken. Er starrte sein Telefon an. Dann schreckte ihn ein plötzliches Klingeln auf. Mit zitternden Fingern hob er den Hörer auf.

„*Main Gallery* in Wycliff, hallo?" Es war Statik in der Leitung, und einen Moment lang dachte er, der Anrufer hätte die Verbindung verloren. Doch dann hörte er ein Hüsteln.

„Hallo, ist das Harlan?" fragte eine weibliche Stimme mit starkem Akzent.

„Ja."

„Ich bin Schwester Martha. Man hat mir gesagt, Sie suchten nach mir. Die Mutter Oberin hat mich angewiesen, Sie zurückzurufen."

„Danke", stammelte Harlan. „Vielen Dank. Ich weiß nicht, wie ich es richtig in Worte fassen soll. Ich suche jemanden, der sich an meine …" Er suchte nach Worten. Konnte er Margaret seine Freundin nennen? Würde sich das für eine katholische Nonne nicht unmoralisch anhören? „… meine Verlobte erinnert", schwindelte er schließlich und fühlte sich deshalb sofort schlecht.

Die Nonne lachte in sich hinein. „Ich fürchte, Sie müssen sie mir schon etwas besser beschreiben."

Harlan errötete. „Ja. Ja, natürlich." Er verstummte. Wie hatte er sich in so eine lächerliche Situation gebracht? „Sie ist Mitte dreißig. Sie heißt Margaret. Aber damals hörte sie auf den Namen Mirena. Sie wurde aus Ihrem Waisenheim im Alter von sechs Jahren adoptiert. Und sie sagt, sie sei eine Roma."

„Mirena", wiederholte die Nonne. „Lassen Sie mich nachrechnen. Sie sagen, sie sei etwa 35?"

„Das hat sie mir gesagt."

„Adoptiert mit sechs Jahren …" Die Nonne schwieg eine Weile.

„Sind Sie noch da?" fragte Harlan besorgt.

„Ja. Ja … Ich versuche nur, mich zu erinnern. Da waren damals eine Reihe Kinder … Eine kleine Roma …" Harlan starb fast vor Spannung. „Mirena."

„Ja."

„Ich erinnere mich an ein kleines Mädchen mit diesem Namen. Es war sehr groß für sein Alter und sehr dunkel. Aber es hatte die grünsten Augen, die man sich nur vorstellen kann. Sie war ein süßes Mädchen, allerdings ohne große Illusionen über ihre Chancen, adoptiert zu werden."

„Das ist sie!!!" Harlan fühlte, wie er anfing zu schwitzen, aber zugleich war ihm eiskalt.

„Was möchten Sie also über sie wissen?"

„Ich … sie …" Harlan biss sich auf die Lippen. Er musste tief Luft holen und langsamer denken. „Sie fragt sich nach ihren leiblichen Eltern."

„Das tun die meisten Waisen. Das ist nur natürlich", versuchte die Nonne zu erklären.

„Ja, ja, vermutlich. Aber sie glaubt, sie hätte vielleicht einen Charakterfehler."

„Einen Charakterfeh …" Die Nonne verstummte.

„Ja, weil sie an all diese blöden Klischees über ihre Volkszugehörigkeit glaubt und die schlimmsten für sich selbst aussucht."

„Lassen Sie mich raten", sagte die Nonne. „Sie sucht Ausreden, Sie nicht zu heiraten, junger Mann? Oder ist sie sogar noch nicht Ihre Verlobte?"

Harlan holte tief Luft. Er errötete.

Schwester Martha lachte leise über die Dauer der Stille. „Dachte ich mir doch. Meine Mutter Oberin erhielt auch einen Anruf von der Adoptivmutter, dass es Ihnen wirklich ernst sei, ihr zu helfen. Ich musste Sie ein wenig auf die Probe stellen, junger Mann. Ich vermute also, dass Ihnen wirklich daran liegt."

„Das tut es ganz sicher."

„Nun, Harlan Hopkins, dann seien Sie bereit für eine wahrhaft seltsame und traurige Geschichte. Doch zuerst lassen Sie sie wissen, dass sie von einer liebenden Mutter geboren wurde, die nicht die Absicht hatte, sie wegzugeben. Niemals."

*

Margaret brütete über ihren Büchern. Dieser Sommer war etwas ruhig gewesen. Nicht gut. Vielleicht war sie zu sehr in ihrer Vergangenheit gefangen gewesen? Vielleicht hatte die Freundschaft mit Harlan ihrem Geschäftssinn mitgespielt? Tat sie die Dinge nur noch halbherzig – oder war die Saison wirklich etwas ruhig gewesen? Sie seufzte und schubste eine unartige Locke, die ihr immer wieder ins Gesicht fiel, an ihren Platz.

Manchmal wünschte sie sich, sie wäre unbeschwerter. Wie Izzy. Das Mädchen hatte alles – den Witz, den Antrieb, sogar einen Mann, wenn sie nur die Augen öffnete. Dieser „Chirpy" Smith blühte offensichtlich auf, sobald sie im selben Raum mit ihm war. Sie schien das nicht einmal zu bemerken. Aber vielleicht war es eigentlich manchmal gar nicht so schlecht, etwas nicht zu bemerken. Was, wenn Izzy keine Beziehung wollte? Dann war's gerade gut, dass sie Bills Anschwärmen nicht bemerkte.

„Bah, Humbug", zitierte Margaret für sich. Wer würde nicht mit jemandem Gedanken austauschen wollen? Wer würde nicht gern in ein trautes Heim nach Hause kommen? Wer brauchte nicht die zärtliche Liebe eines anderen menschlichen Wesens? Und wem versuchte sie, etwas über ihre Gefühle für Harlan vorzumachen, den bestaussehenden, interessantesten und sicherlich nettesten Mann, der je in ihr Leben getreten war? Und sogar noch groß dazu?

Margaret schloss ihr Geschäftsbuch, stützte ihr Kinn auf die gefalteten Hände und dachte an längst vergangene Zeiten an einem weit entfernten Ort. Sie hatte es weit gebracht, allerdings nicht gefühlsmäßig. Sie sollte ihre Adoptiveltern anrufen. Sie sollte akzeptieren, dass sie alle zusammengehörten, und sich für ihr seltsames Verhalten entschuldigen. Sie sollte akzeptieren, dass sie von Menschen geliebt wurde, die weniger Grund hatten, sich um sie zu kümmern, als die Person, die sie an ein Waisenheim abgegeben hatte. Ihre Adoptiveltern mussten sie für schrecklich egoistisch und enttäuschend halten. Undankbar. Margaret begann, sich zu beschimpfen.

„Grübelst du mal wieder?" fragte eine sanfte Stimme von der Schwelle ihres Büros. Es war Dottie. Sie hielt eine geheimnisvolle Dose in der Hand. „Die sind gerade hereingekommen, und ich dachte mir, ich bringe dir gleich welche rüber." Sie legte die Dose auf Margarets Schreibtisch ab.

„Was ist das?" fragte Margaret.

„Frische Bratwurst von *Bavarian Meats*", strahlte Dottie. „Die musst du probieren. Ich hab' genug für euch beide eingepackt." Margaret sah sie mit fragendem Gesicht an. „Ach, komm schon, Mädel. Wir wissen beide, dass du dich Hals über Kopf in diesen netten Mann Harlan verguckt hast. Warum gibst du's nicht zu und lässt das Schicksal den Rest übernehmen?! Ich habe noch keinen echten Mann kennengelernt, der nicht eine gute gegrillte Wurst und Bier gemocht haette. Hast du nicht gesagt, er hätte dich vor einer Weile zu sich eingeladen?"

„Zu dem, was er eine Dinner-Party nannte", sagte sie.

„Na also. Zeit, das entsprechend zu erwidern, oder?"

„Ich habe keinen Grill", entschuldigte sich Margaret lahm.

„Ich habe mir sagen lassen, dass man einfach auch in einer Pfanne braten kann, was man auf einen Grill legen kann", bemerkte Dottie gnadenlos. Margaret zog ein Gesicht. „Was?!"

„Warum meinen alle, sie müssten sich in mein Leben einmischen?"

„Vielleicht, weil diese Leute dich genügend mögen, um sich einzumischen?" gab Dottie zurück. „Komm schon, Margaret. Das Leben kann so viel Spaß machen – gib ihm eine Chance."

Margaret ließ den Kopf hängen. „Ich höre dich."

„Aber du willst es nicht hören?" lächelte Dottie sanft. „Meine Mutter sagte immer, wenn man etwas gar nicht möge und ihm misstraue, man es aber trotzdem angehen müsse, dass man dem gegenüber plötzlich warm werden und es zum Teil seiner selbst machen könne. Umarme das Leben, das du hast. Such nicht nach etwas, das nicht dir gehört oder dir noch nie gehört hat. Es ist weder deine Zeit noch deine Mühe wert."

„Aber woher weiß ich das?" jammerte Margaret.

„Weißt du, wenn du immer nur nach dem Mond suchst, verpasst du es, alle die Sterne am Himmel zu sehen."

*

Hunter sah zu, wie Destiny schwungvoll mit ihrem Namen unterzeichnete und den Kugelschreiber genüsslich fallen ließ. „So", sagte ihre temperamentvolle Klientin. „Noch irgendwelche Unterlagen zu unterschreiben?"

Hunter lachte. „Ich weiß, es ist viel. Aber letztlich erledigen Sie diesen Stapel nur einmal, und die Erneuerung ist nur ein Blatt alle fünf Jahre. Also Glückwunsch an die neuen Pächter des Souterrains an der Ecke von Back Row und Bluff Street!"

„Es fühlt sich immer noch so unwirklich an", sagte Hope, die neben Destiny saß. „Die eine Woche sitzen wir in den Ruinen unseres Unternehmens und in der nächsten unterzeichnen wir einen Vertrag für einen Standort in der Stadt unsrer Träume."

„Und es besteht kein Zweifel, dass Sie nie befürchten müssen, dass Ihnen hier etwas Ähnliches passieren könnte", lächelte Hunter. „Das Postamt ist genau über Ihnen, und ich garantiere Ihnen, dass der US Post Office Service keinen Kurzschluss zulässt. Sein Gebäude in Wycliff wird regelmäßig inspiziert."

Die Damen erhoben sich aus ihren Stühlen, während Hunter noch etwas in einer Schreibtisch-Schublade suchte. „Ah, da sind sie ja", sagte sie schließlich und zog zwei Büchlein hervor, die etwas größer als Kreditkarten waren. „Falsche Schublade. Willkommen in Wycliff – möge Ihr Unternehmen in unserer wunderschönen Stadt gedeihen!" Sie überreichte Hope und Destiny die Booklets.

„Was ist das?" staunte Hope.

„Eine neue Marketing-Idee, die unsere Handelskammer unlängst entwickelt hat", sagte Hunter. „Das hier sind Gutscheine von so ziemlich jedem Unternehmen unserer Stadt. Die Firmen geben sie normalerweise für einen Dollar pro Stück oder als originelles Geschenk an Touristen aus. Ich halte sie für meine Klienten vor. Ich finde, es ist ein netter Anreiz, durch die Stadt zu bummeln und sie Geschäft für Geschäft kennenzulernen."

„Prima!" rief Destiny. „Danke!" Und zu ihrer Schwester: „Komm, lass uns was von diesen netten Dingen erkunden, bevor wir wieder Sklaven der Zwangsarbeit werden." Sie zwinkerte Hunter zu. „Sobald wir geöffnet haben, bestehen wir darauf, dass Sie uns mal besuchen. Sie müssen unbedingt unser Essen probieren. Sie werden es *lieben*!"

„Ich wäre ohnehin vorbeigekommen", lächelte Hunter. „Ich könnte mir ein Leben ohne Suppen und Eintöpfe gar nicht vorstellen, aber ich bin keine gute Köchin. Wie es scheint, sind Sie die Antwort auf eines meiner stillen Gebete."

„Und ist das nicht noch ein Wunder außer unserem?!" strahlte Destiny. „Hallelujah – selbst die schlimmsten Momente im Leben machen Sinn, wenn sich am Ende alles für alle fügt."

*

Harlan hatte sein Auto im Flughafen-Parkhaus abgestellt und war hinüber in den Ankunftsbereich von SeaTac gegangen. Er war sehr nervös, als er die Menge absuchte, die auf den Rolltreppen erschien. Es schien beinahe, als spucke ein pulsierender Rhythmus Gruppe um Gruppe aus – und natürlich war es auch so, da Zug um Zug Passagiere vom internationalen Terminal in die Ankunftsbereiche des Flughafens transportiert wurden. Schwester Martha sollte mit dem Mittagsflug aus Heathrow ankommen. Harlan warf einen Blick auf seine Uhr. Er war sich nicht sicher, ob es eine gute Idee gewesen war, Schwester

Martha einzufliegen und sie wieder mit Margaret zusammenzubringen. Aber er wusste, dass sich dadurch etwas verändern konnte.

Seine Ohren schnappten eine Gruppe Menschen mit britischem Akzent auf. Er näherte sich ihnen. „Entschuldigung, sind Sie mit dem Mittagsflieger aus Heathrow gekommen?" fragte er. Sie bestätigten es ihm, und er stellte sich jetzt noch näher an die Rolltreppen. Er hielt ein Schild hoch, auf dem „Schwester Martha" stand. Er wusste nicht, ob sie ein Nonnenhabit tragen oder so gekleidet sein würde wie alle anderen. Neuerdings wusste man nie, was ein Orden so billigte.

Er hätte sich keine Sorgen machen müssen, denn Schwester Martha fand *ihn*. Sie war klein und wirkte in ihrem lebhaft grünen Kleid mit einem orange-rot-und-gelben Tuch um den Hals fast wie eine Inderin. Ihre dunkle Haut war schon etwas faltig, ihre braunen Augen waren groß und ausdrucksvoll; sie trug ihr dunkles, von ein paar weißen Strähnen durchsetztes Haar in einem Knoten.

„Harlan?" fragte sie mit sanfter Stimme.

Harlan erschrak und fand keine Worte, während er ihre Hand schüttelte, die in seiner großen völlig verschwand. „Danke, dass Sie gekommen sind, Schwester Martha", brachte er schließlich heraus. „Sollen wir Ihr Gepäck vom Laufband holen?"

„Ich habe schon alles bei mir", lächelte sie und deutete auf eine kleine Reisetasche, die sie hinter sich hergezogen hatte.

„Das ist nicht viel für einen zweiwöchigen Aufenthalt", stellte er fest.

„Nein", strahlte sie. „Aber es gibt Waschmaschinen. Und wenn einem Kleider etwas bedeuten, schmutzt man sie so schnell nicht ein. Letztlich bin ich eine Nonne, keine Modepuppe."

Harlan war überrascht von ihrer Wortwahl und ihrer Bestimmtheit. Es gefiel ihm. Und natürlich musste sie so in einer Welt auftreten, in der das Christentum immer mehr abnahm, und eine Festung für die Kinder bilden, die in ihre Obhut gegeben wurden.

„Möchten Sie etwas essen oder trinken, bevor wir runter nach Wycliff fahren?" bot er an.

„Nein, danke", antwortete Schwester Martha. „Wir sind im Flugzeug gut versorgt worden."

„Nun, dann gehen wir zu meinem Auto." Sie gingen schweigend auf eine Rolltreppe zu, nahmen die Überführung zum dritten Stockwerk des Parkhauses und stiegen dann in einen Aufzug zum obersten Stockwerk. Die Sonne schien und offenbarte einen Panoramablick auf das Kaskadengebirge und Mt. Rainier.

Schwester Martha schnappte nach Luft. „Was für ein fantastischer Blick!"

Harlan nickte. „Ich dachte mir, dass wir ziemlich Glück haben, dass der Berg heute draußen ist und dass Sie vielleicht bei Ihrer Ankunft einen Blick darauf werfen wollten. Der September kann ganz schnell ganz trüb werden, und dann sieht man den Berg oft wochenlang nicht."

Schwester Martha nickte und blickte über den Parkplatz hinweg, während Harlan ihr Gepäck in seinen Kofferraum hob. Dann öffnete er ihr die Beifahrertür. Sie schlüpfte in den Sitz und gurtete sich an. Er setzte sich auf den Fahrersitz und startete den Motor.

„Ich bin Ihnen so dankbar, dass Sie diese lange Reise auf sich genommen haben."

Schwester Martha lächelte vor sich hin und nickte bestätigend. Ihre Gegenwart war so beruhigend, dass Harlan begann, sich ob der Dinge zu entspannen, die in den nächsten Tagen kommen mochten.

Sie fuhren die I-5 hinunter, vorbei an viel Wald und noch mehr Aussicht auf das Gebirge. Ab und zu erhaschte Schwester Martha einen Blick auf den Sund zu ihrer Rechten.

„Also ist Margaret nicht sehr glücklich?" fragte sie leise.

„Ich weiß nicht", antwortete Harlan und blickte geradeaus, wo sich wieder einmal einer der üblichen Staus formte. Er verringerte die Geschwindigkeit. „Es ist schwer, es bei ihr zu wissen. Manchmal ist sie lebhaft, und es scheint, als sei sie bereit, die Welt zu erobern. Zu anderen Zeiten ist sie zurückgezogen. Nicht mürrisch, wohlgemerkt. Nur distanziert, wie ein Reh, das verletzt ist und Zeit für sich braucht, um zu heilen. Sie hat mit ihrer Boutique hervorragende Arbeit geleistet, obwohl sie mir neulich gesagt hat, dass das Geschäft diesen Sommer nicht so gut gelaufen sei. Aber ich denke, das ist einfach eine wirtschaftliche Flaute, die Unternehmen immer mal wieder trifft. Abgesehen von einer erfolgreichen Wohltätigkeitsauktion, die wir neulich in unserer Galerie hatten, waren unsere Abverkäufe in den vergangenen zwei Monaten auch nicht berauschend. Aber – wer braucht auch schon Kunst, richtig?" Er drehte ihr leicht sein Gesicht zu und zwinkerte. Sie erwiderte nichts, nickte aber nachdenklich mit seitlich geneigtem Kopf.

Der Verkehr kam zu einem plötzlichen Stillstand. Flackernde Lichter im Rückspiegel ließen Harlan sein Auto auf die Seite manövrieren. Die Kolonne bewegte sich für ein nahendes Polizeiauto und einen Krankenwagen beiseite. Plötzlich empfand er einen Beschützerinstinkt für diese feine, alte Dame, die eine Nonne war, aber gar nicht so aussah.

Schwester Martha schien seine Gedanken zu lesen. Ihre Augen zogen sich zusammen, und es zuckte ein wenig um ihren Mund. „Sie denken, dass ich ziemlich weltlich bin, nicht?" Sie wartete seine Antwort nicht ab. „Und sollte ich nicht über die Welt außerhalb unseres Ordens und des Waisenhauses Bescheid wissen …?! Schließlich ziehe ich Kinder auf, damit sie sich in dieser Außenwelt zurechtfinden. Ich muss sie vorbereiten. Sie müssen von all den Verführungen und Gefahren da draußen wissen. Aber ich möchte auch, dass sie von all der Schönheit wissen, die man finden kann, wenn man sie in sich hineinsickern lässt. Ist Kunst unnötig? Ich denke nicht. Kunst ist eine Art, sich auszudrücken und auch in eine andere Welt zu entfliehen. Kunst befreit uns."

„Malen Sie, Schwester Martha?"

Die Nonne lachte leise. „Malen! Ich versuche meinen Kindern beizubringen, wie man zeichnet. Es gibt kein Geld für Künstlerpinsel, gute Farbe oder Leinwand. Noch habe ich die Zeit dafür. Dies ist mein erster Urlaub seit fünf Jahren."

Harlan war betroffen. Natürlich hätte er es besser wissen müssen. Zu einem Orden zu gehören, war nicht nur ein Beruf, es war eine Lebensweise. Und er wusste, dass sich nicht jeder alles so einfach erlauben konnte. In der Tat nicht einmal hier in diesem Lande. „Das war eine blöde Frage, und ich entschuldige mich für meine Unsensibilität", sagte er leise. „Wir werden versuchen, Ihren Urlaub so zu gestalten, dass Sie lange davon zehren können."

Die Nonne legte ihre kleine Hand über die seine auf dem Lenkrad und tätschelte sie. „Sie sind ein guter Mensch, Harlan Hopkins", lächelte sie. „Ich mache mir um meinen Urlaub keine Gedanken."

*

7. Juli 1910
Wycliff, WA

Heute habe ich Charles beerdigt. Ich kann nicht glauben, dass er gegangen ist. Er verließ das Haus in so guter Laune, um an der Parade des 4. Juli in Wycliff teilzunehmen. Er musste andere Teilnehmer treffen, um die Formation zu gestalten, in der sie die Main Street herunterkommen und dann bis zum Hafen gehen würden. Ich sollte mit Charles Jr. an der Ziellinie warten, ihn dort treffen und dann gemeinsam mit ihnen Front Street mit all ihren bunten Buden durchstreifen. Aber er kam nie am Hafen an.

Ich war nicht sonderlich besorgt, als Jeremy McMahon etwa eine halbe Stunde, nachdem Charles gegangen war, bei uns daheim auftauchte. Ich dachte, sie hätten einander auf dem Weg zum Sammelpunkt der Parade verpasst. Aber sein ernstes Gesicht sagte mir auf den ersten Blick etwas anderes. Ich konnte nichts sagen, als er mir berichtete, dass Charles bei einem Autounfall ums Leben gekommen sei. Jemand hatte sein Auto nicht richtig geparkt oder die Bremsen nicht gut genug eingelegt. Es überrollte ihn völlig unerwartet von hinten. Charles wurde vom Gewicht dieses höllischen Gefährts erdrückt. Ich machte keinen Laut und weinte nicht. Ich war so erschüttert. Jeremy dachte offenbar, es kümmere mich nicht. Er sagte, er habe bloß seiner Pflicht genügt, da er noch nie im Leben jemanden so fühllos wie mich erlebt habe. Was hat er von mir erwartet? Das ich bewusstlos zu Boden gleite? Wie eine Todesfee schreie? Mich an ihn (ausgerechnet ihn!!!) klammere, während ich mir die Augen ausweine?

Charlie war zutiefst schockiert, als er kurz darauf hereinstürmte. Er hatte die Nachricht im Laden erhalten, den er gerade für den Festtag fertigdekoriert hatte. Alles in Rot, Weiß und Blau. Natürlich sagte er seine Teilnahme an der Parade ab. Und wir schlossen den Laden am nächsten Tag, weil wir Charles den Respekt erweisen mussten, den die Leute von uns erwarten. Respekt ... als nutzte der den Toten etwas! Wir bekundeten ihm Respekt, als er noch lebte ... Ich schätze, das war weit mehr, als manch anderer seinem Ehepartner zeigt. Ich höre genug von Missetaten im Rausch und Familienkrach in der Nähe des Hafens. Wir erleben unseren Anteil an verschüchterten Frauen, die in den Laden kommen, sorgfältig ihre Scheine abzählen und noch sorgfältiger das Kleingeld, das sie zurückbekommen. Sie müssen wahrscheinlich für jeden fehlenden Cent büßen. Wo ist der Respekt für diese armen Wesen?

Die Beerdigung heute war riesig. Viele Leute kamen auf den Friedhof, die ich zu Charles' Lebzeiten nie mit ihm zusammen gesehen habe. Beerdigungen sind Gelegenheiten, zu denen manche wirklich mit einem trauern, manche glauben, sie müssten erscheinen, um ihre Pflicht zu tun, und die Übrigen einfach nur neugierig sind. Besonders, wenn es sich um ein Unfallopfer handelt. Besonders, wenn sie sich fragen, ob der Autohalter auftauchen und wie er sich benehmen würde. Er kam tatsächlich, aber nicht zur Beerdigung. Er war ein eleganter Mann mittleren Alters von außerhalb, der nicht mit den steilen Hügeln in der Küstenregion des Sundes vertraut war. Er schluckte schwer vor Verzweiflung, und ich konnte ihn nicht verurteilen. Ich nahm seine Entschuldigungen an. Was sonst hätte ich tun sollen? Es bringt mir Charles nicht zurück. Und dieser Mann wird die Bürde einer tödlichen Fehlentscheidung für den Rest seines Lebens mit sich herumtragen müssen. Ist das nicht mehr Strafe, als ihm irgendjemand auf der Welt auferlegen könnte?

Ganz Wycliff schien also auf den Beinen zu sein. Familien hatten Kränze geschickt. Institutionen ebenfalls. Da ist ein Waschkorb voller Kondolenzbriefe. Sie alle zeitnah zu beantworten, wird mich beschäftigen und bei Verstand halten. Der Empfang bei uns daheim war einfach – man mag enttäuscht gewesen sein, dass ich nicht mehr tat. Und ich höre die Leute schon sagen, ich hätte Charles nicht genug geehrt mit dem Wenigen, das ich auffahren ließ. Aber ich denke, niemand sollte erwarten, dass jemand, der frisch verwitwet ist, ein Fest veranstaltet. Und wenn sie's tun, sollten sie nicht darüber richten, was serviert wird. Schließlich ist es kein richtiges Fest, sondern die bitterste Stunde für die Hinterbliebenen. Der erste große Anlass ohne die Person, die sie betrauern. Niemand sollte so etwas tun müssen.

Ein paar Tage lang nach dem Unfall trafen die üblichen Aufläufe hier ein. Ich weiß nicht, was die Leute glauben, wie viele Thunfisch-Aufläufe ein Mensch essen kann. Selbst ein Haushalt wie unserer. Ich ließ Amy, unsere chinesische Köchin, alle ins Internat bringen. Die Kinder dort essen alles und in großen Mengen. Ich habe nur ein paar Bissen da und dort zu mir genommen, und unsere Köchin schalt mich, dass ich ihr in der Speisekammer in den Weg käme. Nun, sie musste in den letzten Tagen nicht viel kochen. Charlie hat sich meist entschuldigt; er arbeitet lange im Laden. Unser Hausmädchen isst bei sich daheim, und Amy und ihre Tochter Lily essen ihre eigenen ungewöhnlichen Gerichte. Sie kochen für gewöhnlich auf der rückwärtigen Veranda, so dass das Haus nicht von diesen intensiven Gerüchen durchflutet wird. Sie sind so ungeheuer rücksichtsvoll, dass man sich fragt, ob sie überhaupt ein eigenes Leben haben. Natürlich frage ich sie nicht danach.

Charles ... Bis heute habe ich dir nicht gesagt, dass ich nicht die Frau bin, von der du dachtest, du hättest sie geheiratet. Du warst ein fürsorglicher, sehr aufmerksamer Ehemann. Ich hätte mir keinen besseren wünschen können. Und ich werde dafür sorgen, dass deine Lebensprojekte dich überleben und dass sie gedeihen werden.

10

„Hiermit eröffne ich die Sitzung", sagte Eliot Ames.

Der Aufsichtsrat des Historischen Museums von Wycliff hielt seine Septembersitzung im *Ship Hotel* ab. Die Sommerferien waren vorüber; Wycliff war wieder im normalen Geschäft. Der Aufsichtsrat war vollständig anwesend bis auf Bill, der angeblich eine hässliche Erkältung hatte und niemanden anstecken wollte. Die Auktion in der *Main Gallery* war zu einem echten Erfolg erklärt worden, und die Hoffnung war groß, dass nun ein wichtiger Schritt in Richtung Ankauf der Villa Hammerstein getan werden konnte.

Mildred Packman rief die Namensliste auf. Dann folgte der Kassenbericht. Der Haushaltsposten „Galerie-Auktion" war wirklich erstaunlich. Obwohl er natürlich nur der sprichwörtliche Tropfen auf den heißen Stein darstellte.

„Aber", erinnerte Lasse Anderson alle, „viele Wenig ergeben ein Viel, und diese hübsche Summe ist ganz sicher ein Beweis dafür, dass es Wycliff ernst mit seinem historischen Museum und einem neuen Standort dafür ist. Ich empfehle daher, den Anwalt des Hammerstein-Erben hinsichtlich unseres Kaufwunsches zu kontaktieren und eine Reaktion abzuwarten."

Es hatte ein wenig Unruhe im Raum gegeben, als die Zahl der Auktion verlesen worden war. Jetzt herrschte Stille. Ein kurzes Klopfen unterbrach die Spannung im Raum.

„Herein", rief Eliot.

Die Tür öffnete sich, und aller Augen wandten sich in deren Richtung. Ein junger Kellner erschien, der offenbar ein wenig nervös war, weil er die Sitzung störte, und deshalb errötete.

„An unserer Rezeption wurde ein Brief an Sie abgegeben", erklärte er und zeigte verlegen einen Umschlag.

„Ein Brief von wem?" fragte Colonel Cooper schroff. „Es ist besser etwas Wichtiges, das es rechtfertigt, unsre Sitzung zu unterbrechen."

„Ich weiß nicht", sagte der Kellner und schrumpfte in sich zusammen. „Der Rezeptionist hat ihn mir nur gegeben und mir gesagt, ich solle ihn dem Museumsdirektor geben."

„Das bin ich", sagte Eliot freundlich lächelnd, stand auf und griff nach dem Brief. „Danke."

Der Kellner nickte und verschwand so schnell wie möglich durch die Tür. Colonel Cooper war es offenbar gelungen, den jungen Mann zu verschrecken.

„Lasst mir bitte einen Moment Zeit", sagte Eliot, setzte sich und riss den Umschlag auf. Er begann zu lesen, und seine Miene wechselte von einem Stirnrunzeln zu Betroffenheit und schließlich zu einem ungläubigen Staunen. Er sah von seiner Lektüre auf und ließ seinen Blick über die um den Tisch sitzenden Aufsichtsratsmitglieder wandern. Alle starrten neugierig zurück.

„Was?" durchbrach Tiffany schließlich die Stille. „Du siehst aus, als hättest du einen Geist gesehen. Oder eher Aschenputtels gute Fee selbst."

„So ungefähr", brachte Eliot schließlich heraus. Er ließ den Brief auf den Tisch sinken.

„Komm schon, alter Freund", sagte Colonel Cooper. „Verrate uns zumindest, ob es was Persönliches ist oder eher etwas, das mit dem Museum zu tun hat."

„Mit dem Museum", erwiderte Eliot und rieb sich die Stirn. Er nahm den Brief wieder auf, überflog ihn und reichte ihn dann Lasse, der neben ihm saß. „Bitte gib ihn herum, damit alle ihn lesen können."

Lasse begann zu lesen. Dann murmelte er: „Was?!" Er las weiter, bis er schließlich sagte: „Mich laust der Affe!" Dann reichte er den Brief an Tiffany weiter.

Während der Brief die Runde machte, füllte sich der Raum mit wachsendem Gesumme, bis er wieder bei Eliot landete. Seine Hände zitterten jetzt sichtlich. Er räusperte sich, um zu sprechen, aber er musste sich noch einmal räuspern, weil ihm die Stimme versagen wollte.

„Ich habe keine Ahnung, wie es dazu gekommen ist", sagte er. „Mir fehlen dafür die Worte. Aber ich habe das Gefühl, dass ihr alle damit einverstanden seid, wenn wir dies eine Mal die Sitzung vertagen und uns von der Bar eine Flasche Sekt bestellen."

Tiffany stand auf und rief über das Konferenzraumtelefon die Lounge an. Die Flasche kam mit demselben Kellner wie zuvor. Er musterte alle Gesichter, vermied Blickkontakt mit dem Colonel und schlich sichtlich erleichtert wieder hinaus. Es gab ein Glas für jeden, aber Izzy nahm nur einen Schluck; dann schlüpfte sie aus dem Raum.

Die Hotellobby war fast leer. Ein junges Pärchen checkte an der Rezeption ein, als Izzy vorbei und durch die schwere Eingangstür aus Holz und Glas eilte. Draußen wurde der Himmel bereits dunkel. Über dem Olympic-Gebirge hingen Wolken, aber ansonsten war der Himmel klar, und die ersten Sterne wurden sichtbar. Es würde eine der ersten kalten Nächte im Frühherbst sein. Izzy atmete tief ein. Dann ging sie in Richtung Steilhang.

Der Brief war von Bills Anwalt gewesen. Er nannte Bill immer noch nicht als Erben. Sie ging schneller. Sie musste mit Bill sprechen. Was für ein neuer Einfall war das?! Izzy ging wie blind an Leuten vorbei, die aus Läden oder Restaurants an der Main Street kamen, vorbei an der Schlange vor dem Kino, vorbei am nun dunklen Musikgeschäft in der Bluff Street.

Die Treppen am Steilhang strengten heute Abend fast nicht an. Izzy kam es vor, als flöge sie sie hinauf. Dann ging sie weiter durch die stillen Wohnstraßen der Oberstadt. Endlich erreichte sie Bills Zuhause, ein großes Backsteinhaus mit einem spitzen Giebel über der Haustür, einer Veranda entlang der ganzen Vorderseite und einem weißen Lattenzaun um den sauber gemähten Rasen. Izzy öffnete das Gartentor und ging auf das Haus zu. Ein Bewegungslicht sprang an. Sie klopfte an die Tür. Einen Moment später öffnete Bill. Seine Augen wurden groß.

„Guten Abend, Chirpy", sagte Izzy. „Darf ich reinkommen?"

„Klar", sagte er und nieste in seinen Hemdärmel, während er die Tür hinter ihr schloss.

„Was?! Du bist wirklich krank?" fragte Izzy überrascht.

„Was dachtest denn *du*?"

„Naja, ich hielt es für eine lahme Ausrede, nicht bei der Aufsichtsratssitzung zu sein, damit du nicht verschweigen musstest, dass du Janes Erbe bist."

Bill lachte in sich hinein. „Gott sei Dank, ich werde jetzt wohl nicht mehr schauspielern müssen, oder? Wie hat dir der Brief gefallen?"

Izzy, die am Fenster seines Wohnzimmers stand und in die zunehmende Dunkelheit starrte, drehte sich zu ihm um. „Ich versteh's nicht, Bill. Ist das noch so eine Masche von dir?"

„Wie meinst du das?"

„Ich denke immer noch, es ist zu gut, um wahr zu sein. Normalerweise, wenn etwas zu gut klingt, um wahr zu sein, ist es das auch nicht."

„Was?!"

„Wahr. Es ist normalerweise nicht wahr." Izzy warf ihre Hände in die Luft und ließ sich auf ein Sofa fallen. Es war sehr weich, und sie sackte beinahe hinunter auf den Boden. „Stehst du wirklich zu hundert Prozent hinter dem Inhalt des Briefs?"

„Er trägt die Unterschrift und das Siegel meines Anwalts, oder?"

„Du verkaufst die Villa einschließlich umliegenden Grundstücks an das Museum für das, was die Auktion in der *Main Gallery* eingebracht hat?"

„Das ist es, was der Brief ausdrücken sollte."

Izzy verstummte und begann, ein Kissen unter ihren unruhigen Händen zu kneten. „Warum?" fragte sie schließlich.

„Warum was?" entgegnete Bill. Dann setzte er sich neben sie und ergriff ihre Hände. „Izzy, ich dachte, es würde dich freuen …" Sie sah ihn ungläubig an. Er lachte nervös. „Nein, nicht deswegen. Ich meine, alle im Aufsichtsrat des Museums haben sich so bemüht, dieses Stück Geschichte zu bewahren. All die Arbeit, die bisher in die Akquise geflossen ist. All die Spenden bei der Auktion. All die Mühe – wie könnte ich nicht helfen wollen?"

„Aber im Prinzip gibst du es weg für nichts. Es ist beinahe so, als läge der Preis bei dem üblichen Pauschalpreis von einem Dollar."

„Ja, und wäre das nicht ein Schlag ins Gesicht der Leute gewesen, die zur Auktion gekommen sind, gekauft haben und dachten, ihr Opfer würde dem Museum helfen?" Er nieste wieder.

„Gesundheit", sagte Izzy.

„Danke", antwortete Bill, und seine Stimme klang schon nasaler. „Es ist dieser plötzliche Wetterwechsel. Ich hatte allerdings nicht gedacht, dass es mich erwischen würde."

„Hühnersuppe mit Sambal Oelek", kommentierte Izzy trocken.

„Hm?"

„Das hilft gegen die Erkältung. – Hör mal, du hättest die Villa vermieten können und dem Museum immer noch was Gutes getan."

„Ich wollte was Besseres tun." Bill stand auf. „Ein Glas Wein?"

„Danke."

„Ja oder nein?"

„Ja, bitte."

Er beschäftigte sich an einem Weinschrank in einer hinteren Ecke des Zimmers und kehrte dann mit zwei Gläsern Rotwein zurück. „Weißt du, die Villa scheint mir nicht zu gehören. Hat sie eigentlich nie. Ich war dort als Kind vielleicht ein halbes Dutzend Mal zu Besuch. Es war das Heim der Familie Hammerstein, nicht der Familie Smith. *Das* ist es, wo ich wohne, wo meine Vorfahren gelebt haben bis auf die Jahre, als Petula beschloss, Henry Hammerstein zu heiraten. Aber Großvater William kehrte hierher zurück sobald er 18 war und machte es zu seinem Zuhause. Was wollte ich mit der Villa, in der er so unwillkommen war? Warum sollte ich daraus auch nur groß Geld machen wollen?"

„Und warum nicht?"

Bill ignorierte sie. „Ich habe immer wieder darüber nachgedacht, Izzy. Ich habe alles, was ich brauche. Die Villa zu behalten, wäre eine Belastung gewesen. Sie an jemanden zu verkaufen, von dem ich nicht wusste, ob er ihre Geschichte in Ehren halten und sie im Einklang mit der Stadt-Silhouette bewahren würde, schien mir zu riskant. Da ich wusste, dass das Museum nicht in der Lage sein würde, sich einen regulären Abschluss zu leisten, wäre die Forderung eines solchen Preises unfair gewesen."

„Wir hätten es am Ende geschafft", widersprach Izzy. „Sieh nur, wie sie es drüben in Steilacoom mit dem Orr-Haus geschafft haben. Zwei Millionen Dollar Reparaturkosten, nachdem das Haus umkippte und sich fast in Stücke zerdrehte."

„Vielleicht", räumte Bill ein. „Aber es war nicht notwendig, richtig? Wir wissen auch, dass sie vor ein paar Jahren anonym eine mächtig große Grundstücksspende erhalten haben. Hörst du das Wort ‚anonym'? Das ist, was eine echte und wundervolle Spende ausmacht. Eine, die keine Plakette erfordert, keine großartige Erwähnung in einem Newsletter und kein ständiges Sich-Verbiegen der Begünstigten. Warum kannst du dir die Villa nicht einfach ähnlich denken?"

„Weil …"

„Weil du leider den Spender kennst, richtig? Aber die anderen Mitglieder des Aufsichtsrats tun das nicht, und der Gedanke gefällt mir sehr." Izzy wollte etwas sagen, doch er legte sanft seinen Zeigefinger auf ihre Lippen. „Schhh. Diese Stadt hat meiner Familie viel Gutes getan. Ja, ich weiß, umgekehrt haben das auch Charles Horatio und Bessie Smith getan. Sagen wir, die Stadt liegt mir im Blut. Und ich möchte einfach etwas von dem Guten zurückgeben, was meine Familie hier erfahren hat. Wycliffs Geschichte lebendig zu halten, scheint ein guter Weg zu sein. Ich habe die Möglichkeit, ich ergreife sie. Und Punkt." Er erhob sein Glas. „Auf das neue Historische Museum von Wycliff."

Ein langsames, tiefempfundenes Lächeln glitt über Izzys Gesicht, als sie ebenfalls das Glas erhob. „Auf den verrücktesten, großzügigsten Bürger von Wycliff."

Bills Augen leuchteten, als er sein Glas auf einen Beistelltisch absetzte. „Nun sag mir: Glaubst du, die Museumskuratorin wird froh sein, dass sie nicht all diese kostbaren Villen-Gegenstände einlagern muss?"

„Oh, du!" lachte Izzy und puffte ihn mit dem Ellbogen.

*

„Könntest du heute Abend zu mir nach Hause kommen? Ich würde dich gern zum Abendessen einladen."

„Noch eine deiner sogenannten Dinner-Partys mit nur uns beiden?" hatte Margaret geneckt.

„Nein", hatte Harlan geantwortet. „Dieses Mal *gibt* es noch einen weiteren Gast, von dem ich gern möchte, dass du ihn triffst."

Hier machte sich Margaret also ein bisschen hübsch – obwohl sie nicht wusste, ob sie es für sich tat, für den unbekannten Gast oder für Harlan. Letztlich, so entschied sie, tat sie es für sich selbst: um sich gut zu fühlen, den Gast zu beeindrucken, und Harlan sich wertgeschätzt zu wissen und, ja, auch sich von ihm wertgeschätzt zu wissen. Sie hatte eine smaragdfarbene Wildseidenbluse mit hohem Kragen und langen Ärmeln gewählt und einen schwarzen Taftrock, der ihr fast bis an die Knöchel reichte. Ihr Haar, unbändig wie immer, war in altgriechischer Weise zurückgesteckt. Als sie einen Blick in den Spiegel warf, nickte sie sich zu. So konnte sie gehen.

Diesmal nahm Margaret den Bus in die Oberstadt, da sie nicht unordentlich und verschwitzt auf Harlans Schwelle erscheinen wollte. Und zu ihrem Entzücken hörte sie ihn nach Luft schnappen, sobald er die Tür öffnete und sie sah.

„Du siehst heute Abend atemberaubend aus", sagte Harlan und strahlte.

„Danke", sagte Margaret und tat kühl, während die Schmetterlinge, die in ihrem Bauch aufstoben, sie fast erstickten.

Sie gingen hinein, und Harlan führte sie sofort in den Wintergarten hinter dem Wohnzimmer. „Ich möchte dich mit jemandem zusammenbringen", sagte er. „Ich werde euch etwas allein lassen. Ich muss noch den Salat für unser Abendessen zubereiten. Getränke sind auf dem Beistelltisch. Bitte bedient euch, ja?"

„Klar", nickte Margaret, obwohl sie sich plötzlich ein wenig verwirrt von der Situation fühlte. Warum stellte er sie und den anderen Gast nicht einander vor? Sie trat über die Schwelle in den Wintergarten. Eine zierliche Dame saß in einem Stuhl mit dem Rücken zu Margaret. Die Fenster reflektierten ihr Gesicht. Sie hatte die Augen wie meditierend geschlossen.

„Guten Abend", sagte Margaret höflich und mit leiser Stimme, um die Dame nicht aufzuschrecken.

„Guten Abend", antwortete die Dame und versuchte, sich umzudrehen.

Doch Margaret war schon rasch an ihre Seite getreten und hielt ihr die Hand zum Gruß entgegen. „Ich bin Mar …" Sie brach in der Mitte dessen, was sie sagen wollte ab, und ihre Augen wurden groß. Sie schnappte nach Luft und versuchte, die Ungeheuerlichkeit des Augenblicks zu erfassen.

Die kleine Dame war aufgestanden und hatte ihre Hand ergriffen. „Mirena", sagte sie zärtlich.

„Schwester Martha …" Margaret stand da wie vom Blitz getroffen. Dann beugte sie sich plötzlich vor, um die Nonne zu umarmen, und begann zu weinen.

Schwester Martha befreite sich sanft aus der Umarmung, tätschelte Margarets rechte Hand und führte sie zu einem Stuhl. „Setz dich, mein Kind."

Margaret gehorchte. Sie wischte sich die Tränen ab, sah die Nonne an und musste sich dann erneut die Augen wischen. Sie begann zu lachen. Dann schluchzte sie wieder. Das war zu viel. „Wie …?"

Schwester Martha lächelte. „Darf ich dir ein Glas Wasser holen?"

Margaret schüttelte den Kopf. „Nein, danke." Unversehens rutschten sie in ihre Muttersprache. „Wie sind Sie hierhergekommen?"

„Dein junger Mann hat mich gebeten, herzukommen und mit dir zu reden."

„Er ist nicht *mein* junger Mann", wehrte Margaret ab.

„Ach, wie schade. Denn es gibt nur wenige Männer, die sich von ganzem Herzen um eine bestimmte Frau kümmern, und wenn man die einmal alle abgewiesen hat, ist niemand mehr übrig, der sich noch im gleichen Masse kümmert." Schwester Martha lächelte wehmütig.

„Woher wissen Sie das? Ich dachte, Sie wären …"

„Eine Nonne? Tja, auch ich war mal eine junge Frau." Schwester Martha verhärtete ihren Blick und schuf eine Mauer zwischen ihren Erinnerungen und der Aufgabe, die sie erhalten hatte. „Jedenfalls hat Harlan mich eingeladen, herzukommen und sein Gast zu sein."

„Weiß Ihr Orden, dass Sie bei einem unverheirateten Mann übernachten?"

„Nein. Wirst du's ihnen sagen?"

Margaret grinste, wobei immer noch Tränen über ihr Gesicht liefen. „Woher kennt er Sie?"

„Sagen wir, dass er's nicht tut, aber er wusste, dass ich *dich* kenne. Das genügte ihm offenbar."

„Also hat er Sie einfach hergeholt. Aber warum? Nicht nur, um mich wiederzusehen …"

Schwester Martha lächelte. „Das ist tatsächlich alles, worum er bat. Denn er sagte, dass du ein paar Antworten brauchst, die nur ich dir geben könne. Und er wollte nicht der Bote zwischen uns sein, sondern wollte, dass du es … wie heißt das Gewässer gleich?"

„Aus erster Quelle höre?" Margaret kicherte.

„Ja. Das war es. Er sagte, dass du dich innerlich an etwas festkrallst, das dich hart gegen dich selbst und deine eigenen Bedürfnisse macht. Hast du vergessen zu beten, Kind?"

„Nein", sagte Margaret still. „Ich habe ganz damit aufgehört."

„Warum?"

„Ich habe so lange gebetet und gebetet, dass ich etwas über meine echten Eltern erfahre, und nie eine Antwort erhalten."

„Woher weißt du das? Vielleicht *war* das die Antwort. Vielleicht war dein Wunsch verkehrt."

„Wie kann es falsch sein, wissen zu wollen, wer einen geboren hat? Wessen Blut man ist?"

Schwester Martha seufzte. „Nun, ich denke, es ist leicht, darüber zu urteilen, wenn man weiß, wer die eigene Familie ist, auch wenn man über sie nicht glücklich ist. Ich werde dir also erzählen, was ich über sie weiß. Und ich hoffe, du wirst über das nachdenken, was du hörst, und entsprechende Entscheidungen treffen."

Margaret nickte. „Was wissen Sie also?" Sie faltete die Hände und klemmte sie zwischen ihre Beine.

„Du wurdest zu unserem Waisenheim als Neugeborenes in einem einfachen weißen Handtuch gebracht, das überall hätte gekauft worden sein."

„Den Teil kenne ich", sagte Margaret ungeduldig. „Deshalb wusste niemand, woher ich kam."

„Ja, das haben wir dir erzählt. Aber es stimmte nicht. Wir wussten, woher du kamst und zu welchem Clan du gehörtest."

„Und warum haben Sie mich nicht zurückgebracht?"

„Schhh, Mirena", sagte die Nonne. „Willst du die Geschichte hören oder nicht?"

Margaret biss sich auf die Lippen. „Entschuldigung."

„Außerhalb von Sibiu lag ein kleines Dorf, das halb von Roma, halb von Rumäniern bewohnt war. Sie waren nicht nur getrennt, weil die Roma so viel ärmer als die Rumänier waren. Sie lebten auch in unterschiedlichen Teilen des Dorfes. Die Roma lebten von der Landwirtschaft und von Handwerksarbeit. Nicht so viel anders als die Rumänier also. Aber sie wurden nicht sehr gemocht. Du weißt, dass wir dunkler als sie aussehen, nicht? Manche Menschen verwechseln die Hautfarbe mit der Farbe der Seele eines Menschen." Schwester Martha seufzte und nahm einen Schluck Wasser. „Tja, wenn ein Dorf klein genug ist, laufen die Leute einander über den Weg. Und da war dieses junge Roma-Mädchen, das die Tochter des Clan-Patriarchen des Roma-Teils im Dorf war. Sie war schön. Sie durfte sogar zur Schule gehen und Lesen und Schreiben lernen, weil sie den Sohn eines anderen Clan-Patriarchen in einer anderen Stadt heiraten sollte. Und die Ausbildung würde ihren Brautpreis erhöhen. Dieses Mädchen las furchtbar gern. Siehst du, Roma-Mädchen haben kein einfaches

Leben. Von früher Kindheit auf ist es voller Schwierigkeiten. Zumindest dort, wo wir herkommen."

„Sind Sie deswegen Nonne geworden?' wagte sich Margaret hervor.

Schwester Martha schüttelte den Kopf. „Es geht hier nicht um mich, Kind."

„Entschuldigung", sagte Margaret. „Ich muss mehr Geduld haben."

„Das war immer eine Schwäche von dir", sagte Schwester Martha mit schelmischem Lächeln. „Lesen zu können, war die einzige Zuflucht, die das Mädchen zwischen der Arbeit auf dem Bauernhof seines Vaters und den Hochzeitsvorbereitungen fand."

„Wie alt war sie?"

„15 Jahre alt."

„Aber …"

„Ja. Das dachte sie auch. Eines Tages begegnete sie in der Schulbibliothek diesem jungen Akademiker, der gerade sein Studium in der Stadt abgeschlossen hatte und seinen Onkel besuchte. Sie verliebten sich unsterblich ineinander auf den ersten Blick."

„Aber er muss doch so viel älter gewesen sein …"

„Liebe zählt nicht nach Jahren. – Natürlich wusste sie, dass sie sich nicht in jemanden verlieben durfte, der ihr nicht als künftiger Ehemann bestimmt worden war. Und als Tochter des Clan-Patriarchen musste sie ein Vorbild für die anderen jungen Frauen der Familie sein. Es wäre schlimm genug gewesen, hätte sie sich in einen anderen Roma verliebt. Es war undenkbar, sich in einen Rumänier zu verlieben." Schwester Martha trank noch einen Schluck. „Sie wurde schwanger. Sie rannten fort. Sie landeten in Bukarest, wo sie eine Zweizimmerwohnung in einer Mahala fanden."

„Was ist eine Mahala?"

„Es ist ein Ghetto für Roma. Da wohnen unsere Leute manchmal in den Großstädten, wo sie marginalisiert werden." Schwester Martha seufzte. „Ich bin in einem aufgewachsen. Es ist ein Ort, an dem kein Weißer je leben wollte, glaub mir. Naja, und dort begegnete sie meiner Schwester. Sie wurden Freundinnen." Schwester Martha blickte Margaret an. „Jetzt kommt der harte Teil, Kind. Bist du sicher, du willst ihn hören?"

„Ganz sicher", sagte Margaret. Ihr Körper war angespannt, ihre Augen glänzten.

„Der Vater des Mädchens und der Clan des zugedachten Bräutigams waren über die Flucht nicht glücklich. Sie begannen, überall zu suchen, um den Akademiker von dem Mädchen zu trennen und es wieder heimzubringen. Sie fanden sie nicht. Niemand verriet sie. Niemand wollte etwas mit einer möglichen Familienfehde zu tun haben. Aber die Mahala tat das ihre. Der junge Akademiker zog sich in der furchtbar zugigen Behausung, die sie gefunden hatten, eine Lungenentzündung zu. Es ging rasch bergab mit ihm. Eines Tages ging er von der Arbeit nach Hause – er kam nie an. Er brach einfach auf der Straße zusammen. Das junge Mädchen war wahnsinnig vor Kummer und auch zu Tode verängstigt. Was, wenn sein Vater es fand? Und wie wollte es ohne das Einkommen seines Liebhabers leben? Meine Schwester brachte es zu uns. Ins Waisenhaus. Wir versteckten es. Es war nicht mehr viel von ihm übrig, als es dich gebar, mein Kind. Es sah, dass du die Augen deines Vaters hattest. Da nannte es dich Mirena. Weil deine Augen die Farbe des Meeres haben. Es hielt dich dicht am Herzen. Und so wurdest du eines unserer Kinder. Deshalb haben wir dich niemandem zurückgebracht. Niemand hätte dich mehr geliebt als deine Mutter. Wir wollten deinen Clan nicht suchen – wir wussten nicht, wie sie auf dich reagiert hätten. Deshalb blieben wir bei der Version, dass du weggegeben worden seist. Und deshalb war ich so glücklich, als du adoptiert wurdest und nach Amerika gingst. Fort von all diesem furchtbaren Schlamassel."

Schwester Martha verstummte und erhob sich aus ihrem Stuhl. Margaret schluchzte leise. Drinnen stellte Harlan eine Schüssel Salat auf den Tisch.

„Ich weiß nicht, was du sonst noch hören musst, Kind. Du bist nie einfach so weggegeben worden. Du bist geliebt worden. Du bist ein Kind wahrer Liebe. Du hast eine Familie gefunden, die dich liebt. Jetzt gibt es auch einen Mann, der dich zu lieben scheint und alles daransetzt, dich glücklich zu machen." Margaret sah sie an, wischte sich die Tränen ab und nickte. „Jetzt bist du dran, Margaret. Du bist im Hier und Jetzt. Du bist sechs Jahre lang Mirena gewesen und Margaret wie lange?" Schwester Martha blickte sie streng an. „Finde deine Gebete wieder, Kind. Und höre gut hin. Die Antwort, auf die du wartest, liegt manchmal in der Stille, die du erhältst." Dann wurde ihr Gesicht wieder weich, und ihre Sprache wechselte zurück ins Englische. „Es sieht so aus, als hätte Harlan das Abendessen fertig. Wir sollten seine Mühe belohnen, hm?"

*

„Und da sind wir!" rief Destiny und zog einen großen Schlüssel hervor. Sie öffnete die Tür und bemerkte Hopes entrückten Blick. „Bist du in Ordnung, Schwesterchen?"

Hope schrak aus ihren Tagträumen hoch. „Klar. Lass uns reingehen."

„Hegst du doch noch Befürchtungen?"

„Nein", lächelte Hope. „Ich wollte mir nur gerade ein Rezept ausdenken, das ein paar von den guten Dingen der Region enthält und das wir zu einer Stadtspezialität machen könnten."

„Und? Ist dir eins eingefallen?"

„Du hast mich dabei unterbrochen", sagte Hope und grinste.

Sie betraten die ehemaligen Museumsräume, die nun ihre Suppenküche werden sollten. Die Souterrain-Fenster ließen genügend Licht herein, um den Raum ohne viel elektrisches Licht zu erhellen. Der Hauptraum war geräumig, der Raum dahinter kleiner und klimatisiert. Er würde die Küche werden. Es gab sogar ein kleines Büro für die Buchhaltung.

„Haben wir nicht Glück, dass wir das hier gefunden haben, als wir es brauchten?" fragte Destiny.

„Glück hat damit nichts zu tun", antwortete Hope. „Es steht alles so im Großen Buch."

Destiny erwiderte nichts. Sie wusste, wann das angebracht war. Sie sah sich stattdessen um und ging die Länge jedes Raumes mit seltsam langen Schritten ab.

„Nimmst du Maß?" fragte Hope mit einem amüsierten Funkeln in den Augen. Sie begann, in ihrer Schultertasche zu kramen. „Hier!" Sie hielt ihr ein Maßband hin.

„Jetzt kann ich wieder von vorn beginnen", beschwerte sich Destiny. „Ich habe die Zahl vergessen."

„Das hier ist ohnehin so viel genauer", lächelte Hope.

Destiny kam murrend herüber und nahm ihrer Schwester das Werkzeug ab. „Ich weiß sowieso nicht, warum wir das tun. Gibt es nicht Designer, die das so viel besser als wir können?"

„Und sind sie nicht so viel teurer? Komm schon, wir schaffen das. Es sind nur zwei Räume. Es geht nur um die Küche – und wir wissen, was da hineinmuss. Die Frage ist: Wie viel mehr *passt* hinein? Und der Gastbereich. Wir wissen, dass wir keine große Bar brauchen. Wir wissen, dass wir keinen Alkohol verkaufen. Also einen Limonadensprudler – und den können wir auch in der Küche haben. Und da draußen sind es nur Tische und Stühle."

„Oder Picknicktische", schlug Destiny vor. „Diese netten aus Holz, an denen vier Personen sitzen können?"

„Ähm, wie wolltest du sie hier herunterbekommen?" fragte Hope. „Es wird schon schwierig genug, die Küchengeräte durchzukriegen. Aber einen ganzen Picknicktisch an einem Stück?"

„Du hast gewonnen", schmollte Destiny. Dann lächelte sie wieder. „Wir brauchen auch ein paar originelle Dekorationen."

„Natürlich", sagte Hope. „Aber lass uns erst ans Budget denken und dann überlegen, was wir haben müssen. Ich zöge es vor, Dekoration als Letztes auf unserer Liste zu haben."

„Unterschätze nicht ihren Wert", warnte Destiny. „Du weißt, was Garnierung auf einem Teller bedeutet. Es ist ziemlich ähnlich mit Dekorationen in einem Restaurant."

Die Schwestern sahen einander an, weil sie sich in einer Sackgasse hinsichtlich der Budgetierung befanden. Gerade, als sich Hope abwenden wollte, hörten sie Schritte auf der Treppe draußen und ein ominöses Scheppern. Die Eingangstür öffnete sich weiter.

„Hallo?" rief eine Frauenstimme hindurch.

Destiny trat aus dem Raum, der die Küche werden sollte. „Hallo", sagte sie mit einem riesigen Lächeln. Hope folgte ihr und strahlte die Besucherin ebenfalls an.

Die Dame war klein und trug eine weiße Bluse mit großen hellblauen Punkten. Ihr lockiges kastanienbraunes Haar war in einen ordentlichen Pferdeschwanz gebunden. „Dottie. Von *Dottie's Deli*", stellte sie sich mit einem ganz leisen deutschen

Akzent vor. „Sie müssen die neuen Pächter hier sein, richtig?" Sie schüttelten einander die Hand.

„Ein Suppenkeller?" fragte Dottie begeistert, sobald sie vom Geschäftsplan der beiden Schwestern gehört hatte. „Was für eine tolle Idee! Und es ist die perfekte Jahreszeit, so ein Unternehmen zu starten. Ich meine – uns steht die nächsten sechs Monate kaltes, graues Wetter bevor, nicht? Na, ich habe mich gefragt, ob …" Sie lächelte etwas verlegen. „Ich habe neulich etwas bei der Auktion gekauft, und eigentlich ist mein Laden viel zu klein für so eine Dekoration." Sie ging wieder zur Eingangstür und schleppte ihre mit Bauernmalerei versehenen Milchkannen herein. „Hätten Sie Interesse an denen?"

„Dekoration!" strahlte Destiny. „Das wäre perfekt dafür, woran ich gedacht habe."

„Woran hattest du denn gedacht?" fragte Hope misstrauisch. „Wir haben nie über irgendetwas gesprochen. Wir haben noch nicht einmal die Budgetierungen besprochen."

„Wir kochen vom Hof zum Tisch – warum nicht ein Flair gestalten, das das widerspiegelt?" Destiny lächelte nun so breit, dass ihr Zahnfleisch sichtbar wurde. „Vielen Dank, dass Sie die vorbeigebracht haben. Was schulden wir Ihnen?"

„Wir haben kein Geld dafür", zischte Hope.

„Ich wollte keines dafür", sagte Dottie. „Ich dachte eigentlich, dass sie, wenn sie Ihnen gefallen, ein Einzugsgeschenk für Sie sein sollten."

Hope war perplex. „Wirklich?"

Destiny trat vor, nahm Dottie eine der Milchkannen ab und stellte sie neben eine tragende Säule. Dann nahm sie die andere und hob sie auf eine Leiter, die in einer Ecke stehen gelassen worden war. Sie trat zurück und betrachtete das Ganze. „So", sagte sie zufrieden. „Da werden sie perfekt zu Schau gestellt."

Hope blinzelte mit in die Hüften gestemmten Armen ihre Schwester, dann die Milchkannen an. Sie waren wirklich extrem ungewöhnlich und veränderten die Atmosphäre selbst in dem leeren Raum des Untergeschosses. Sie strahlten Persönlichkeit aus. Der Raum wirkte plötzlich weniger nackt. Ihr Gesicht entspannte sich. „Du hast recht", sagte sie zu Destiny.

„Womit?"

„Mit der Dekoration." Sie seufzte, aber mit einem nachgiebigen Lächeln. „Ich schätze sie ist genauso wichtig wie die anderen Notwendigkeiten in unserem Budget."

*

Es war Tag der offenen Tür in den neuen Räumlichkeiten des Historischen Museums von Wycliff in der Villa Hammerstein. Anzeigen für das Event waren von der Wycliffer Handelskammer gestiftet worden. Es hatte Zeitungsartikel und Radioberichte sowie ein paar kurze Clips bei KIRO und KOMO TV gegeben. Sandwich-Plakate führten die Besucher zum Park & Ride Parkplatz in der Harbor Mall, wo ein eigener Shuttle-Service aus einigen alten gelben Schulbussen die Leute zur Villa auf dem Steilhang fuhr und wieder zurück.

Man hatte den Rasen der Villa sorgfältig abgesperrt, und da Museumsbesucher für gewöhnlich eine achtsame Gruppierung sind, hielten sich die Leute an die Regeln und gingen in Scharen über die halbrunde Einfahrt zum Haupteingang des prächtigen Herrenhauses. Drinnen hatten die Museums-Mitarbeiter einen Museumsladen improvisiert, Spendengläser für bevorstehende Wartungsprojekte aufgestellt und – im Essbereich des modernen Küchenareals – einen Imbissstand aufgebaut. Destiny und Hope hatten die Idee gehabt, für ihr neueröffnetes Unternehmen mit dem Servieren zweier dampfender Suppenvarianten zu werben, einer einfachen Hühner-Nudelsuppe und, als vegetarischer Option, einer roten Linsensuppe. Und das war eine gute Idee gewesen, denn dieser erste Oktobertag war mit einem überraschenden Temperatursturz angebrochen. Die Leute kamen frierend herein und wärmten sich gern mit einer Schale Suppe. Chef Paul hatte Hilfe angeboten und bereitete mehr des Guten in der Mietküche des Bürgerzentrums in der Unterstadt zu, um es zu anzuliefern, sobald den beiden Damen die Speisen ausgingen. Wycliff zeigte Stärke, indem es eng zusammenhielt, wenn es zählte. Wieder einmal.

Bürgermeister Clark Thompson und Eliot Ames als Präsident des neuen Museums hatten ein blaues Band durchschnitten, dass den Eingang symbolisch für die Öffentlichkeit abgesperrt hatte. Ein paar Dutzend Kameras hatten geklickt, um den Moment für Zeitungen und das Museumsarchiv festzuhalten. Dann war das Gebäude für alle geöffnet worden.

Eine zierliche Dame in leuchtenden Farben, die an jedem anderen grell gewirkt hätten, bewegte sich vorsichtig von Raum zu Raum und nahm die Weltlichkeit eines Hauses auf, dass so anders war als ihr Zuhause.

Izzy hatte die Gegenstände des Museums in der Unterstadt in zwei obere Zimmer gebracht, die jetzt für das Publikum geschlossen waren. Sie würden vorsichtig damit sein müssen, wie sie die originalen Villenstücke mit den gespendeten der Unterstadt mischen würden. Jetzt allerdings präsentierte das Museum die Villa so ziemlich, wie in ihr gelebt worden war. „Gefällt es Ihnen?" fragte Izzy die Nonne, die in dem alten Herrenhaus so sehr exotisch wirkte.

„Ich gebe mir Mühe darum", lächelte Schwester Martha. „Ich sehe den Geschmack und wie teuer das alles gewesen sein muss."

„Aber …?" soufflierte Izzy.

„Es kann kein so recht glückliches Heim gewesen sein. Sehen Sie, die letzte Besitzerin hat darin ganz allein gelebt. Kein Kinderlachen, kein Geschichtenerzählen. Das Haus wurde nicht einmal von der Familie gewollt. Nicht, um darin zu wohnen." Schwester Martha lächelte entschuldigend. „Verzeihen Sie mir, aber ich lebe lieber unter geringeren Umständen, die ich mit weniger wohlhabenden Menschen teile, die glücklicher sind."

Izzy nickte nachdenklich. „Da ist was dran, Schwester."

Sie gingen gemeinsam ins Musikzimmer. „Ich … ich wollte Ihnen dafür danken, was Sie für meine Freundin getan haben", sagte sie plötzlich.

„Margaret?" Schwester Martha schüttelte den Kopf. „Ach, dieses Kind – sie ist so begabt und wird so geliebt. Es war höchste Zeit, dass sie das merkte. Aber das lag nicht an mir."

„Aber Sie sind hierhergekommen. Sie sind diese unglaubliche Strecke gereist."

„Das war nur eine physische Entfernung", sagte Schwester Martha und legte ihre Hand auf Izzys Arm. „Der Mann da drüben ist viel weiter gereist." Sie deutete mit dem Kinn in Richtung Harlan, der in der Eingangshalle mit Margaret sprach. „Er hat alles dafür getan herauszufinden, was die Frau quält, die er liebt. Er hat mich diese Geschichte erzählen lassen. Hätte ich eine andere Geschichte erzählt – hätte sie anders reagiert?"

„Sie meinen, Sie haben Ihre Geschichte erfunden?" Izzy blickte die Nonne entsetzt an.

Die Nonne neigte den Kopf und lächelte geheimnisvoll. „Vielleicht habe ich ein paar Teile etwas zurechtgebogen. Ist das wichtig? Schauen Sie auf ihre Gesichter."

„Aber …" Izzy stand mit offenem Mund da. Die Nonne ging weiter und auf den Suppenstand zu. Dann drehte Izzy sich um und blickte hinüber zu Harlan und Margaret. Sie waren ein atemberaubendes Paar – und sie sogen einander mit den Augen und ihrer ganzen Haltung ein.

Vielleicht hatte Schwester Martha recht. Vielleicht brauchte niemand die ganze Wahrheit, solange der Teil der Geschichte, den sie erfuhren, ihr Leben besser machte.

„Eigentlich sollten diese schönen Instrumente wiederbelebt werden", unterbrach eine zierliche Dame mit blondem Haar Izzys Gedanken. „Der Flügel scheint perfekt gestimmt zu sein, und mit ein paar musikalischen Darbietungen könntet ihr die Menge anziehen."

„Jan Lucas!" rief Izzy und umarmte die ehemalige Präsidentin des Steilacoom Historical Museum, die auch eine exzellente Pianistin war. „Wir werden dich auf jeden Fall darauf ansprechen!" Dann wurde ihr Gesicht ernst. „Es ist so wundervoll, dass ihr hergekommen seid und unser neues Museum mit uns feiert. Marianne hat schon vorgeschlagen, dass wir lokale Kunstgegenstände in unseren Museumsladen aufnehmen sollten. Und Mary Lu, die Frau eures Direktors French Wetmore hatte die Idee mit einer viktorianischen Weihnachtsfeier und eleganten High Teas als Spendenaktionen. Ihr seid alle so ungemein kreativ!"

Jan schenkte ihr ein breites Lächeln. „Du bist auch nicht von schlechten Eltern, mein kleines Fräulein. Schau was du angestoßen hast – und jetzt habt ihr eine ganze Villa aus der Vergangenheit, um die Träume deiner Museumsgesellschaft für die Zukunft umzusetzen."

*

„Ich habe noch eine kleine Überraschung für dich", sagte Harlan. „Macht es dir was aus, mit mir nach draußen zu gehen? Zum Rand des Steilhangs?"

Margaret errötete. „Klar. Aber mach's bitte kurz, denn es ist ziemlich kalt draußen, und ich trage definitiv die falsche Kleidung für so einen Tag. Aber ich habe alles für dieses Event zurechtgelegt, damit ich passend aussehe."

Harlan blickte sie erneut an. Heute trug sie ein ärmelloses Etuikleid aus elfenbeinfarbener Spitze über bronzefarbenem Satin; ihre Tüllstola nutzte gewiss nicht viel, um den kalten Wind abzuweisen, der vom Sund her wehte. „Du siehst atemberaubend aus", sagte er, und seine Stimme brach fast, so gerührt war er. „Du könntest für so einen Tag nicht schöner aussehen." Er bot ihr seinen Arm, und sie gingen gemeinsam hinaus.

Als sie den winzigen Platz auf dem Steilhang erreichten, begann Margaret, mit den Zähnen zu klappern. Aber sie riss sich mit einem kleinen Lachen zusammen. „Was wolltest du mir also zeigen?"

„Dies", sagte Harlan und schwenkte seinen Arm über Wycliff, den Sund und das Olympic-Gebirge. Margaret war verwirrt und gab einen hilflosen, kleinen Laut von sich. „Das ist mein Zuhause, Margaret. Du weißt, dass es nicht ist, wo ich herkomme; aber es ist ein Teil von mir geworden. Du weißt, ich bin nicht vollkommen. Aber dieses Zuhause von mir ist es in all seiner unglaublichen, natürlichen Schönheit."

Sie sah es mit seinen Augen und nickte. „Es *ist* vollkommen", sagte sie still. „Und du bist es auch."

Als sie ihn wieder ansah, ging er plötzlich auf die Knie. „Margaret Mirena Oswald, würdest du bitte auch den Rest meines Lebens vollkommen machen und meine Frau werden?"

Margaret war eine Sekunde lang benommen. Ein großer Schluchzer bildete sich in ihrer Kehle. Hatte das die ganze Zeit auf sie gewartet, und sie hatte es absichtlich ignoriert? Weshalb? Wegen einer Geschichte zwischen zwei Menschen, die sie nicht kannte? Einer Geschichte vor ihrer Geburt? „Ja!" schrie sie. „Ja!" Und ihre Tränen flossen reichlich, als die Erleichterung einsetzte und Harlan sie in seine Arme schloss.

Plötzlich waren da auch ihre Eltern, und alle vier umarmten einander. Die Umstehenden, die zufällig Augenzeugen des Antrags gewesen waren, applaudierten den Verlobten. Aus dem Nichts tauchte ein gewisser großer orangefarbener Kater auf, der die Gruppe laut miauend umstrich, bis Margaret und Harlan sich bückten, um ihren vierbeinigen Heiratsvermittler zu streicheln. Und sobald es sich herumsprach, fegte John Minor vom *Sound Messenger*, dessen Büro samt Zuhause sich direkt neben dem kleinen Platz auf dem Steilhang befand, aus dem Haus, eine Flasche Sekt in einer Hand und die Stiele von fünf Gläsern zwischen die Finger der anderen. Wycliff war jederzeit auf Romanzen vorbereitet. Besonders, wenn die Zeitung eine wundervoll menschliche Geschichte daraus schlagen konnte.

*

20. Juli 1914

Steilacoom, WA

Nichts ist mehr so wie früher. Nicht einmal dieser einst so schöne und geschäftige Urlaubsort. Ich erinnere mich, als Charles und ich hier ein Wochenende über unseren 15. Hochzeitstag verbrachten. Wir hatten ein Zimmer im Iron Springs Hotel gebucht, und wir genossen es in vollen Zügen. Das Essen war delikat, und die stillen Sonnenuntergänge, die wir von der Veranda aus beobachteten, erfüllten uns mit Ehrfurcht. Wir taten das an unserem 25. Hochzeitstag wieder. Seitdem ...

Der Fortschritt hat die Eisenbahn in diese Stadt gebracht. Alle Häuser am Wasser wurden abgerissen oder woandershin verlegt, um für die Schienen Platz zu machen. Es tut mir weh, den Schaden zu sehen. Nicht einmal das hübsche, kleine Depot, das sie nahe dem Strand bauen, macht die vorhandene Zerstörung wieder gut. Und es sind kaum noch Feriengäste da. Ich vermute, sie gehen neuerdings nach Wycliff, da dort keine Gefahr besteht, dass je eine Eisenbahn durch den Ort rollt. Wer wollte all die riesigen Backsteingebäude der Unterstadt abreißen?!

Ich bin jetzt in einem privaten Bed & Breakfast. Ich habe das Gefühl, meine Welt würde immer kleiner. Und weit verstörender. Meine Erinnerungen an Steilacoom sind durch die Veränderungen befleckt, die der sogenannte Fortschritt gebracht hat. Sicher, die Leute haben ewig darauf gewartet, dass das

310

passiert. Niemand hatte vorhergesehen, dass am Ende Tacoma den Endbahnhof erhalten und Steilacoom leer ausgehen würde. Dann wurde Steilacoom ein Urlaubsziel, und jetzt ... nicht mehr viel. Es tut mir zutiefst weh. Als sähe ich etwas beim Sterben zu.

Meine Wirtin hat vor ein paar Minuten an die Tür geklopft, um mir zu sagen, dass es telegrafische Nachrichten gebe, dass der Thronfolger des österreichischen Kaisers, Erzherzog Franz Ferdinand in Serbien erschossen worden sei. Ihre Augen waren vor Ehrfurcht geweitet – ich denke, das kam wegen all dieser aristokratischen Titel. Was ist nur los mit uns Amerikanern? Wir sind so ungemein fasziniert vom europäischen Adel, obwohl wir die ganze übermäßige Last einer sogenannten Elite abgeworfen haben, die ihre Rechte aufgrund ihrer Geburt anstelle ihrer Leistung beansprucht. Naja, die Europäerin in mir lebt auch noch, und als Irin bin ich mehr als glücklich, wenn einer von diesen Blutsaugern sein Fett wegkriegt. Allerdings nicht so. Ich spüre, dass dies der Beginn von etwas Größerem ist, als sich irgendjemand auch nur vorstellen kann. All diese Bündnisse innerhalb des europäischen Adels – man kann nicht einen künftigen Kaiser ermorden und glauben, man käme ungeschoren davon.

Ich fühle mich heute unglaublich müde. Desillusioniert. Traurig. Charles ist nun schon seit über vier Jahren tot, und ich vermisse ihn so sehr wie an dem Tag, an dem er getötet wurde. Hat er je gewusst, dass ich ihn liebte? Wirklich liebte? Nicht nur als einen Freund, den ich immer mehr mögen lernte. Als

311

Ehemann? Als Liebhaber? Habe ich es genug gezeigt? Eines Tages treffe ich ihn da oben. Oder vielleicht auch nicht, weil man mich nicht hineinlässt. Ich habe schrecklich gesündigt, und Gott findet mich vielleicht nicht würdig, mit Charles im Himmel wieder zusammenzukommen. Denn ich spüre, dass Charles da oben sein muss. Er war so ein liebevoller Mann, so ein wohltätiger Mensch. Unglaublich ehrbar und ehrlich. Unglaublich großzügig. Warmherzig. – Oh, ich nun wieder. Endlich Tränen. Wann habe ich das letzte Mal geweint?

Man wird mir einen harschen Nachruf schreiben. Man wird glauben, was sie in mir gesehen haben, eine Frau, die aus dem Nichts kam und reich heiratete. Eine Frau, die ein Kind und ihren Mann mit versteinerter Miene beerdigte. Eine Frau, die die Angestellten in einer Gemischtwarenhandlung und einem Waisenheim leitete. Eine Frau, die nie jemanden zu nahe an sich heranließ. Sie haben das irische Mädchen nie gekannt, das man sich selbst überlassen hatte, so gut wie verwaist. Das verängstigte Mädchen, das eine ungewollte Schwangerschaft durchlebte und einen Mann heiratete, den es nicht kannte. Eine Frau, die sich um ihrer Kinder und des Mannes an ihrer Seite willen zusammenreißen musste.

Gestern haben mir Charlie und seine Frau Petula ihr Erstgeborenes vorgestellt, einen kleinen Jungen, den sie zu Ehren von Charlies verstorbenem jüngerem Bruder William genannt haben. Meine Lüge wird daher am Leben bleiben, ein Junge, der nach einem Großvater benannt wurde, den er nie besessen hatte, und der seinen Namen nun an eine weitere Generation weitergibt. Diese Ironie!

Ich bin es müde zu lügen. Ich möchte nur einmal tun, was mein Herz mir befiehlt – gehen und Charles wiedersehen, wo auch immer er sein mag. Und Vergebung erhalten. Und mit ihm für den Rest der Ewigkeit zusammen sein. Aber Gott hält nicht so einfach ein Herz an und erhört einen Wunsch, oder?

[Hier endet das Tagebuch. Eine andere Handschrift notiert: „Mrs. Charles Horatio Smith verstarb am 29. Juli 1914 an einem schweren Herzinfarkt. Dr. ..." Der Name ist unleserlich.]

Epilog

Izzy holte tief Luft. Die letzten sichtbaren Überbleibsel der Party zum Tag der offenen Tür in der Villa Hammerstein, jetzt auch bekannt als das Historische Museum von Wycliff, waren weggeräumt. Das Plastikband um den vorderen Rasen war entfernt worden. Das Herrenhaus würde für die Saison geschlossen werden, um auf nötige Wartungsarbeiten überprüft zu werden, um mit den Gegenständen des ehemaligen Museums der Unterstadt neu dekoriert zu werden und um auf eine künftige Ausstellung oder Veranstaltung vorbereitet zu werden, die sie nächstes Jahr präsentieren wollten. Izzy schaltete den Alarm ein und schloss die schwere Eingangstür ab.

Bill, der ihr bei einigen Aufräumarbeiten geholfen hatte, wartete auf sie und sah ihr mit den Händen in den Hosentaschen zu. „Kann ich dich zum Mittagessen im *Soup Cellar* einladen? Um das Ende der Museumssaison zu feiern?" fragte er.

Izzy drehte sich um und steckte den kleinen Schlüsselbund in ihre Jeanstasche. „Sicher", strahlte sie. „Aber ich kann für mich selbst zahlen."

Bill zuckte die Achseln. „Ich habe nur versucht, nett zu sein."

Izzy grinste. Ihre Brille wurde vom ersten Washingtoner Nieselregen der Jahreszeit beträufelt. „Wenn du wirklich nett zu mir sein willst, bietest du mir einen Schirm an. Ich werde nass."

„Ich hab' keinen bei mir", sagte er, und sein Lächeln verschwand.

„Tja, dann gehen wir zu mir und holen schnell einen. Ich muss dir sowieso noch etwas zeigen."

„Noch ein Geheimnis meiner unartigen Ururgroßmutter Jennifer, deren Nachnamen ich vielleicht nie kennen werde?"

Izzy zwinkerte ihm zu. „Komm schon, du magst sie doch wegen ihrer Courage, oder nicht?"

Er rieb sich den Bart, während sie in Gleichschritt verfielen und zu Izzys Cottage in der Lighthouse Lane gingen. Vorbei am Leuchtturm neben dem Platz am Steilhang liefen sie. Die Straße glänzte nass, und wo Autos im Sommer Öl verloren hatten, schimmerten Regenbogen auf dem Asphalt.

„Riechst du das?" fragte Izzy.

„Gartenabfälle, Holzrauch und Hafenschmodder." Bill schlug den Hemdkragen hoch.

„Herbst", sagte Izzy. „Verrottende Blätter und Früchte, gemütliche Feuer, die Gerüche des Meeres – das ist der Südsund. Ist er nicht herrlich? Selbst wenn's regnet?"

Sie hatten ihren Vorgarten erreicht, und Izzy erwischte Mrs. Morgan, wie sie durch die Vorhänge an ihrem Fenster spähte. Izzy winkte ihr fröhlich, bevor sie die Tür aufschloss und sie eintraten. „Komm mit in mein Wohnzimmer", lud sie ihn ein und ging voraus. „Es ist da drin."

Bill folgte ihr und bewunderte die geschmackvolle Einrichtung von Izzys Heim. Es war natürlich bei weitem nicht so groß wie sein eigenes, aber es zeigte eine Liebe fürs Detail und gewiss einen sehr persönlichen Stil. Jetzt nahm sie einen Umschlag von dem kleinen Beistelltisch neben ihrem Lesesessel und hielt ihn ihm hin.

„Was ist das?" fragte Bill und griff zögernd nach den Papieren.

„Das ist ein Brief", sagte Izzy schelmisch.

Bill stöhnte. „Das sehe ich."

„Na, lies ihn", drängte Izzy.

Bill öffnete also den Umschlag und entfaltete ein paar vergilbte Bögen Papier. Er rieb sich den Nasenrücken, auf dem seine Brille eine kleine Rille hinterlassen hatte, und begann zu lesen. Mittendrin sank er auf den Lesestuhl.

"30. September 1906
Wycliff, WA

Mein lieber Enkel oder Urenkel oder Ururenkel,

Wir beide sind uns zu meinen Lebzeiten vermutlich nie begegnet. Ganz sicher nicht, wenn du eine Generation jünger als meine Enkel bist. Und ehrlich gesagt, selbst meine Anrede an Dich ist offiziell fehlerhaft. Nicht nur, weil Du ja auch weiblich sein könntest. Sondern weil Du in erster Linie gar nicht mit mir verwandt bist. Aber das ist mir völlig egal.

Der Tag, an dem ich Deine Ahne am Endbahnhof Tacoma abholte, war vermutlich einer der gesegnetsten Tage meines Lebens. Ich verliebte mich in sie, sowie ich sie erblickte. Und ich habe seitdem keinen Tag bereut. Naja, das stimmt auch wieder nicht, aber ich habe ganz sicher nicht einen einzigen Moment mit ihr bereut. Aber lass mich zurück zu diesem Tag gehen.

Sofort, als ich die dunkelhaarige Schönheit aus dem Depot kommen sah, wusste ich, dass sie nicht die Braut war, die ich erwartete. Ich wusste, dass Miss Elizabeth Steen rotes Haar und einen blassen, „völlig sommersprossenfreien" Teint hatte, wie sie sich selbst recht eitel in einem ihrer Briefe beschrieben hatte. Diese Frau passte überhaupt nicht zu der Beschreibung, und ich dachte mir, sie müsse Jenny O'Neill sein, die irische Gesellschafterin, die Bessie zu Beginn des Jahres eingestellt hatte. Sie war wie eine Dame gekleidet, aber ich spürte ihre Unsicherheit. Und ich ließ sie vom Haken. Ich packte sie einfach in meinen Buggy und fuhr sie heim in der Hoffnung, dass die echte Bessie, auf die ich gewartet hatte, nie auftauchen würde.

Mir gefiel der Mut dieser Frau, die ganz allein nach Westen gereist war, um jemanden zu heiraten, den sie nicht einmal kannte. Ich bewunderte, wie sie an ihrem Schwindel festhielt. Wie sie tatsächlich jeden um sie herum täuschte. Jenny wurde mit den Jahren wirklich immer mehr Bessie – also die Dame, die sie zu sein erstrebt hatte. Aber unterschwellig war da immer noch das couragierte, irische Mädchen, das nie Angst vor einer Aufgabe zeigte, die beste Kameradin, die sich ein Mann in seiner Frau nur wünschen kann.

Jenny O'Neill, die sich Bessie nannte, dachte auch, sie hätte mich hinsichtlich ihrer ersten Schwangerschaft getäuscht. Ich hatte ein kleines Bäuchlein gespürt, sobald ich sie auf den Buggy-Sitz hob, aber ich war so darauf versessen zu heiraten. Und wie ich schon sagte, ich hatte mich schon Hals über Kopf in ihren Mut und ihre Schönheit verliebt. Also gab ich dem Jungen meinen Namen, und ich behandelte ihn wie ein eigenes Kind, und ich hätte auf einen echten Sohn nie stolzer sein können als auf ihn. Ich will nicht davon reden, was mir der Verlust meines echten Sohnes, William, bedeutete. Zu viel Schmerz. Aber Charles Jr. war eine Freude von Geburt an. Und er ist Dein Vater oder Großvater ...

Jenny ist mir die Frau gewesen, von der mir immer geträumt hat. Die echte Bessie hätte mir nicht mehr sein können. Wir feiern dieses Jahr unsere Silberhochzeit, und ich blicke auf all diese Jahre zurück wie auf eine Schnur voll schimmernder, vollkommener Perlen.

Ich vergebe Jenny die Täuschung – sie glaubt immer noch, ich hätte sie nie herausgefunden, obwohl ich sie mich manchmal von der Seite anblicken sehe mit Nachdenklichkeit in den Augen. Ich spiele mit. Außerdem liegt mir nicht daran, Jeremy und seine Frau oder irgendjemanden in dieser Stadt über die wahre Identität meiner Frau aufzuklären. Wenn sie Bessie sein möchte, soll sie eben Bessie sein. Sie bringt mich zum Lachen und unterstützt meine Unternehmungen. Sie ist ein besserer Partner, als jemals jemand anders sein könnte. Das ist es, was zählt. Ihr Sohn ist alles, was ich mir in einem Sohn wünschen könnte.

Wenn Du Dich also je nach Deiner eigenen Identität fragst: Es ist unwichtig, von wem Du abstammst, solange Du aus all den richtigen Gründen liebenswert bist. Jenny O'Neill ist das ganz sicher. Ihr Sohn Charles Jr. ist es auch. Das ist alles, was für mich wichtig ist. Das ist alles, was für Dich wichtig sein sollte. Und deswegen: Zweifle nie, ob Du dazugehörst und ein geliebtes Mitglied der Familie bist von

Aufrichtig Deinem

Charles Horatio Smith"

„Woher kommt das" fragte Bill atemlos.

„Aus der Truhe, die Du mir ausgehändigt hast."

„Du meinst, dieser Brief ist die ganze Zeit dagewesen?"

„Die ganze Zeit", nickte Izzy. „Er hat nur darauf gewartet, von dir geöffnet und gelesen zu werden."

Bill schlug sich mit der flachen Hand an die Stirn und stöhnte. „Er hat es also die ganze Zeit gewusst, was?"

„Sieht so aus." Izzy reichte ihm ein Schnapsglas voll Cognac. Er nahm es und leerte es auf einen Zug.

Izzy grinste. „Ist das nicht toll?"

„Es ist furchtbar!" stöhnte Bill. „Sie hätten es so einfach haben können."

„Tja, anscheinend fand er höchst unterhaltsam, wie sie sich bemühte, ihre echte Identität zu verbergen."

„Es ist grausam."

„Grausamer als sich vor ihm zu verstecken?"

„Du weißt, was ich meine."

Izzy lachte. „Du bist in diesem Spiel auch gut, Chirpy."

„Wie meinst du das?"

„All diese albernen Vorwände, mit mir zusammen zu sein?"

Chirpy errötete. „Es waren keine Vorwände. Ich wollte wirklich das Ende der Museumssaison in diesem Jahr mit dir feiern."

„Warum mit mir, wo es doch auch noch andere Aufsichtsratsmitglieder gibt?"

Bill wurde rot. „Ich ... ähm ..."

„Könntest du aufhören, zu schüchtern zu sein, mir zu sagen, dass du mich einfach gern um meiner selbst willen um dich hast? Ist das wirklich so schwer?" Sie beugte sich über ihn und sah ihm in die Augen. Dann bewegte sie sich plötzlich auf ihn zu und gab ihm einen ganz zärtlichen Kuss auf die Lippen. „Denn eine Frau hört so etwas immer mal wieder ganz gern, weißt du? Und ich habe dich auch furchtbar gern um mich."

Bill packte sie plötzlich um die Taille und zog sie auf seinen Schoß in eine tiefere Umarmung. Nach einer Weile löste sie sich daraus, atemlos und strahlend.

„Sollen wir jetzt gehen und im *Soup Cellar* zu Mittag essen?" fragte sie.

„Wo ist dein Schirm?" erwiderte Bill.

Sie lachte herzlich. „Ich fürchte, es hat nie einen gegeben."

Rezepte

Die folgenden Rezepte sind alle aus den riesigen Mengenangaben des *Soup Cellar* in eine Menge für etwa vier Portionen heruntergebrochen worden.

The Soup Cellar's Gazpacho

4 Tomaten

1 rote Paprikaschote

1 kleine Gurke, entkernt

1 mittelgroße Zwiebel

2 Knoblauchzehen

Zitronensaft

Basilikum

Salz

Pfeffer

Olivenöl

Garnierung:

Weißbrot, gewürfelt

Salz

Knoblauchpulver

Olivenöl

etwas von den obigen Gemüsen

Etwas von dem Gemüse zurückbehalten und in winzige Stücke für die Garnierung schneiden und beiseitestellen.

Den Rest in Stücke schneiden und pürieren. Abschmecken. Eine Stunde kaltstellen. Inzwischen Brotwürfel mit Salz und Knoblauchpulver würzen und in Olivenöl goldgelb braten. Abkühlen lassen.

Suppe in Schalen mit ein bis zwei Eiswürfeln pro Portion servieren. Jeder fügt Garnierung je nach Geschmack hinzu.

The Soup Cellar's Tortilla-Suppe

500 g Hühnchenbrust

Wasser

Salz

1 Packung mildes Taco-Gewürz

1 Dose kleingehackte Tomaten

1 Dose Kidney-Bohnen

1 Tasse Maiskörner

Garnierung:

3 kleine weiche Tortillas

Pflanzenöl

1 große Avocado

saure Sahne und geriebener Käse

Hühnerbrust mit Wasser bedecken, Salz hinzufügen, zum Kochen bringen, dann 45 Minuten köcheln lassen. Huhn herausnehmen und abkühlen lassen. Taco-Gewürz und Gemüse zur Brühe hinzufügen.

Tortillas halbieren, dann in dünne Streifen senkrecht zur Schnittstelle schneiden. In Öl braten, bis die Streifen goldgelb werden. Tortilla-Streifen herausheben und auf Papiertuch abtropfen lassen.

Hühnerfleisch würfeln und zur Suppe hinzufügen.

Avocado schälen und entkernen. Avocado-Fleisch in schmale Streifen schneiden.

Suppe servieren und je nach Geschmack mit saurer Sahne, geriebenem Käse, Avocado- und Tortilla-Streifen garnieren.

The Soup Cellar's Rote-Linsen-Suppe

250 g rote Linsen

Wasser

½ TL Kardamom

ca. 1 EL frischer Ingwer

ca. 1 EL frischer Koriander

Schuss Zitronensaft

½ TL Kurkuma

½ TL gemahlener Kreuzkümmel

½ TL Chili-Flocken

Salz

1 Tasse Kokosmilch

Linsen in Wasser zum Kochen bringen, dann etwa 10 Minuten köcheln lassen oder bis die Linsen al dente sind. Würzen. Kokosmilch hinzufügen.

Über Reis oder mit Naan-Brot servieren.

Tipp: Ein oder zwei Teelöffel Tamarindensirup pro Portion intensivieren das Aroma der Suppe. Etwas griechischer Joghurt macht sich ebenfalls lecker dazu.

Danksagung

Vielen Dank an all meine Leser für die unglaubliche moralische Unterstützung. Besonders denen, die mir zu meinen Wycliff-Romanen auf meiner öffentlichen Facebook-Seite schreiben, und noch mehr jenen, die in Druck- und Online-Medien Rezensionen veröffentlichen.

Ein Teil der Handlung wurde von einer Geschichte inspiriert, die meiner Freundin Lenore Rogers passiert ist, deren Romanfigur genauso echt ist wie die der Kuratorin des Museums in Steilacoom, Joan Curtis, seiner ehemaligen Präsidentin Jan Lucas, seines Direktors French Wetmore und seiner Frau Mary Lu, und wie die höchst einfallsreichen Inhaber von Topside Bar and Grill/Topside Coffee Cabin in Steilacoom, John und Niki O'Reilly. Und meine liebe Schulfreundin Bettina Stapel schlug vor, dass Wycliff noch eine Suppenküche benötige. Eine wunderbare Quelle für historische Ereignisse in der Südsund-Region war das Buch *Puyallup. A Pioneer Paradise* von Lori Price und Ruth Anderson.

Besonderer Dank gilt meinen lieben Freunden Dieter and Denise Mielimonka, die wieder einmal meinen ersten Manuskriptentwurf mit Adleraugen redigiert haben.

Ganz besonderer Dank geht an Michael Burns, der mich mit unglaublich kreativem und freundlichem Marketing unterstützt hat! An Karen Lodder Carlson (German Girl in America), Angela Schofield (All Tastes German), Pamela Lenz

Sommer (The German Radio) und Dorothy Wilhelm (Swimming Upstream). Und an Ben Sclair, Herausgeber der The Suburban Times in Lakewood, WA, der mich sein Medium für Kolumnen und Marketing für meine Bücher und Buchevents nutzen lässt.

Herzlichen Dank an Roger and Kathy Johansen aka The Sock Peddlers, LLC in Lakewood, WA, die für mich Lesungen in ihrem gemütlichen Handarbeitsgeschäft veranstaltet haben. Und an Marianne Bull von der Steilacoom Historical Museum Association, die die englischen Originale im Museumsladen vorhält.

Danke an all meine Autorenfreunde, deren Arbeit mich täglich neu inspiriert – ihr wisst, wer ihr seid … Und an meine Familie und Freunde in aller Welt – eure Unterstützung bedeutet mir unglaublich viel!

Worte genügen nicht, um meinem besten Unterstützer zu danken, Donald, der Liebe meines Lebens. Du hörst dir Plots und die Beschreibung imaginärer Figuren an, erträgst viel zu frühe oder zu späte Abendessen, sorgst für perfekte Schreibtechnologie und bewirbst meine Arbeiten, wann und wo ich es gar nicht erwarte. Du bist so viel mehr als ein guter Geist im Hause …

Susanne Bacon wurde in Stuttgart, Deutschland, geboren, hat einen Doppelmagister in Literaturwissenschaft und Linguistik und arbeitet seit über 20 Jahren als Schriftstellerin, Journalistin und Kolumnistin. Sie lebt mit ihrem Mann in der Region South Puget Sound im US-Bundesstaat Washington. Sie können mit ihr Kontakt aufnehmen über

www.facebook.com/susannebaconauthor.

„Schatten der Vergangenheit" ist Susanne Bacons fünfter Wycliff Roman.

Made in the USA
Middletown, DE
02 February 2021